新潮文庫

ターン

北村　薫著

JN263414

ターン

第一章

1

君は、スケッチブックを開いて、八角時計をいくつも描いていた。最後の方は文字盤だけになる。

「……絵皿みたい」

そう思うと、柔らかな鉛筆の線に、色が感じられ始めた。皿から連想した、磁器の藍《あい》。構図が浮かぶ。

「……あ」

作品になりそうかな？

「うん、これはいける」

ローマ数字が輪になって踊る八角の面に、枝を大きく広げた木を配したい、と、君は思った。自然、時計は天空に浮いた形になる。さて、木を描いたら今度は、空に白い鳥を羽ばたかせたくなった。その一羽が時計の真ん中に飛んで来た。

自分の指が動く時、《これからどうなる》と予測出来ない。しかし、すべてが必然なのだ。描いていると、そういうことがよくある。舞い来たった鳥の、一時五十分に広げた羽が、そのまま長針と短針となって全体の構図が完成した。

下絵は頭に入った。すぐに、版画用の銅のプレートを取り出す。表面をスクレーパーという道具で削るのだ。断面が三角の鉄の刃物で、その先が尖《とが》っている。扱いやすいように木の柄がついている場合もあるが、君のはただの棒状だ。小ぶりで細い。学生が使うようなスクレーパーだ。それで削りだす。カリ、カリと。

手のひらに乗るような小品だったから仕事は速い。とはいえ、徹夜はきついし、日中は家事手伝いもある。刷るところまで行ったのは翌日の夜だった。

銅版画の中でも、メゾチントという技法は、画面全体がビロードのような柔らかいタッチになる。しかし、時計のところには、布というより、磁器のしっとりとした滑らかさを出したい、と、君は思った。

三十四万八千八百円で買った小型プレス機をくぐって、新作の最初の一枚が出て来たのは、深夜だった。ハンドルを止め、版の上に乗った紙に、静かに指をかける。画面の調子をみるのだ。湿布を肌から剝《は》がすように、そろそろとめくる。

油絵なら、一筆ごとに、目の前で作品が完成に近づいて行く。メゾチントでも、スクレーパーのひと削りごとに版が出来てはいく。しかし、真実の完成は、こうして銅のプレートとそれを覆《おお》う紙が肌を寄せ合い印刷機をくぐった後、そっと仕上がりを見る、この一瞬に訪れる。

君は、この瞬間が大好きだ。

濡《ぬ》れた画面に浮かぶのは、霧の中に立つような大木、深い藍色の空を飛ぶ鳥、空の文字盤。――いい出来だった。

題は？

「……『時』ね」

失敗作も、うまくいったものも、今までのどの作品でも、この最初の出会いは忘れない。《やあ、こんにちは》と、版画の方からいわれるような気がするし、また、いってやりたくなる。

「よし」

後は、インクを洗い落とし、メッキ屋さんに送ることになる。そのままで何枚も刷ると版が摩滅してしまうのだ。これは、子供を旅に出すようなもの。返って来たところで、刷りにかかる。

2

君は、水の底にいるようだ。辺りは、ほの暗く、ところどころに岩が厳しく立っている。照明はそこに当てられている。人々は、間を縫って進む。歩みは密《ひそ》やかだ。

岩は彫刻で、人々は展覧会のお客さん――君も、その一人。カミーユ・クローデル展が始まったと聞いて、渋谷の美術館まで、やって来た。

カミーユは彫刻家ロダンの弟子であり愛人、嫉妬《しっと》と憤懣《ふんまん》の中で平らかな生の道から迷い出、最後の三十年間を精神病院で送った女。

「……あたし、こっちの方が好きだな」

二人連れが囁《ささや》きあっている。ロダンの『接吻《せっぷん》』と、やはり抱き合うカミーユの作品を見比べているらしい。多分、弟子の方に軍配をあげているのだろう。

君は一人だから、胸の中でいう。

「高村智恵子《ちえこ》は、病院で切り絵を作ったわね」

うん。

「それが、今に残る彼女の作品。けれども、カミーユは、心を閉ざしてからは、もう何も作らなかったのかしら」

そうだろうね。

「だとしたら、彫刻家カミーユ・クローデルは、そこで死んだのかしら」

彫刻家の展覧会だから、絵画は補足的に置かれているだけ。自然、会場の色彩は落ち着いたものになる。壁と壁との会う隅で、椅子《いす》に腰掛けている女の子の膝掛《ひざか》けのタータン・チェックの緑やオレンジが、懐《なつ》かしいような明るさだ。

パステル調のその色に、ちらりと目をやった君は、すぐに視線を展示に戻す。そして、カミーユの手になるロダン像の、猛禽《もうきん》を思わせる険しい眉間《みけん》に引き付けられる。どのような思いが、これほどまでに峻烈《しゅんれつ》な眉根《まゆね》を作らせるのだろう。窪《くぼ》んだ目の谷の間から聳《そび》えたつ峰のようだと、一瞬、君は思う。

「峰なら、霧でもかかっていそう……」

見つめ続けながら、

「……本当に、そう思ったの。……こういうことって、誰かにいってみたい」

どうして。

「……いわないと、すぐに消えてしまうから」

その途端、何かに打たれたような気がした。温度の加減、空気の加減、光の加減——そういう様々なものと気持ちの向きが、まるでジグソーパズルを合わせるように、ぴったりと合った。泡のように出た言葉が自分の前ではじけた感じ。内にあるものは、表に出したい。出さないままに消したくはない。

君は思う、《本当にそうだ》と。

その時、君はチョーク・ブルーのシャツを着ていた。白のボタンが七つで、その縦の列が、星の並びのようだった。一番上のボタンははずしている。彫刻のものではない、生きた首筋が、わずかに見えている。

口に出してみたい。しかし、今、話す相手はいない。君は仕返しするように、《それなら、今、感じたことを、忘れないようにしよう》と思った。

歩を運びながら、

「もし、カミーユが、ロダンと結婚できていたら、——狂うこともなく創作を続けていたのかしら」

それは誰にも分からない。ロダンの才能に圧倒されることはなかったろう。しかし、彼の名声には押し潰《つぶ》されたかもしれない。

「芸術家なら逆の筈《はず》なのに」

芸術家も人間だからね。

君は、暖炉に向かう女性像の小さな背中を見つめつつ、

「絵を志して挫折《ざせつ》した智恵子が、ね、高村光太郎と結婚して、毎日、彼の天才を見せつけられなかったら、——そうしたら狂うことはなかったのかしら」

誰にも分からない。

君は、カミーユが、《自分とロダンとその内縁の妻との関係》を具象化した作品の前に立つ。醜い老婆《ろうば》が男をさらって行く。手をさしのべるカミーユ。

「苦しいことがあったとしたら、こういう風に、それを作品にするべきじゃあないのかしら。そういう形で苦しみを《表現》するべきじゃあないのかしら」

狂うより？

「ええ」

でも、一方で、雑念があったら《表現》なんか出来ない、ともいう。

「そうね」

君は、老婆の顔を覗《のぞ》く。

《こういう風に》といったけれど、君は、これが一級の作品だと思う？

「――そうは思えない」

憤懣から、いい作品は生まれない。しかし、抗議からなら違うかもしれない。

「何が雑念かということね」

そう。とにかく、プラスの向きに心が向かっていないと、いい仕事は出来ないんじゃないかな。

君は、そうだな、と思う。左手の親指で、まるで粘土で口の形を作っているように、唇の下を押す。

　そこで、ふと年齢のことを考えた。後戻りして確認すると、ロダンが四十二歳の時、カミーユは十九だったと書いてある。その差を平行移動する。二十九の君から見ると、ロダンは五十二歳ということになる。

「うわあ」

　どうしたの。

「別に。——でも、男と女の年齢が逆だったら、——十九のロダンに、四十二のカミーユが弟子入りしたのなら、おそらく恋愛事件なんて起こらなかったんでしょうね」

　多分。

　君は、左手で小さなこぶしを作る。

「ずるい」

　そうかな。

「ずるい、というしかないわ」

　そのこぶしで、ロダン像をぶっちゃあいけないよ。

　君は、手を《ぐう》から《ぱあ》にする。そして、今度は、天のどこかを凝視する幼い女の子の像を見つめる。

「カミーユは三十の頃、もう立派なものをいっぱい作っていた」

でも、さすがに展覧会じゃあないけれど、君の作品だって、東京の街に飾られてるじゃあないか。

「そうよね」

そこに、——《その壁》のあるところに、また行ってみようと、君は思う。

3

地下鉄に乗り、神田に出た。少し歩くと、版画のお店がある。一階が書店。君はその脇《わき》の、狭い階段を上がって行く。右手の壁に現代ものの小品が一面に飾られている。三分の二ほど進んだところに、君の銅版画がある筈だ。君の家で、君が刻み、君が刷った絵だ。

「——あった」

つまり、売れてはいなかった。

また会えて嬉《うれ》しいようでもあり、残念なようでもある。

絵の下に、カードがピンで止めてある。

『時』　森　真希
8／50　メゾチント
2500円

これが生まれたのが、一年半ほど前の冬。満足出来た二十枚に、やはり藍色の鉛筆で、ナンバーを入れ、サインをした。それを業者に送る。刷り増しのことを考え、分母は前もって五十となっている。そこまでは作る。まだないけれど、仮に、ほしいというお客さんが殺到しても、限定番号以上に刷れるのは、分母の一割程度が常識だ。それは、作者がサインした特別版ということになる。一定の数を超えたら、版に傷をつけなければならない。制作者の良心だ。しかし、規定の枚数を刷った銅のプレートに、お役目を終えたというしるしの溝を刻む時には、やはり心が痛む。

その最初に刷った内の、八枚目がここにある。

どこをどう巡って、ここにたどり着いたのか、君には分からない。

「それにしても、二千五百円ていうのは、ちょっと凄《すご》いな」

額つきで、なのだ。――せめて、五千円ぐらいつけてほしい。場所が店に入る途中の階段だから、お客を呼ぶための出血大サービス品、というわけなのだろうか。

階段を、学生らしい細身の男が上って来た。君は一方に寄りながら、《そのメゾチントを見なさい。そのメゾチントを見なさい……》と念じつつ、自分の作品を注視した。

しかし、男はつられなかった。横を擦り抜けて、行ってしまった。

君は、その後、画材屋に入り、インクとメゾチント・プレートを買い、ついでにこまごまと並んでいる置物の類《たぐ》いをひやかす。

メイド・イン・メキシコだという品物が、新しく入っていた。小さな箱の中に、授業中の教室風景や、なごやかなピクニックの情景が作られている。ただし爪楊枝《つまようじ》ほどの背丈もない人形たちは、皆、顔が髑髏《どくろ》なのだ。

「何、考えてるんだろうね」

わけが分からないけれど、不気味ではなく、不思議に愛嬌《あいきょう》がある。ピクニックの広げられたシートの横には、小さなコカ・コーラのカートンが置いてあったりする。

いろいろなところで、いろいろなものが作られているものだ。

君はそれから、三省堂書店二階の喫茶店でオムライスを食べ、家に帰った。

4

「それは何なの」

と、君は聞く。ユウジが紙粘土の怪獣の顎《あご》をつかむ。鰐《わに》のようにばっくりと口が開く。

「ここから、ゴミ食べるの。そうすると、リサイクルされて出て来るの」

リサイクルとは、難しい言葉を使う。小学校では、よく聞く言葉なのだろうか。

「そうか。リサイクル怪獣か」

「うん」

「ゴミが何になるの」

「えーと、紙とか宝石とか」

「そりゃ、いいねえ」

ミカは、ボールを木の根が巻いたようなものを作っている。

「これは？」

「木」

「へぇー、何の木」

「ものが増える木」

「増える？」

ミカは、粘土の小さい板を見せる。《お金》とか《おかし》とか、へらで書いてある。

「これを、ここに入れるの」

板を根の間に通す。

「あ、そうすると葉っぱが出るみたいに、ものが増えるんだ」

「そう」


金の生《な》る木だったら、わたしもほしいよ、と君は思う。版画で、食べて行くことなんて夢のまた夢である。今、君の作品を引き取ってくれているのが、アート・カザミという版画商。
五、六年前、刷り上がった新作を届けにそこに行った時、美術雑誌で見かけることのある版画家が来ていた。ダリ風の口ひげを生やしていた。その人と、社長と、たまたまそこにいた若い子達とで食事をした。しゃべっていたのは、ほとんど、そのダリさんだった。終始、金の話だった。
——儲《もう》けるんだったら、絶対、版画がいいよ。

その一言に尽きた。

ダリさんは、バブル前、《日本でも家庭の壁を飾る品の需要が爆発的に伸びる》と予想していたそうだ。そして、雑誌などに挿絵を頼まれる度にその版画版を作り、ためておいたそうだ。案の定、バブルの時には、小品が何でも売れるようになった。ダリさんクラスの、比較的名が売れていて、面白みのある作品なら、右から左だった。そういうブームの時になってから、あわてて作ろうとしても間に合わない。質は落ちるし、量も出来ない。ストックがあったのが強みだった。自分でも信じられないくらい、儲かったという。彼は、まことに無邪気に、《俺、偉いだろう、うまいだろう》という感じでしゃべった。

不愉快だった？

「そうじゃないの。嫌みじゃなかった。何ていったらいいのかしら、——そう、子供の自慢話、聞いてるみたいだった」

ダリさんは、世界的に著名な版画家の名を挙げ、《プール付きの豪邸どころじゃない、島まで持ってるんだぜ》といった。そういう人もいるのだろう。しかし、君には、ひまはあっても島はない。

作品は景気がよかった頃で、年に百万円、今はその五分の一ぐらいしか稼いでくれない。版画が儲かるなんて、どこの世界の話だ、といいたくなる。

「でも、自分のものが売れるなんて、思ってもいなかったんだから贅沢《ぜいたく》はいえない」

売れるようになったきっかけは——

「勤めてた会社が潰れたこと。これがなかったら、版画の持ち込みなんかやらなかったでしょうね」

そう、君が短大を卒業してから勤務した会社は、あっさり潰れた。バブル崩壊より前だったが、倒産する会社は世間がどうだろうと、一人、敢然と倒産して行く。年度の途中で、新卒でもない女子社員を採ってくれる会社などない。

「その頃のことよ。朝刊を何げなく広げたら、《小品版画が売れています》という記事」

さっきのダリさんが、ほくそ笑み始めた頃だね。

「新宿の某デパートのギャラリーで、ＯＬや若奥様が版画を買って行くという。——ずんずんずん、と、音楽が鳴ったような気がした。《それ、行けっ》ていう感じ。——今にして思えば、《よくそんな勇気があった》とも、もっとはっきりいえば、《何て図々《ずうずう》しかったんだろう》とも思う」

君は、今までの作品から十四点を選んでファイルに入れ、そのデパートに出掛けた。ギャラリーに入ると、係の人に声をかけた。

「あのお」

「お気に入りのものがございましたでしょうか」

「いえ、そうじゃないんです」

「は？」

失礼なお客さんだね。君はそこで、自分の作品を取り出した。そうしたら――

「先生ーっ」

リューイチローが、模造紙の上に寝転がったまま、怒鳴っている。

「ほいほい」

「こいつら、くすぐるんだぜー。痴漢ー」

小学一年にしては、貫禄《かんろく》のある低い声だ。

「やってないよー」

リューイチローの足の形を写しとっていたカツヒコが、首を振る。

「痴漢は逮捕されるぞ」

その向こうではミツコが黙々と、サインペンを動かしている。画面を何こまにも分けて、保育園の思い出を描いているのだ。《まめまき、いもほりえんそく、こままわし、しろつめくさであそんだ、プール、バレンタイン、かみしバイ、スベリダイ、こわとり》――などと題がついている。《かみしバイ》などというのは、途中から平仮名がカタカナに変化し、《にわとり》が《こわとり》になっていたりする。その題字がまた、絵のタッチと合っている。子供にしかできないような思いきった省略とデフォルメが、とてもいい。次から次へと泉のように絵が湧《わ》き出てくるのも羨《うらや》ましい。子供って、本当に凄い――と君は思う。

そうそう、版画の話だった。ギャラリーの人に、そっけなくあしらわれるかと思ったら、これが意外に親切だった。ただし、社長はこちらにいないから、本社の方に行ってくれということだった。

貰《もら》ったメモを頼りに、千駄ケ谷まで行った。裏通りを少し入ったところにあった。隣が中華料理屋さんだった。卵チャーハンで腹ごしらえをした。卵が少し、焦《こ》げていた。さて、アート・カザミはマンションの一階。ギャラリーになっていた。新宿で聞いて来たといい、入らせてもらった。

大きなシルクスクリーンが華やかに壁を飾っていた。フランスの版画家のものだ。衝《つい》立《たて》の向こうの応接コーナーで待たされた。窓の外は池になっていて、錦鯉《にしきごい》らしいのが悠々と泳いでいた。

現れた《社長》は、君が想像したよりずっと若い人だった。着ているもの、ネクタイ、どれをとっても、鳩《はと》の前に孔雀《くじゃく》が出て来たように目立つ。やはり、世界が違う。身の回りでは見かけない人だ。

略歴を聞かれた。短大で油絵をやっていたけれど、卒業してからメゾチントを始めたといい、そこで、すがるように先生の名を出した。

「ほう……」

気持ちが動いたようだった。君の先生は、その世界では有名な人なのだ。先生の光りは七光り、仰げば尊し我が師の恩。ただし、《どういうきっかけから師事することになったか》とは聞かれなかった。作品売り込みの、この場合、それはいいたくなかった。

幸い、社長はすぐに持って来たものを見せるようにいった。大きなテーブルの上で、しばらくファイルをめくっていたかと思うと拍子抜けするほどあっさり、

「いいでしょう」

「え……」

「ちょっと暗いけど、面白い。——持ってらっしゃい。いただきましょう」

作品の質も、勿論《もちろん》認めてくれたのだろうが、後で聞いたら君の作品は、売れ筋の贈答用に、ぴったりのサイズだったのだ。

最初は買い取りではなく、委託販売。額つき売値の四十パーセントが作者の取り分ということだった。十四作、それぞれ二十枚ずつ持って来いといわれた。

飛ぶようにして家に帰ったけれど、考えてみると十四かける二十で——

「二百八十枚。そんなに刷ったことなんてなかった」

また、刷ったのが、全部渡せるわけでもないしね。

「そうなの。気に入ったトーンに揃《そろ》えるのが難しい。インクが途中で足りなくなって、また混ぜるところから始まったり――」

自分の色を作るわけだ。

「本当に好きな色があれば、いいんだけれどね。なかなか、そうもいかないから調合する。――黒にしたって、それぞれのインクに個性があるのよ。それを合わせて、自分なりの黒を作る」

作品によって、どの色にするか決めるわけだ。

「決めるというよりは、スクレーパーを握る時から決まっているのね。どうしても、この色ってね。つまり、出来上がりの絵が浮かぶわけよ。そこに向かって仕事をしていく」

なるほど。

「で、話は前に戻るけれど、二百八十枚はとにかく大変だった。あの頃は、小さい卓上プレス機でやっていた。それを一日中、動かしていた」

5

「お世話になりました」

ミツコのお母さんが迎えに来た。

「またね」

最後の子を送り出したところで、後始末にかかる。

君は週二回、子供相手の美術教室を手伝っている。主宰しているのが、短大時代からの友達、鍋山《なべやま》ゆかりさん。結婚して、正宗《まさむね》ゆかり。たまたま、君の家からも車で行ける町に新居を構えた。計画段階から、そのことは聞いていた。

「大丈夫？」

「何が」

「お客さん、来るの？」

「どうして」

「だって、今の子って塾に行っちゃうんじゃないの。でなけりゃ、ピアノか英会話」

杞憂《きゆう》だった。盛況とはいえないまでも、団地の中の集会場が使えたという立地条件の良さもあって、そこそこの人数は集まった。呼ばれて見学に行った時に、それが、幼児に油絵の基礎を仕込むようなものではなく、子供の中に眠っているものに声をかける教室だと知った。

隣町に、新しく会場が借りられることになった。一人では、困ることもある。これを機会に一緒にやらないかといわれた。

「子守も兼ねてるようなものだからね。結構、きついのよ」

ちょうど職をなくした頃だったから、お互いにとってよかった。何にしても、固定給があるというのが魅力だった。

「――ねえ、森真希《もりまき》先生の専門は《版画》でいいわよね」

正宗さんから、そう聞かれた。この時は《森真希先生》である。新聞に美術教室の折り込み広告を入れる。その講師紹介の原稿だ。

「まあ、そうだけど、――照れ臭いわね」

「何いってんの。えーと、何か受賞したとか、どっかに出品したとかはない？」

君は、少し考え、

「カダケス国際ミニプリント展にならら出したわ」

「お。いいねー、わけ分かんないところがいいや。カ、ダ、ケ、ス――と」

正宗さんは、日本画の方が専門だった。

「失礼ね。きちんとしたものよ。出すだけなら、誰でも出せるけど――」

「いいのいいの、分かりゃしないって」

「違うって、わたしのは選ばれて、ちゃんとカタログに載ったのよ」

「そりゃあ、めでたい」

こんな調子でスタートした。今までのところが月曜、新しいところが金曜。

今度の教室の立地条件もいい。市営団地の側《そば》で、書道教室にも使われている一戸建だった。持ち主が、いずれ壊して建て替える気の、小さな古い家だ。住居として貸すのも、何かと面倒だということで、教室になった。二間続きの和室の、間のふすまが取られていて使い勝手がいい。どこから情報が入って来るのか、こういうところを、ぱっと押さえられる正宗さんも、なかなかのものである。

ちらしが効いたのかどうか、こちらの教室でも最低限の生徒数は確保出来た。書道との掛け持ち組も二人だけいた。

子守みたいなもの、という言葉は確かに当たっていた。五時半に保育園から車で来る子もいる。お母さんが買い物に行って、夕食の準備の整ったところで迎えに来るのだ。お絵かきの指導が途中からトイレの世話になっていた、などということはしょっちゅうだった。それも、子供に近づくきっかけになるし、心が近くならないと見えないことはいっぱいある。

正宗さんに教えられ、子供の美術に関する本も随分と読んだ。

「例えばね、さっきのインクの話でいえば、《黒にもいろいろあるんだね》というと、大人なら《あ、そう》で済んじゃうところが、そこから本気で、驚きをもって次の段階に進めるのよ。《じゃあ、いろんな黒を探してみよう。作ってみよう》とかね」

そういう中から、自分の黒を見つけてもらえるといいね。

「そうなのよ。その手助けね。で、いろいろなもの見て、その結果、油やりたいとか、日本画やりたいとかなったら、自分達の知ってることを一所懸命教えてあげたい。考えるとわくわくする。——なかなか、そうはならないけど」

正宗さんと二人で、汚れ避《よ》けのシートを畳む。今日は金曜で、一戸建の新教室に来ている。シートは当然、月曜日の会場でも使うから、置いては行けない。二人で手分けして持って帰る。自分達の荷物も大きな紙袋に入れ、忘れ物がないか、最終点検。外に出る時は、たいてい八時過ぎだから、お腹《なか》はぺこぺこ。車は、頼んで目の前の役場の駐車場に停めさせてもらっている。

運転免許は——

「社会人になる時、取った。車は中古の軽。いまだにそれ。屋根があって走るうちは買い替えない」

星々の下を歩いて、車に乗り、ファミリー・レストランで遅い夕食をとるのが、お決まりのコース。

雑談で、ちらりほらりと、正宗さんの旦那《だんな》様の話も出る。いまだに友達っぽく接していて、仲がいいようだ。

君は、口には出さないけれど、正宗さんが産休ということになったら、しばらく一人で教室を見る、そのためにも声をかけられたのかな、と思っている。そうなったら、勿論、がんばるつもりだった。

6

君が、正宗さんと本当に親しくなったのは、一枚の葉書がきっかけだった。

お茶を飲んでいた時に、彼女がスケッチブックの間から、問題の葉書を大事そうに出したのだ。正宗さんが、尊敬する先生に質問まがいのファンレターを出した。それに対する返事だった。サービスのつもりか小さいカットが入っていた。正宗さんは——当時はまだ、鍋山のナベさんと呼ばれていたけれど——すっかりミーハーしてしまって、いった。

「葉書をさ、表裏に剝《は》がして額なんかに入れるじゃない。ああいう風にして飾っときたいな」

　その時、君がそれを手にしていた。抹茶色の厚手の紙だった。心の中で、何かが動いた。それが血というものかも知れない。

「やりましょうか」

　気が付いた時にはそういっていた。

「え？」

「わたし、剝がしてきましょうか」

　正宗さんは、豊かな頰の上のくりくりした目をしばたたかせて、

「……出来るの？」

「大丈夫だと思います」

　預かって家に帰った。

「帰りながら、足取りが重くなった。馬鹿《ばか》だな、何であんなことといったんだろうって思った。母にもいえやしないわ。このわたしが表具の仕事をしようと人のもの預かって来た、なんていったら、それだけで嫌な思いをするでしょうからね」

　うん。

「勿論、仕事自体は初歩の初歩。父なら、薄い半紙だって綺麗《きれい》に剝がせた。もともとが二枚だったみたいに。見てると面白かった。あきなかった」

だから、自分でもやってみたんだね。

「ええ。玩具《おもちゃ》代わり。葉書ぐらい、小学校に上がる前に剝がせたわ」

道具は、まだあったの。

「全部じゃないけど、しまってあったの。場所は分かってた。本当に久しぶりに、父のへらをにぎったわ。象牙《ぞうげ》。今はもう、買えないんでしょうね、こういうの。勿論、あれぐらいの紙なら普通のナイフでもやれる自信はあった。でも、やっぱり、専門の道具の方が落ち着くわ」

道具を握ると、お父さんに会ってるような気がした？

「泣かせるわね。——いやだ、本当に、つんとして来ちゃう」

ごめん。

「いいのよ。確かに、そんな気がしたわ。最初に針の先で、紙の層の分かれ目を探す。そこが見つかれば、後はへらを滑らせて行くだけ。剝がすというより、向こうから離れて行くのね。何てことのない仕事だけど、終わると、とっても疲れていた。《もし、失敗したら……》と思っていたわけ」

取り返しのつかないことってあるからね。

「父の仕事は名人芸だった。どうにもならない、煤《すす》の固まりみたいな絵まで生き返らせていたでしょう。だから難しい仕事が来た。ということは、逆にいつかはあんなことも起こる筈《はず》だったのよ。保存が目茶苦茶だったのは持ち主の責任でしょう。無理そうなものは引き受けなければいい。それなのに、頭を下げられて、《どうにかならないか》といわれる、で、その絵が竹田《ちくでん》、――田能村《たのむら》竹田だったの。職人の虫がむずむずしちゃったのよね」

分かるな。その気持ち。

「失敗したらどうするなんて、契約書は取り交わしていないわけよ、父は。ずっと、そうだった。口約束。それで仕事にかかる。そりゃあ、すべてが完全てわけにはいかない。若い頃にも絵を流しちゃったことはあったみたい。でも、お詫《わ》びとせいぜい何十万かで済んでた。扱ったものが違うからだけど、相手も、そんなにひどい人じゃなかったわけよ」

お父さんの仕事は、よく見ていたの？

「そうね。簡単なもの、気楽な作業だったら、側にいても怒られなかった。魔法みたいだった。一面についてたしみが、調合した薬をかけると、凄《すご》い頭痛が消えてくみたいに気持ちよく、ふーっとなくなっていく。紙が、昨日出来たみたいに白くなった。沈んでた絵や字が浮かび上がる。わたしが、《すごいねー》っていうと、《ふん》て顔してた」

照れかな。

「かもしれない。遊んでるみたいに見えた」

問題の事件があった時、君はいくつだった？

「小学生。三年かな。――くわしいことは分からないのよ。父は何にもいわなかったでしょう。母から聞いた話の切れ端を繋《つな》ぎ合わせて、後から《ああ、そんなことだったのか》と思うぐらいよ」

家宝だという竹田が、持ち込まれたわけだ。

「ええ。でも、そのわりには随分、粗末にされてたらしい。真っ黒になった掛け軸。風が吹いて来たらぼろぼろに崩れて、粉になって飛んで行きそうだったって」

お母さんも見たんだ。

「ええ。ちらりとね。難しい仕事の時は、誰も近づけないから、それが、どうなったのかは分からない。多分、薬の具合がいけなかったか、洗うところで絵が流れたんだと思う。むっつりして仕事場から出て来て、二時間ぐらい黙って座っていたって。それから急に出て行った。相手のところに行ったのね。父がわけを話したら、頼む時にはぺこぺこ頭を下げてた相手が、急に居丈高になったんですって。国宝級のものだったっていうのよ。一億出せっていうの」

本当はどうだったんだろう。

「竹田が本物だったことは確かみたい。《でなけりゃ、あの人が引き受けるわけない》って。死んだようなそれを自分の手で生き返らせたかった。そういう欲よ。でも、本物

にしたって、いいものかどうかは、また別ね。ただし、その品物がないから何ともいえ
ない。駄目にしちゃったのはこっちなんだから、ぐうの音も出ないわけ」
　それで、東京から離れることになったわけだ。
「ええ。まさか、一億というわけにはいかないけど、とにかく、びっくりするようなお
金を払ったの。土地を売って」
　それって法律的にはどうなんだろう。
「分からないわ。でも、法律なんか関係なかったのよ、父には。それから母の実家に厄
介になったの。それが今の家」
　もう仕事はしなかったんだね。
「そう。でも、恐《こわ》くなったんじゃないと思う。それぐらいで恐くなってたら表装なんか
出来ないでしょう。やっぱり病気のせいね、こっちに来てすぐ近くの病院に行って、半
年ぐらいして入院、最後は癌《がん》センター。長く寝ているとね、頭の後ろの毛が薄くなるの
ね。それ見るのが、とっても哀《かな》しかった。いけなくなったのは、わたしが小学六年の三
学期。——お正月頃、ちょっとよくなってね、《中学生の真希が見られるかな》ってい
ってたの。もう少しのところで間にあわなかった。中学の制服着て見せたんだけど、眼
は開いても分からなかったみたい。でもね、開いた眼の前で、そういう格好をしてあげ
られただけで、わたしの気持ちは随分違った。どう違うなんて、そういうことはいいた

くないけど」

7

「竹田と腫瘍《しゅよう》と関係あるわけないけど、母は、《絵が殺した》っていってるわ」

気持ちは分かるね。――君が、日本画やらなかったのは、お父さんのことが影響しているのかな。

「何ともいえない。でもね、メゾチントやりだすと、それに使う道具があるじゃない。ベルソーなんていうのがある。銅版に目立てをする、つまり、インクの溜《た》まる細かい溝を作る道具。そういうのがね、父が表装で使ってた道具と、どこか形が似てたりする。何だか、はっとするわね」

お父さんが亡《な》くなってからは、お母さんが働いたんだ。

「そう。弁償した上に、入院のことがあったりしたから、殆《ほとん》どお金がなくなっていたのよね。まあ、持ち家があったから、何とかなったというところかな。その内、祖母の知り合いの人が心配してくれて、仕事の口を持って来てくれたの。――保安員」

デパートとかスーパーで、万引きの見張りをする人だね。

「お客様みたいなふりをしてね。そういう仕事だから、母みたいに、ある程度の年をとってからでも、雇ってもらえたのね」

大変だったんだね。

「きつい仕事よ。経験と気配りと度胸がいるんだから。実際、突き飛ばされて、怪我《けが》をしたこともあったし。――根が暗くならない人だから、乗り切れたのね。そういうわけだから、わたしの勤めてた会社が潰《つぶ》れた時も、何より、母に申し訳ない気がした。《心配かけちゃうな》と思って。結局、そのまま、ここまで来ちゃったけど」

何かいわれる？

「そんなには――。だから、助かる。一番、いいたいのは《結婚しろ》だろうけど、喉《のど》に出かかってるのを我慢してるみたい。仕事の方は、《保安員だったら、いつでも会社の方に紹介してやる》っていってる。冗談よね。わたしに度胸がないのは、一番よく知ってるんだから」

版画のことは、何ていった？

「売れっこないって。沢山刷ってたのを見てね、《そんなに作ったって返品の山になるだけだ》って、いったわ」

売れなかった時に、がっかりさせないためじゃないかな。

「それもあったでしょうね。最初のひと月目にカザミに売れ行きを聞きに行った時には、どきどきしたわ。紙に、どれが売れたって記録されて出て来るのね」

何枚、売れたの？

ほう。

「二枚」

「しかもね、その内、一枚はわたしが買ったの」

それはつまり――

「やっぱり、気になるのよ。どういうところで、どういう風に売られてるのか。カザミで聞いて、その内で一番近かった池袋のお店に行ったの。女の人がいたわ。ぐるっとお店をまわったけれど、うちの印刷機から生まれた版画はみつからなかった。きょろきょろしてると、《どういうものが、お好みでしょう》。《メゾチントなんかの小品はあるかしら》。すると奥の方に連れてって、木の引き出しを引いた。中に和紙に包んだ版画があった。作家ごとに、重ねて置いてあった」

そこで、自作と再会したんだ。

「ええ、懐《なつ》かしいような、くすぐったいような、おかしな気分だったわ。ところがね、お店の人が、わたしのを奨《すす》めないのよ」

おやおや。

「口惜《くや》しいから、《わたしには、こちらがしっくり来るんだけれど》――といって、とうとう、買ってしまった」

その絵は、どうなった？

「今もうちにあるわ。わたしの一番、最初に売れた作品。でも、本当に買ってくれた人も、いたわけよ。たった一人。《こんなものなのかなあ》という、がっかりが、半分——いや、半分以上かな。でも、一人でも、自分のものにしたいと思ってくれる人がいた。それは、嬉《うれ》しかった。どこのどんな人なのか、顔を見てみたかった」

分かるね。

「最初がそれだったでしょう。だから、ふた月目に、思った以上の数が出た時には、びっくりしたり喜んだりよ。おかげで、印刷機も新しいのと買い替えることが出来た」

景気がよかったからね。今はまた、きびしくなったんだね。

「そう。でも、今が普通で、あの頃が売れ過ぎたんだと思う。版画界、全体にね」

正宗さんと食事をしながら、次の授業の打ち合わせをした。君は、段ボールのロボット作りの材料を、家具屋で貰《もら》っておく、といった。

8

雨が降って、それが梅雨のお別れの挨拶《あいさつ》とでもいったように、翌日からは、気持ちのいい空が続いた。

かんかんと、響くのは、大工さんの金づちの音。打つところによって、音の高さが違う。かんかん、カンカン。とんとん、トントン。どん。——と小気味いい。ちゅいっ、ちゅいっと鳥の声がする。

気がつくと、あちらこちらで家を建てている。

君は、白の軽自動車のドアを開ける。熱い空気が中から溢《あふ》れて来る。手を伸ばしてクーラーのスイッチを入れ、全部のドアを開け放つ。車の本体は骨組みだけといった姿になり、馬鹿に華奢《きやしや》に見える。ぽんと叩《たた》いたら潰れそうだ。

使用中のオーブントースターの中のような熱気が、一通り抜けたところで、ドアを閉め、運転席に乗り込む。

午後の三時頃だ。

ゆっくりと車を、前の道にだす。アスファルトの先に逃げ水が見えた。

君は、途中で家具屋さんに寄る。話は前もってつけてあった。電気屋さんという手もあったけれど、出来るだけ大きなものを貰いたいとなると、こちらの方がいいと思った。人の良さそうな丸顔のおじさんが出て来る。店の隣の倉庫に案内される。薄暗いが暑い。欲張って大きいのに目をつける。三箱分確保し、十分だけれど、念のため、もう一枚と思って、四は数が悪いなとやめた。おじさんは親切に運んでくれて、折って車に入れてくれる。

ほんのおしるしの、麦茶のペットボトル二本を渡し、君は前のバイパスに入る。凄い勢いで車が走っている。

「変だな」

え？

「何だか、今日は、皆な、とばしているみたい。車の、あちこちが、ぴかり、ぴかりと光って、矢のように流れて行く」

すぐに陸橋がある。道は、巨人が引っ張ったように持ち上がり、君はいったん天に向かう。青い、明るい空の正面に、ぽかんと雲が浮かんでいる。そこを下ると交差点だ。君は、今度は坂を下へと向かう。ウィンカーを点灯し、右車線に入ろうとした。右折車はいない。君が先頭になる筈だ。

と、突然、左の列のトマト色の一台が、はじかれたように飛び出して来た。後ろなど見ずに、思い立って、アクセルを踏んだような信じられない割り込みだった。ぶつかる、と思った。その瞬間に、後部座席の窓に揺れる「赤ん坊が乗っています」という文字が目に入った。

次の瞬間、君はハンドルを右に切っていた。そしてブレーキを踏む。車体が斜めに傾《かし》いだ。交差点間近だから、中央分離帯はない。車の鼻先が、わずかに対向車線に出たようだ。そこへ左折のダンプが大回りして来た。運転している若い男の目が丸くなっていた。それもすぐに見えなくなった。ただ濃緑色のボディが、のしかかる岩のように見えた。

　音は、まったく分からなかった。ただ、大きな手で殴りつけられたような気がした。真っ暗になり、すぐに気が付いた。しかし、それは、君の感覚で《すぐに》なので、実はいくらかの時が間に流れていたのかもしれない。

　世界の様子が違った。

「……鉄の味がする。釘《くぎ》みたいな。……どうして、そんな風に思うのかしら、わたし、釘なんか嘗《な》めたことないのに。……とにかく血だ。口の中に血が流れているらしい。頭が、妙に重い。頭の下半分に何かを入れられたみたい。でも、どっちが下なんだろう。……わたし、逆さになっている。体が動かない。ずきずきする。でも、どこがずきずきするのか分からない。……車、潰れた。……缶詰の中にいるみたい。真希の缶詰。誰か、買ってくれるかな。……誰か」

　そこで、君の意識はふっと消えた。――何かに吸われたように。

第二章

1

君は、座椅子《ざいす》から落ちそうになった首を立て直す。そして、目を開ける。

いい風が入って来る。廊下の網戸ははずれやすく、蚊が、透き間から平気で入って来る。刺されるのは嫌だから、サッシに替えられないか――と思いつつ、毎年、夏をやり過ごしてしまう。網戸の向こうには、明るい午後の光が溢《あふ》れている。それが君には、ただの風景として見えない。神経が、そこまでまわらない。

「……！」

君は、一気に身を起こす。

魚がはねたようだ、闇《やみ》の海から光の空へと。

「わたし、……死んだのかしら」

口に出してみる。そして、最初、小刻みに、それから、激しく身を震わせた。恐《こわ》かった。震えは、しばらくおさまらなかった。

「……こんな夢、初めて見た」

座椅子は、家具センターに行った時、現品限りの大安売りをしていたもの。背中の部分がT字型になっている。Tの根元と、上の横棒の付け根の二か所で、角度が替えられる。色合いも、どぎつくなく、詰め物が一杯入っていて楽そうなので、買った。

座って本を読んでいると、体が怠け心を出して来て、《もっと寝かせろ、もっと寝かせろ》という。君は、すぐそれに負けて、かくかくと音を立て、背もたれを倒してしまう。殆《ほとん》ど水平に近いような、わずかに上向いているという角度。そんな格好で、横になっていると、やがて瞼《まぶた》が重くなる。本を持つ手が下がって来た。

そうだった。右手の先の畳の上に、紫色に縁《ふち》取られた本が落ちている。『鉱物の不思議』という本だ。午前中、図書館に行った。子供の本のコーナーを見ていて、これに行き当たった。綺麗《きれい》な本だった。天の河の名前を持つ、「天河石《てんがせき》」というのがあることを知った。

神田の三省堂の催事コーナーでも、年に一回ぐらい、化石や岩石鉱物の販売をやっている。この間も見た。そのせいで、こういう本に、目が向かったのだ。

他に『小学生の何でも研究・石』と『鉱物図鑑』を選び、貸し出しのところに持って

行くと、係のおばさんがにっこりして、

「早いですねえ。自由研究ですか」

「は？」

君は一瞬、何かと思った。おばさんは、人のよさそうな穏やかな眉《まゆ》の下の目を細くしたまま、微笑《ほほえ》み続けている。あ、そうかと思った。もうじき、夏休みだ。《お母さん》に見えたのだ。子供が小学校に行っている間に、宿題の資料を借りに来たのだ、と。

笑顔につられて、君はつい、

「――はあ」

「でしたらねえ」

と、おばさんは幸せそうにカウンターを出て来た。

「まだ、いいのがありますよお」

「あ、どうも」

こうなると断れなくなってしまうのが君だ。ご厚意に甘えて、なお数冊の本をも脇《わき》に抱えることになってしまった。《夏休みの研究だったら、まだ他にもやる人は、……いや、子は大勢いるだろう。一人に、こんなに貸していいものかな》などと、君は心配した。しかし、《よいアドバイスが出来そうだ》となったら、自然に体が動いてしまうのが図書館員というものなのだろう。

君は、本を抱えて家に帰り、メカジキを焼いて、昼食をとった。午後は新しい版画のアイデア・スケッチをいくつかし、ちょっと疲れ、横になって、本を開いた。

もう一度、天河石を見た。

2

「えーと、本名は『微斜長石』ね」

本名とは、面白い。

「だって、そうでしょう」

まあね。

「ロウ石に水色を混ぜたみたい」

知ってるの、ロウ石なんて？

「おかしい？」

昔の子供が使ったんじゃない？

「失礼ね。《昔の》だなんて。これでも、まだ二十代よ。わたしはね、小学校の図工で使ったの」

へーえ。

「先生がね、皆なにロウ石、配って、校庭に出たの。大きな絵を描いた。わたしは友達と一緒に家を描いたわ。冷蔵庫の中のプリンまで。楽しかった。ロウ石のぬめっとしたような、つるんとしたような手触りを覚えているわ。何だか、それを思い出したの。天河石。――あ、天の河といえば、今年の七月七日は雨だった」

よく覚えてるね。

「だって、美術教室で七夕飾り、作ったもの。皆な、笹《ささ》の小枝と一緒に、持って帰った。でも、当日は結局雨。残念だったから、忘れない」

笹の枝は、君が、近所の家の門の所に生えているのを貰《もら》った。自分と正宗さんの分も用意した。指導に手一杯で、自分の飾り物までは作れなかった。でも、雨にならなければ、君も短冊《たんざく》に何か書いて吊《つる》したかも知れない。そうなれば、何と書いたのだろう。

笹も地面に刺しておくと、持ちが違ったのかも知れない。雨が降っていたから、ただ、部屋の中に置いておいた。長い葉が、だんだんと内側に丸まり、葉巻のようになってしまった。

「――この水色を見ると、《天河》とつける気持ちも分かる。空に、こんな石で出来た星が、浮かんでいるのかも知れない。――本を見ながら、そんなことを思ったのよ。そしてね、《誰かに『天河石』を贈るなんて素敵じゃないか》って」

そこまで考えて、君は目をしばたたいた。胸の動悸《どうき》はおさまり始めていた。

「おかしい……」

何が。

「だって。図書館に行って、メカジキを焼いて、横になったのは……」

君は、記憶を闇の中から引き出し、正しく並べてみる。間違いない。

「……それは、昨日のことよ」

3

君は、記憶の糸を手繰ってみる。

とろとろとした眠りから目覚めた。右手の先に『鉱物の不思議』が落ちていた。――これは、昨日、あったことだ。

「それから、わたしは起きた。冷蔵庫を開けて、にんじんジュースを飲んだ。天の河の岸に聳《そび》える石の建物のイメージが浮かんだ。そのスケッチを何枚かした。涼しくなったところで、夕方の買い物に出た。帰って来ると、閉め切って出た家の中がむっとした。開け放つ。風が入って来たけれど、蚊が心配だった。お風呂《ふろ》に入り、遅い食事の支度をした。母が帰って来た。食事。その後、夜中過ぎまでかかって、下絵が完成した。でも、すぐに版にかからない方がいい、間を置いた方がいい、と思って寝た。次の日がつまり今日。生ゴミの日で、遅れそうになったのをあわてて出した。午前中は、銅版をカリカリやっていた。滑らかな石の肌を、うまく出したいと考えていた。お昼からは、教室の支度にかかって、三時過ぎには家を出た。道路に逃げ水が見えた。家具屋さんに寄って、大きな段ボールを三箱分貰った。麦茶のペットボトルを二本置いて前のバイパスに出た。そうしたら……」

庭の椿《つばき》の葉が揺れている。右のは勢いがいい。春には、花を沢山つけた。並んでいる左は白っぽい骨のような枝を見せている。葉が少ししかついていないし、そういう葉もどこかひねくれた形をしている。中には、銅版のような色になり、うなだれてしまった葉もあった。同じ土に隣り合って生きているのに、どうしてこういうことになるのだろう。

君は、先程の言葉を、もう一度繰り返してみた。

……わたし、死んだのかしら。

それは、ごく素直な感想だった。

《昨日》からの出来事は、振り返れば振り返るほど、紛れも無い《現実》だった。それは、うたた寝の夢のようなものではない。

「わたし、車ごとくるんと引っ繰り返った。鉄の缶詰の中に詰め込まれた。身動き出来なかった。逆さになっていた。……確かだわ」

だとしたら、これは死ぬ前に一瞬見る幻か。心が家に帰ったのか。事故の前に戻りたいという願望が見せている夢なのだろうか。しかし、自分の実体は、肉体は、間違いなくここにある……ように思える。

君は立ち上がった。そして、今が《今日》ではない、と思ったもう一つの理由に気が付いた。着ているものだ。

白いTシャツ。前は、まったくの無地。後ろへ回って、うなじの下辺りに、中心の濃紺から円周の青へと次第に変わって行く直径五センチくらいの円が一つ描いてある。背中だけの紋付きといったところだ。安さと、その透明感のある青が好きで買った。着てしまえば、自分には見えない。しかし、どこかの山奥の深い淵《ふち》にひっそり浮かんだ波紋をしょっているようだ。それを思うと涼しくなった。

——これは《昨日》着たものだ。今朝、洗濯をして、二階のベランダに乾したTシャツだ。

君は正面の庭を見た。昨日も今日も同じような晴天だった。お天気は決め手にならない。

その時、君は、何かおかしなことがあると思った。

サンダルをつっかけ、玄関から外に出た。あっと思った。君の、白い軽自動車がある。踏み潰《つぶ》された空き缶のようになった筈《はず》の車が、いつものように、いつもの場所にある。

――しかし、おかしいと思ったのは、これだけではない。その正体はまだつかめない。

君は車に近づく。

駐車場を借りるといっても、お金は馬鹿《ばか》にならない。庭を少し潰して、玄関前に入れるようにした。

コンクリートをうった白い駐車スペースに立つと、下からの照り返しで熱い。じわじわと額や、胸の谷に汗が浮き出して来る。車も熱の固まりのようになっている。日陰にいたせいで明るさに慣れない目を、君は細くし、足元を見た。

すぐに、コンクリートのむらがはっきりと見え出す。灰色の部分がわずかに混じっているのだ。その上にタイヤが乗っている。自分を運んだ黒い輪が。

「……あの事故のことは、わたしの頭も、体も覚えている。それなのに、車はここにある」

うん。

「記憶に形はないけれど、この車は手でさわれる」

窓ガラスに指を触れてみる。突き抜けたりはしない。熱を持った透明の壁が、きちんとそこにある。

足元のコンクリートが、日を受けて輝く。

「幻じゃあない。だとすると、やっぱりあっちが夢――寝転がって見た、夢なんだ」

物証があるからには、そう考えるしかない。

何だか狐《きつね》につまれたようだ。君は、飛ぶようにして家の中に戻る。そして、電話の受話器を取り、番号をプッシュする。

どこにかけるの？

「母の会社」

保安員という職業柄、出向く先が時に替わる。一か所が長く続く時もあるが、不定期だ。今はどこの店に出掛けているのか、教えてもらおうと思ったのだ。でも、分かっても、すぐそこに連絡を取るわけではない。仕事の邪魔をしてはいけない。となれば、こんな電話など無意味だ。しかし、君は、何かをしなければ落ち着かなかったのだ。

呼び出し音が鳴る。君は、受話器を強く耳に当てる。十回鳴った。そこで切ろうとし、念のため、もう二回聞いて、受話器を置いた。

「——誰も出ない」

4

さあ、どうしよう。

台所に来て、冷蔵庫を開けた。置き方が悪く不安定だったのか、スライスチーズの袋がするりと滑り、床に落ちた。

「あ」

何？

「昨日、にんじんジュースを飲もうとして開けた時も、――これが落ちたような気がする」

君は、チーズの袋を拾って奥に入れる。ジュースに手を伸ばしかけて止め、牛乳を出してコップに注ぐ。快く冷たい。君は、飲みながら、考える。

「母が帰るのを、ただ待つという手もある。でも、それも落ち着かない。じれてしまう」

君は、手を後ろに組み、作戦を考える将軍のように行きつ戻りつする。

「そうだ」

そして、行動を起こす。再び、庭に出て、軒下の自転車を引き出す。タイヤに指を当てる。ぺこんとへこむ。

「しばらく乗っていないからなあ」

よしよし、というようにサドルを手で撫《な》でる。物置から空気入れを出して来る。じりじりと熱い日の下で、空気を入れる。

「タイヤも腹八分目でいいでしょう。暑いと空気がふくらむし、わたしは軽いから」

どこに行くの？

「図書館」

え？

「《午前中》に行ったところに、もう一回行ってみるの」

やることが見つかった君は、てきぱきと動く。黒のスパッツを、長いパンツにはき替える。町内の図書館だから、上はこのままでいいだろう。

自動車は？

「置いて行く。何だか気持ちが悪いもの。少し、体を動かして来る」

門を出て、前の道に出る。君は途端に——恐《こわ》くなる。

その理由が分からない。日は照り、木々は油絵に描かれたように、明るい葉末に光の点々を散らしている。見慣れた眺めだ。だが、同時に君には、これがまったく馴染《なじ》みのない景色に思えた。

既視感という言葉がある。しかし、逆に、日ごろ目にしている風景が、友が背を向けたように、よそよそしく見えるのを、何といったらいいのだろう。

暑い。ペダルが重い。

信号の赤で止まる。信号機の影が、アスファルトの上にくっきりと落ちている。左には大きな川がとろりと流れている。橋のたもとの交差点だ。君の行く道は、そこを突っ切り、前方遥《はる》かに続いている。夏の日盛りに、時にあるように、見渡す限り人がいない。静かだ。

信号が替わる。君は、足に力を入れこぎ出しながら、首をめぐらす。そうなのだ、静かなのだ。

「分かった！」

何が。

「庭を見て、どこかおかしいと思った。あのわけ。音が聞こえなかったの。——このところ、あっちこっちで家を建ててた。日中はずっと、金づちのとんかんいう音や、大きなホチキス打つような音が、響いていたの。それなのに、辺りが、しーんとしていた。町中の大工さんが、揃《そろ》って休暇にでも出掛けたみたいに」

静けさは、どこまでも続いていた。君の自転車は風を切り、田圃《たんぼ》の中の道に入る。図書館は町外れにある。

緑の稲穂の波が、彼方《かなた》から次々に迫ってくる。風にしなった一本一本の光の受け方が変わり、黄色みを帯びた緑の帯となり、うち寄せる波頭のように見えるのだ。

君は、ふっと眉《まゆ》を寄せる。邪魔物のない快適なサイクリングが、あまりに続き過ぎる。対向車が来ないのだ。路上駐車の車、数台の隣を走り抜けただけだ。時々刻々変化する、魔法の模様にも似た稲の動きがなかったら、描かれた絵の中にでも迷い込んだようだ。

湧《わ》き上がる雲の下に、図書館の建物が見える。君は道を右に折れる。角度が変わり、先程と同じ理屈で、今度は田圃全体の色が調子を替える。カーペットを裏返したようだ。君は、駐車場の横を走り抜ける。車は何台も停まっている。暑いとお客さんが多くなる。涼みに来るわけだ。駐輪場にも、自転車が並んでいる。君は、その間に前輪を入れる。前のかごがゆがんでいる。雪の日に転んだのだ。幸い、大きな怪我《けが》はしなかったけれど、代わりに自転車がこうなった。鍵《かぎ》をかけ、入り口に向かう。一昨年、出来た図書館だ。広々としていて明るい。

自動ドアが開く。

いつものように、君は中に足を踏み入れる。両側が掲示コーナーになっている。その先にもドアがある。君の歩みにつれて、そこがまた開く。

冷気が、ひいやりと君を包む。

5

「どうして？」

君は、呆然《ぼうぜん》と立ち尽くす。表には、車が、自転車が列を作っている。それなのに、ロビーにも書棚の間にも、人の姿が見えないのだ。こんなことはあり得ない。――皆な、どこへ行ったというのだ。

「係の人もいない……」

君はカウンターに向かう。椅子《いす》は引かれ、コンピューターにはスイッチが入っている。司書さんが今までそこにいたようだ。

「すみません」

君は、奥の部屋に呼びかける。同じ言葉を、大きくし、語尾を伸ばして、繰り返す。返事はない。

巻貝の口に耳を当てると、中から海鳴りが聞こえるという。君もやったことがある。ごうっという、いかにもそれらしい音がした。ここでは、それが逆。君の《すみません》が、くるくると回って部屋の中に吸い込まれて行くようだ。

「幽霊船……」

何？

「子供の頃、怪談の本で読んだことがある。漂流している船があって、上がってみると、たった今まで人がいたみたいになっているの。乗組員が、一度に一瞬に、どこかに連れ去られたようなの。……何があったのか誰にも分からない」

君はまた、《すみません》といいながら、カウンターの中に入って行く。非常事態だから、これぐらいいいだろう。奥は、机が並んでいる。書類が開かれていたり、紅茶カップが置いてあったりする。

今の話みたいだね。

君は、カップのおなかに、そっと指を触れる。

「微《かす》かに温かい……」

そこから進むと書庫があった。不気味に静まり返っている。

「いないわよ、誰も」

君はそこで引き返した。閲覧室に戻って、くるりと一周してみる。ノートの開いてある机もあった。まさしく、たった今まで、人がいた気配なのだ。

君は、そこの椅子に座り、しばらくぼんやりしてしまう。

「……何だ、こりゃ？」

余裕があるね。

「ないわよ。そうとでも、いうしかないじゃない」

目の前の鉛筆を見る。スヌーピーが紫色の宇宙服を着てバンザイしている。ここに誰か座っていたのだ。この鉛筆を、ふと置いたところ——

「嫌だ！」

君は、はねるように立ち上がる。

どうしたの。

「誰かが――《いた》、じゃなくて、《いる》ような気がしたの」

同じ場所に？

「そう、二重写しになって」

どこに行くんだい。

「外よ！」

君は、小走りになりかけ、歩速をゆるめる。

「歩かなくちゃ――」

図書館だから、駆け足禁止？

君は首を振る。

「違う。犬がいて恐い時、走って逃げちゃいけないっていうでしょう。追いかけて来るから」

そうだね。

「あれと同じ。あわてて逃げようとすると、背中から何かが取り付いて来る。そんな気がしたの」

君は、ゆっくりと表に出た。日の光の下なら魔物も去りそうだ。自転車に乗る。左に曲がって踏切に向かう。途中から商店街になる。もう少し経《た》てば八月。毎年、月が変わると、ここに七夕飾りを重く垂らした竹が並ぶ。旧の暦で、七夕祭りをやるのだ。

しかし、今はまだ普通の商店街である。そのどこにも人影はなかった。田舎町らしく雑貨屋さんの前に、笊《ざる》が吊《つ》るしてある。

遮断機は上がっているのが、遠くからも見えた。距離はかなりあった。

君は、ゆっくりとペダルをこいだ。時間を稼いで、待ったのだ。

——何を？

6

警報が、いつものように、やかましく鳴るのを。

最後には、足を止め、自転車を惰性ですべらせた。倒れそうになって、ようやく、少し動かす。

そこまでしても、結局、何事も起こらない内に踏切に着いてしまった。

「下りなかった……」

遮断機が？

「そう、上がったまま。——ここはね、開かずの踏切なの。いつも、ひっきりなしに鐘がなってる。それなのに、今日は静かなまま」

ということは、電車が通らないということだ。君は、自転車のスタンドを立て、踏切の真ん中まで進んでみる。刀のように光る銀の線が何本か、敷き詰められた錆色《さびいろ》の石の上を平行に進んでいる。右は、熱気の向こうのカーブまで続いている。左手には駅がある。ホームが箸箱《はしばこ》ほどに見える。

誰かがいて不思議のない、そこにも、人影はなかった。

「ちょっと待ってよ」

君は、踏切の中央で手を腰に当てる。自分を撮影しているカメラがあって、それが顔のアップから、ずんずんと天に上がって行く——そんな気がした。町を写した大画面の中心に、一人の、点のようなわたし。

「こんなことってある筈《はず》ない。おかしくなったのかしら。……そう、おかしくなったんだわ。世界か、そうでなかったら、わたしが」

空を見上げる。青く、まぶしい。……皆な、どこに行ってしまったんだろう。

膝《ひざ》が震える。君は、ぽつんとつぶやいた。

「やってられない」

そして、自転車のところに戻った。近くに酒屋さんがあった。君は、自転車を転がし、自動販売機の前に立つ。まるで、日常を取り戻そうとするかのように、ポケットから財布を取り出し、百十円を入れた。指が、押しボタンの列で少し迷った。レモンスカッシュを押す。がたん、ごろんと缶が落ちる音。

「わたしね、自動販売機のこういうところに、運命を感じるの」

　え、どういうこと？

「迷っているでしょう。その間には、まだ自分で選択できる。なす術《すべ》があるわけじゃない？　でも、いったんどこか押してしまったら、機械は動き出す。缶が落ちるという結果は、まだ出ていない。でも、もう運命は決まっているわけよ。レモンスカッシュを押したのに、コーヒーは出て来ない。――野球でね、ピッチャーの指から、ボールが離れた瞬間って、こんなものじゃないかしら」

　ボタン押す度に、そんなこと考えるの？

「度に、というわけじゃないけれど」

　君はかがんでプラスチックの蓋《ふた》を上げ、レモンスカッシュの缶を取り出す。手頃な重さだ。前髪を分けて、冷えたアルミを額に当てる。指の先から冷たさが沁《し》み込む。君は、左手も添える。両手で缶を持つ。とうもろこしを食べる時のように。

　ころころ。

「――版画を印刷する時にね、銅版に小さいローラーでインクを押し込むの。ころころと転がして」

　あ、なるほど、額にローラーかけてるみたいだ。

「……気持ちいい」

君は、目を堅く閉じる。何だか、泣き出しそうな女の子のようだ。

「こんな時にも、気持ちのいいことがあるなんて、おかしなものだわ」

こんな時って？

「そう、それが問題よ。《こんな》が《どんな》なのか、全然分からない。――大戦争にでもなったのか、この辺りが攻撃されるんで、皆な避難したのか。それにしては、何もかもが残っている。整然と。――まるで、この世がふるいにかけられて、人間が全部落とされたみたい」

君は、レモンスカッシュを飲んだ。いつもより、酸《す》っぱいような気がした。いつもより、飲むのに時間がかかった。空き缶入れに缶を捨てる。コン、という音がして、また辺りは静寂の底に沈む。

ぞくりと恐くなる。

君は、家へと向かった。別段、世間に変わった様子はない。ブロック塀の路地から、今にも誰か出て来そうだった。しかし、君はもう細い道に入る気にはなれなかった。何か、とんでもないものに出くわしたらどうしようと思ったのだ。

見通しのきく広い道を選んだ。

家の茶の間に上がり込むと、まず、テレビをつけた。ざーっという音がして、画面は砂嵐《すなあらし》が吹き荒れるだけだ。ここにも人はいない。チャンネルをあちらこちらに動かしたが、同じことだ。

部屋の隅にラジカセが置いてある。切り替えスイッチを久しぶりにラジオにしてみた。ゆっくりゆっくりとダイヤルをいじっていけば、関東どころではなく、とんでもない遠くの放送が紛れ込むこともある——筈だった。それもなかった。

「どうしたのよ、どうしたのよ」

受話器を取り上げ、正宗さんの家にかける。鳴ってはいるが、誰も出ない。ワープロで打ち出した、番号簿がある。新聞屋さん、お鮨《すし》屋さん、病院、軒並みかけてみる。結果は同じだ。

新聞を探す。念のためポストを覗《のぞ》いたが、夕刊は届いていない。テーブルには《昨日》の朝刊しかない。これは読んだ記憶がある。普通の日常が紙の上に広がっている。だが、《ここ》にはそれがない。

君は畳に座り込んだ。長い夏の日が、ようやく暮れようとしていた。

7

「《孤独》っていう言葉がある」

君は、いってみる。

「ひょっとしたら、わたし、今、《孤独の権化《ごんげ》》なのかもしれない」

波のように恐怖が寄せて来る。

「わたしの理性が壊れてしまっただけ。そう考えると説得力がある。……でも、そうは考えたくない。説得力があろうとなかろうと、そんな考え方は《だったら、どうする》に繫《つな》がらないもの。とにかく、――」

とにかく、どうしたらいいか、分からない。そこで君は――夕食を作り出した。天麩羅《てんぷら》をあげた。テーブルの上に、出来た料理を並べた。試しにまたテレビをつけてみたが、事態は変わらない。CDをかけてみた。これはちゃんと鳴った。最初は、中に入っていたシューマンをそのままかけたのだが、どうも落ち着かない。静かなリュートの曲にした。

「リュートってギターの兄弟。ほら、この解説に《涙の形をした楽器》って書いてある」

ものはいいようだね。《茄子《なす》の二つ割》っていうより、ずっとロマンチックだ。

「でも、甘過ぎるいい方かな」

こういう時にかけるのは、ぐっと静かな曲か、うるさいぐらいの曲か、そのどちらかだろうね。

「躁《そう》で攻めるか、鬱《うつ》で静めるかね」

君は、箸を取りかけて手を止めた。

不安になったのだ。家中を回って鍵《かぎ》を閉めた。一間ある二階だけは網戸にして風を入れた。窓から、どろんとした闇《やみ》が見えた。いつもより、夜が深い。明かりが、極端に少ない。やはり、町には誰もいないらしい。明るいのは、昼間から照明つけっ放しの窓らしい。

本格的な夏の一歩手前とはいえ、閉め切ってはたまらない。むっとする。君は、この夏初めてクーラーのスイッチを入れた。体によくないから、猛暑になるまでは、使わない筈だった。

君は、再び箸を取り、じっとお醬油《しょうゆ》をついだ小皿を見つめる。小さな泡に蛍光灯が映っている。食べ始めない。君はまだ、食べ始められない。

とうとう立ち上がって、また二階に行った。上の窓も閉めた。闇は濃さを増していた。

薄暗い階段を、とん、とん、と下りながら弁解する。

「そんなに臆病《おくびょう》じゃないいつもりなの。お化け屋敷にいっても、友達がキャーキャーいってるのを、笑って見ている方。でも……」

この恐《こわ》さは、ただ事ではない。夜の重さが、屋根の上からのしかかって来るようだ。その重さは、勿論《もちろん》、自分自身の頭がおかしくなってしまったのではないか、という恐れでもある。だが、そう考えることは何ものをも生み出さない。健康的ではない。

だから、君はCDの音量を少しだけ上げ、馬鹿《ばか》なことは考えないようにして、海老《えび》の天麩羅を食べ始める。食欲がない。無理やり、茶碗《ちゃわん》一杯のご飯を入れると、残りの天麩羅の形を整えラップをかけた。

お風呂《ふろ》に入って汗を流し、髪を洗って、パジャマになる。その後、しばらく茶の間でぼんやりしている。

寝ないの？

「母を待ってるの」

お母さん？

「そう。誰一人いなくなっても、母は帰って来るような気がするの。だって、この家にいるわたしが残ったんだもの。この家に住んでる母だって戻って来るんじゃないかしら」

君は、お母さんの足音を聞くように首を傾ける。

「そうしたら、相談出来る、どうすればいいか」

だが、十二時を過ぎても玄関のチャイムは鳴らなかった。君は、二階の自分の部屋から布団《ふとん》を降ろし、何かあったらすぐに分かるよう、茶の間で寝ることにした。クーラーを止め、タオルケットを一枚かけた。

明かりはつけたままだ。

「友達の結婚式で、しばらくぶりで会った人がいたの。夜の話になった。といっても、アヤシイ話じゃないのよ。彼女はいうの。誰かがいる家で眠るのって、とってもいい気持ちなんだって。——わたし、何のことだか分からなかった。あのね、こういうことなの、彼女はずっと一人暮らしだったの。たまに友達なんかが泊まりに来ると、その《いるな》っていう気持ちを持ったまま寝られる。枕《まくら》を並べてっていうより、自分の方が先に横になって、家のどこかで話し声や、食器の触れ合う音がしている。それを聞きながら、うとうとするって、いいようのない快楽なんですって。わたしは、この年まで母と一緒でしょう。一軒の家に一人で寝る機会って、殆《ほとん》どなかった。大人になって、どういう方がおかしいようだけど、母が会社の旅行に行った時なんか、確かに何だか心細い。寝る時の気持ちが違うのよね」

で、今は？

「——最悪」

8

君は目を開ける。

「……」

やはり茶の間にいる自分を見つけて、がっかりしたようだ。熟睡は出来なかったけれど、うとうとはしたようだ。顔を枕に押し付ける。本当に小さな声で、何かを繰り返した。お母さん、といったようだけれど、はっきりとは聞こえない。かなりの時間、そうしていた。

朝だ。

「誰かに、頭を撫《な》でてもらいたいわ」

弱気だね。

「当たり前でしょう」

雨戸を開ける。普通の朝だ。君は、辺りの様子をうかがう。危険な気配は、別にない。パジャマのまま、サンダルをつっかけ、前の道に出る。右、左と首を振る。見慣れた道路、見慣れた塀、夏らしく勢いのいい緑。遠くには、紅で染めたような夾竹桃《きょうちくとう》の花が彩《いろど》りを点じている。そして、ここに、ちらりほらりと通勤の人の姿ぐらいは見えてもいい時刻だ。

君は、少し先の駐車場まで歩いてみる。そこの裏が小学生達の集合場所だ。賑《にぎ》やかな声が聞こえる筈だ。

だが、《筈だ》は、《筈なのに》になってしまう。

帰りながら気づく。

「生ゴミの日なのに、誰も出していない」

出す人も、集める人もいないのだ。

玄関に入って、お母さんの靴がないことを確認する。君は、そのまま玄関にしゃがみ込む。膝の先を、置いてあった自分の靴に乗せ、肩を壁にあずけ、顔を覆《おお》う。

心が崩れそうになる。

タ　ー　ン

──真希。


「え」

君は、──指の間から瞳《ひとみ》を見せた。

「……顔を隠していたのに、何か見えた。今、耳の脇《わき》を、朝霧が流れたような気がしたの」


──しっかり。


「お母さん……」

君は、立ち上がり、靴の曲がりを直し揃《そろ》えて置く。すべての窓を開け、光と風を家に招き、涼しげなアイスグリーンのTシャツに着替えた。台所に入りフライパンを取って、目玉焼きを作り始める。

「しっかりしなくちゃ」

朝食をとった後、君は、テーブルを片付け、洗濯をする。よく乾きそうな天気だ。九時を過ぎたら暑くなるだろう。

「さあ、作戦会議だ。皆な集まって！」

君、一人だろう。

「――そうだけど」

紅茶をいれて、テーブルに着く。

「まず、水、電気は今のところ、普通に使えます」

「それは大きい」

「そこで、目下、最大の問題点は、生ゴミかと思います」

「ふむ」

「何しろ夏ですから――」

「ゴミ収集車が来てくれなかったら、数日で大変なことになるかと考えます」

「家の分は、庭に穴を掘って埋めるしかなさそうです。しかし、日数が重なったら場所がなくなる」

「これは空き地を使うしかないでしょう」

「わが家はいいとして、隣近所はどうなります」

「そこだ！」

一人会議も、盛り上がるものだね。

君は、紅茶を啜《すす》り、

「冗談じゃないわ。この町、それから隣の市や町の生ゴミのことまで考えたら、どうにかなりそうだわ。もっと広げて考えたら、――もっとどうにかなりそう」

確かに、あまり気持ちのいい想像は出来ない。

「長い目で見たら、自然に還《かえ》って行くのでしょうけれど――」

その過程は、ちょっと大変そうだね。

「そこら中のものが、腐って行く」

衛生問題か。

「そう。何が何だか分からないけれど、とにかく、こんな状況になってしまった。そこで一番悲劇的なことって、病気になるか、怪我《けが》することでしょう。だって、さしあたり、お医者さんはおろか、面倒看《み》てくれる人もいないのよ」

確かにそうだ。

「だからって、わたし一人で、町中の生ゴミは埋められない。悪くなる方が早いわ」

それはそうだ。

「取り敢《あ》えず、隣近所だけ始末する。それぐらいしか出来ないわ。人がいないとしたら、新しい生ゴミは増えないわけよ。一軒で一回やればいい」

すると第一番は、ご近所生ゴミ始末作戦だね。

「そう」

君は、物置からシャベルを取り出す。

まずはお隣から始めた。

「ごめん下さーい」

一応、声をかけるんだね。

「返事をしてくれたら嬉《うれ》しいわ」

応答はない。門に手をかけるとゆるゆると開く。玄関も開いた。君は、シャベルを置き、声を上げながら、家の中に入って行く。

昼食前に、両隣のゴミを始末した。

9

君は、昨日の残り湯を浴びて汗を流す。ご苦労様。

「でも、人の家に入るって嫌なものね。泥棒になったみたい」

こらっ、て、いわれたら、それはそれでいいんだろうけど。

「そうね」

もう少しやるの。

「だらしないけど、午後は休むわ。穴を掘るのって疲れるのね。ダイエットにはなったんじゃないかしら。町のゴミ袋って結構大きい。お隣の台所で、あれが膨らんでるのを見た時にはうんざりしたわ。穴を掘って、より分けて埋めて。想像以上の重労働だった」

やっぱり体力と相談しなくちゃね。

「ええ。情けないけど、もう、うちのを処理するぐらいの気力しか残ってない。後は、皆なが帰って来るのを待つばかりよ。——自分のゴミは自分で始末してもらわなくちゃ」

そうだね。

そこで君は、自分のことを——版画を思い出した。作りかけのメゾチントのことが頭から、転がり落ちていたのだ。

「下絵も、削りかけの銅版も、はっきりと目に浮かぶ。でも、事故までの一日は《夢》の筈《はず》よね」

二階が君の部屋なのだけれど、日中は暑くて入るのも嫌だ。《昨日》、とろとろ眠る前に、スケッチブックを下に持って来てあった。本棚の横に立ててある。表紙の色は、茹《ゆ》でた空豆のような緑だ。

それを開く。何枚かめくり、ページが白くなったところで手が止まる。やはり、描いた筈の建物の絵がない。それは、非現実のもの。君の頭の中にだけあるらしい。

「――夢から名作が生まれることだって、あるわよね」

そう思うと、積乱雲がもくもくと立ち上がるように力が湧《わ》いて来た。君は、柔らかな鉛筆を握った。

天の河という限定条件は消えて、ただ石造の建築が生まれた。悲劇的な線が引けた。満足の行く出来だった。いつかどこかで見たような木々が、それを取り囲む。パンを焼かずに食べ、牛乳を飲みながら、仕事をした。

お腹《なか》がすいたという感覚はあったけれど、ここまで気分が乗ったら、すぐに続けて版を削りたかった。インクは蒼《あお》を使おう。この線と面が、印刷機をくぐった紙にどのように浮かんで来るか。それが見えるようだった。

君は階段を駆け上がり、部屋に入った。濃密な熱気の中で、いつもより少し大きめの版を手にとった。日中の作業は下でした方がいい。スクレーパーを左手に取ると、逃げるように階段を降りかけた。

五、六段目で足が乱れた。
スリッパのかかとが段の先に引っ掛かった。足が浮き、腰が沈んだ。壁が灰色の流れとなって、視界を斜めに走った。腰をしたたかに打ち、回転しかけた。階段が狭いので、途中でひっかかり、数段落ちたところで、体が嘘《うそ》のように撥《は》ねた。思わず手で頭をかばった。

一瞬の後、君は苦痛の中にいた。うめくしかない。人間の体からは暑さのせいだけではなく、汗が出ると知った。階段の下の板の間で、君は、大きな手で叩《たた》きつけられた蛙《かえる》のような格好をしている。ただ、右足が不自然な形で体の下になっている。

君はしばらく息を止めている。

大丈夫かい。

君は、息を吐き、すぐに吸う。海中にでもいるかのように、また長く呼吸を止める。歯を食いしばる。次に我慢出来なくなった時には、ゆるゆると少しずつ吐いていく。

「息すると……痛いの」

君は身を起こし、床に座ったまま、とても重いものを運ぶように、手をついて体を動かす。肘《ひじ》が擦りむけて血が出ていた。壁は十年以上前、まだおじいちゃんおばあちゃんのいた頃、じゃがいものような頭をした左官屋さんが来て塗り直した。しばらく前から、細かい粒がぽろぽろ落ち始めていた。砂のようなそれが腕に貼《は》り付いていた。

君は、壁によりかかった。スリッパの片方は、思いがけないほど遠くに飛んでいる。スクレーパーはすぐ脇にあった。銅版は階段の途中らしいが、首をめぐらす気も起こらない。左足を動かしてみる。無事に膝《ひざ》が立った。でも、右は。

「つっ……」

とんでもない痛さだ。額からぬるぬると流れる脂汗《あぶらあせ》を拭《ぬぐ》い、その指で、頬についた綿ぼこりを取る。

「……打ち身ぐらいで、こんなに痛いかしら」

うーん。

「でも、こうやって静かにしてれば、何とか耐えられる。骨折だったら、もっときびしいんじゃないの」

また、軽く力を入れようとして、君は顔を盛大にしかめ、うめく。

「拷問《ごうもん》だわ、これ」

困った、やっぱり最悪の結果が出たらしいね。

「――骨折って、ひとりでに治るのかしら」

いや、つなぐとか何とか、処置しないと駄目だろう。

「ヤバイ」

廊下のはずれが玄関だ。夏の光が明るい。

「あそこが、とっても遠くに見える。ついさっきまで、気楽に行けたのに」

君は痛む足を見つめる。

「這《は》ってもいけない」

君は、肩で息をしながら、

「本当に馬鹿《ばか》だわ、わたし」

間が悪かったんだよ。

「それにしたって、時と場合ってものがあるじゃない。病気や怪我はするわけにいかないって、自分でいったばっかりなのに」

でも、自動車で引っ繰り返るよりはいいんじゃないかな。

「そんなの気休めにならないわ」

動かないでいれば、多少はいいんだね。

「というより、……動かせないのよ」

10

どれくらい経《た》ったのだろう。君はそのままの姿勢で、まだ座っている。

誰かが来てくれないか。抱え上げて担架に乗せてくれないか。お医者さんに連れていってくれないか。

それは砂漠で水を思うような、甘美な空想だった。

太陽が動いて、日が階段の上に差し込んで来た。サウナのようだ。

「着替えたい」

着ているものが、意地悪く肌に貼り付いて来る。水も飲めない。動けない。

情けない、と君は思った。

「これだったら、自動車事故で気を失って、病院に運び込まれた方がましだわ。百倍もまし――」

第三章

1

君は、座椅子《ざいす》から落ちそうになった首を立て直す。そして、目を開ける。

いい風が入って来る。網戸の向こうには、明るい午後の光が溢《あふ》れている。

「……！」

——君は、一気に身を起こす。

——魚がはねたようだ、闇《やみ》の海から光の空へと。

「なくなっている」

何が。

「足の痛み」

まるで氷の塊を太陽に投げ込んだように、痛みは一瞬に消えていた。そう、治った、というよりは消えたのだ。

「これは……」

小さな声で《初めてのことじゃないわ》と付け足した。同じことが、また起こった。君は、まるで小鬼でもそこにいるかのように、ゆっくりと右手の畳の上を見た。紫色に縁《ふち》取られた本が落ちていた。題は『鉱物の不思議』。庭に目をやる。椿《つばき》の葉が揺れていた。庭の奥には、百合《ゆり》も咲いている筈《はず》だが、ここからは見えない。

立ち上がった。右足を《く》の字に曲げて力を入れてみる。平気だ。何ともない。たとえようのない安堵《あんど》感《かん》が、君の胸にじわじわと広がって行く。体は、心の大事な入れ物だ。あのままだったら、君の心はどうなっていたろう。

君は、今の幸せを噛《か》み締める。

だが、しばらくして、当然のことながら考え始める。——《これはいったいどういうことなのか》。

同時に、思いが色鉛筆のセットを撒《ま》いてしまったように入り乱れた。悪夢から覚めたと考えるべきだろう、足を折ったところまでが夢だったのだ。それが良識というものだ。だが、今《良識》は通用しそうにない。

君は知っている。階段から落ちたのは、はっきりとした現実だった。あの痛み、追い詰められた獣のような、ついさっきまでの体と心の苦しみが夢であってたまるものか。

しかし、一方でこうして、今、考え込んでいる自分も、間違いなく現実の存在だ。

散らばった色鉛筆を、きちんと並べてみよう。赤の次に橙《だいだい》を、その次に黄色を置いてみよう。

まず、自分の着ているものを確かめる。下は黒のスパッツ。上は、背中に青い波紋を背負ったTシャツ。そうだ。今はやはり《昨日の今》なのだ。そして、同時に《一昨日《おととい》の今》でもある。時間が戻ってしまった。一度ならず二度までも。

「わたし……」

変になったのかしら、といいかけて、君は言葉を呑《の》んだ。

「そう考えるのは建設的じゃない」

昨日も、そう考えたね。

「わたしから見て電車が動いている時、電車から見たら、わたしは動く風景の一部よね」

うん。

「どっちとも取れるなら、取り敢《あ》えずは、わたしを基準に考えてみる。変になったのは世の中の方だわ。——どう変になったのか、考えてみよう」

君は台所に行き、テーブルに置いてある温度計付き時計を手にとった。グレーの針は三時少し過ぎを指していた。正確にいうなら、三時十七分。すると《目覚め》たのは、十五分頃ということになる。

「何が起こったか。——昨日も、今日も、この時間になったら、時計が一日戻ったらしい。——いいえ、戻ったのよ。わたしの時間だけが、時の川が流れて行く途中でぽんと跳ね上がった、そして小さな円を描いて、一日前の同じ時刻に繋《つな》がった。ちょうど、平仮名の、《ね》の字や《ぬ》の字の尻尾《しっぽ》みたいに」

　そして、同じところを回っている？

「実際そうじゃない？　少なくとも二回目までは」

　そういう回路が、出来てしまった。

「ええ、何かの拍子で——」

　君は、ことん、とプラスチックの時計を置いた。

「《何の拍子》かは決まってるわ。あの事故よ、あそこで、わたしの時間が揺れたんだわ。揺れてはずれたのよ。そして——」

　耳をすましてみる。辺りは、やはり、異様に静かだった。

「——誰もいないのは、そのせいなのよ。わたしだけが、時間のくるりとした尻尾に入ってしまった。皆なの時間は普通に流れて行く、先に行く」

　そのイメージのあまりの救いのなさに、君の声は震えた。

「わたしは置いて行かれた。――皆なはマラソンのコースに出て行ったのに、わたしだけトラックを回っている。がらんとした、誰もいない競技場のトラックを。――そう考えれば説明がつく。――この誰もいない世界の説明が」

恐《こわ》かった。まるで、別の星にほうり込まれたようだった。

君は、お母さんの会社と正宗さんの家にまた電話をした。誰も出なかった。

茶簞笥《ちゃだんす》の引き出しから車のキーを取り出した。そして、家の戸締まりをした。それから、白い軽自動車に乗った。《今日》もまた《昨日》同様か、この世に、本当に誰もいないのかどうか、確かめようというのだ。

国道に出る。今まで、一度として見たことのない眺めだ。こちらも、対向車線も見渡す限り空いている。やはり、人気《ひとけ》がない。信号がきわどいところで赤になり、ブレーキを踏んだ。

「電気は来ている。信号はかわる。昨日の踏切は動かなかった。閉じなかった。あちらは電車に対応するものだからかしら。――電車は来ないから、決して閉まらないのかしら」

まるで、無人島に流れ着いたロビンソン・クルーソーだと思った。どこの葉陰にはどんな動物がいるか。どこの丘の向こうに何が見えるか、それを考えているようだ。つまりは、島の法律を。

事故のあった交差点まで来てみた。何度も通ったところだ。朝も昼も夜も、川に水のあるように、いつもいつも車が流れていた。君もまた、その水の一滴だった。だが、今日は違っていた。ただ夏の風が吹いているだけだった。

君は、車を左に寄せ停車して、降りてみた。視界に入らなくても、実は見えない自動車が疾駆しているような気がして身がすくんだ。数歩行く内に、巨大な鉄の拳《こぶし》に殴られそうだった。口の中に血の味がするような気がした。

だが、実際には君を邪魔するものはなかった。それもまた、恐ろしい。君は、指で砂を払い、中央分離帯の端に腰を下ろした。

「今、すべてが元に戻ったら、奇妙でしょうね。こんなところに、ぽつんと座っている女なんて」

国道は、運転席から見ているよりもほこりっぽく、空はか━んと音がしそうなほどに、━━まるで秋のように高かった。

君は、スパッツの膝《ひざ》を撫《な》でた。頭の芯《しん》が抜けてしまったような、見えるもの全部が霞《かす》み出すような気がした。

「……《昨日》は皆なが、どこかに行ったのかと思った。何かとんでもないことが起こって消えたのかと思った」

つまり、空間的に移動したのかと思った。

「そう。……だったら、まだ救いがあるでしょう。場所が離れているのなら、何とかすればたどり着けるかもしれない。でも、それが時間だったらどう？　全速力で走ったって、どうにもならない。わたしが足踏みしてる間に、もう二日分置いて行かれた。こうしてわたし、どんどん、皆と離れて行くの？　正宗さんとも、教室の子供たちとも、もう会えないの？」

指は組合わさり、肩は丸くなり、君は膝に顔を埋《うず》めた。

「ロビンソン・クルーソーは、島に一人だった。……でも、この世に人間がいるとは、分かっていた。この世のどこにも、人がいないと知ってしまったら、ロビンソンはどうなったかしら」

自分の胸の響きが聞こえるような気がした。

「……叫ぶことも出来ない。自分が、すっかり小さくなってしまったようだわ」

君は、首を、小刻みに横に振った。

「……もう、お母さんは、うちに帰っては来ないの？」

2

地平近くに藤色《ふじいろ》の雲が流れた。空高く白いそれには、薄オレンジのセロファンを透かしたような光がさした。明暗が、雲を立体として見せる。君は、その頃になって、ようやく、ふらりと立ち上がった。

行くのかい？

君は黙って、運転席につき、エンジンをかけた。

デパートに寄ってみる。駐車場の入り口に車の鼻先を突っ込むと、無機的な《駐車券をお取りください》という声がした。君は、どきりとする。勿論《もちろん》、誰もいない。

中はがらがらに空いていた。くるりくるりと坂道を上っても同じことだった。普段よりずっと早く上れるのに、人気のない眺めの連続は不気味で、随分と遠くまで来たような気になった。まるで大掛かりな化け物屋敷の中にいるようだった。途中で下りの方に入る。《出口》という表示のところから出ずに、そのまま回り続けて一階に戻った。

「明かりはついている」

大きな自動ドアの前に立つ。ちゃんと開いた。しんと静まり返っている。真夜中のお店に迷い込んだようだ。人がいないとエスカレーターの動きも、工場のベルトコンベアーめいて見える。

地下の食料品売り場に行った。君は、積まれた灰色のかごを、一つ手に取る。炊《た》き込み御飯を販売しているコーナーがあった。失礼して、手を御飯の上に伸ばしてみる。

「冷えてる」

どういうこと？

「三時過ぎの状況でストップしている。この御飯はその時のままで冷えた。——ただし、全部が全部、そうじゃあない」

こういう風に、あれこれ考えるのはいいことだ。うずくまっているより、ずっといい。

「——例えば、カート」

え？

「その瞬間でストップしていたら、この通路にはもっとカートが止まっていなければならないでしょう。少なくともレジには何台かのカートが並んでいる筈よ」

それもそうだね。

「来る途中の道にも、人の乗っていない車が沢山いた筈だわ」

どういうことだろう？

「《運動》と《時間》との間に、何か関係があるんじゃないかしら。ある程度以上の速さで動いていたものは、こちらの世界に残らない」

すると、木の枝や葉っぱはどうなるんだろう。風で揺れていたろう。あ、その風は？空気も動いているよ。

「《質量》が関係してくるのかしら。あまり軽いものは残っている。時間と速度と質量のこと、物理学者だったら、うまく説明ができないかしら」

難しくなって来たね。

「木の枝や葉っぱに関していうなら、もっと簡単だと思うわ。木の一部だもの。私たちが水に飛び込む時は、髪の毛も一緒について行くでしょう？」

残ってたら恐いよ。

「それと同じ理屈よ。ファミレスでフォークにハンバーグを刺して口に運んでいた人は、《次の時間》に移って行く時、フォークもハンバーグも連れて行ったのよ。ここで、かごをさげていた人は、その買い物ごと《次の瞬間》に移って行ったんだわ」

ちょっと待って、そうすると、今ここにあるものは、向こうに行かなかったの？　向こうには、ないのかな。

君は、卵豆腐とポテトサラダをかごに入れ、野菜売り場に向かった。

「そんなことが起こったら、あっちの、正しく流れてる方の世界に、ぽこぽこ穴が空いちゃう。不完全なパッチワークみたいに。まず、こっちにはある地面が、向こうにはないことになっちゃう」

うん。

「だから、時間ていうのは、ぱらぱら漫画みたいなものなんじゃないかしら」

ぱらぱら漫画？

「ずらした絵を描いて、めくるやつよ。それで動いて見える」

ああ、あれか。

「だから、一瞬一瞬が存在していて、それが無限に続いた連続体なのよ。一瞬がなかったら、全体もない。その絵の一枚に、わたしが止まったの」

琥珀《こはく》の中に閉じ込められた蟻《あり》みたいに？

「ああ、鉱物見本の販売の中に、そういうのもあったわね。飴《あめ》みたいな色をした琥珀の中に大昔の昆虫がいたっけ」

踊っているみたいな格好のもいた。

「踊ってる……楽しそうに？　でも、主観的にはそれが断末魔の苦しみなのよね。とにかく、あれは――死んでいた。わたしは生きている」

失礼。

「こんな感じじゃないのかしら。わたしが、《ね》の字の尻尾の《くるりん》に入って、一日前に戻った。電車と電車でも繋ぐみたいに時間のレールとレールが、がちゃんとぶつかった。そのショックで、動いてたものが別の世界にぶれたのよ」

その《動く》の中に《動物》も入って来るわけだ。

君は、アスパラガスを手に取った。ちょっと青みが足りない。

「そう。寝ているものぐらいいたでしょうに、猫も犬も見ないものね。動物という存在が、時間の世界の基準で《動く》ものの中に入っているのね。だから、今こっちに残っている動物は、――取り残された、わたしだけ」

そしてまた、《この世界》の一日が動きだしたわけだ。

3

君は、レジに向かった。レジスターのちょうど開いているところに入った。突き出たお金の引き出しは、重さで少し端が下がっていた。誰もやってくれないから、自分で計算しなければならない。ペンを持って来なかったので、筆算というわけにいかない。みっともないけれど指も使った。

暗算が苦手なんだね。

「理系じゃないの」

お刺し身とオレンジジュースも付け加えて、千九百八十七円だった。

財布から、二千七円を出す。カウンターに置き、レジの中に入って二十円を貰《もら》った。ついでに袋も貰った。お金の引き出しの下に束になって入っている。今まで、何度通ったか分からないレジなのに、どこに何があるかなどと、気を付けたこともなかった。君は、買ったものを袋につめながら、

「時間が一日分だけ動くというのも、わたしがこちらに来たからじゃないかしら」

　というと？

「だって、《瞬間》には幅がないでしょう。お魚を水の中に入れないと死んでしまう。だから、取り敢《あ》えずの緊急措置として、時間が少しだけ揺れてくれたんじゃないかしら」

　自己中心的な考え方だなあ。

「——そうともいえないと思う。だって、三時過ぎのあの時点で火を使っていたうちだってあると思うのよ」

　話が飛躍するね。

「繋《つな》がるの。いい、そういうところで、時間のポーズボタンがはずれたら、どうなる？」

　フライパンでもかけていたら、火事になるだろうね。

「でしょう？　食事時じゃあなかったから、絶対数は少ないと思う。でも、そういううちだってあった筈《はず》だわ。だけど、昨日の夜、二階から町を見渡した限りでは、どこにも火の手はあがっていなかったわ」

　確かに、闇《やみ》が広がっていた。

「だから、世界を保とうという何らかの安全装置が働いているような気がするの。大きな意志」

神様？

「といっていいのかどうか分からないけれど。とにかく、高いところから見ている何かよ。あのね、わたし、たまたま子供向けの科学番組を見ていてびっくりしたことがあるの。——夕食の支度をする時に、《ながら》で音だけ聞こうかと、テレビのスイッチ入れたの。そうしたら、氷のことを話していた。氷は固まると、水より重くなるか軽くなるか」

それこそ、子供だって知ってる。

「どっち」

氷は浮くんだ。軽いに決まっている。

「そうよね。それが《常識》だと、私たちは思ってる。当たり前だと。でも、この世の水以外の液体って、実は固まると縮んで重くなるのが《当たり前》なんですって。それなのに、なぜ、水だけが例外なのか」

そんなことに説明がつくの？

「つけたのよ、その番組では。——氷だけは軽くないと生き物が困るから、ですって」

え？

「寒くなるでしょう。池も川も上から凍るからこそ、魚や虫が水の底で冬を越せるの。わたし、それを聞いた時に、ぞぞっと背筋の震えるような気がしたわ。誰が決めたの、っていいたくなるでしょう」

　本当だね。

「氷なんて、小さい頃からどれだけ見たか分からない。冬の朝、庭のバケツに透明の丸い板が出来た。その冷たいのを朝日にかざしてきらきら光らせたりもしたわ。でも、どうして固まると軽くなるかなんて、考えたこともなかった。わたし、お料理の味醂《みりん》の瓶を持ったまま、しばらく何も出来ないで立ってたわ。わたしたちは、基本的に――生きるように出来ているのよ」

　それで、君のための一日が生まれたのか。

「そうよ。生きるのには光も必要だし、眠れる夜もいるだろう。最低限のリズムが必要だろう。そういうことで、一日が与えられたんじゃないかしら。――それって、とっても壮大な眺めじゃない？」

　壮大？　眺め？

「ええ。だって一日があるということは、地球が自転をするということでしょう。大きなこの玉が、わたしのために、くくく、と動いて一回転するのよ」

　宇宙空間の中に置けば、地球もほこりのようなひとつの点かもしれない。でも、人間の目から見れば途方もなく大きなものだ。そのイメージは視界を越えて広がる。万里の波が、輝く海が、霧の巻いた峰が、重なる山々が回転していく。

「それだけのことをしてくれたんだもの。悪いようにはしない。いつかは、必ず、元の世界に帰してくれる。そう考えたいの。――でないと、わたし、もう、この瞬間にも、おかしくなっちゃう」

君は、袋を提げて、駐車場に向かう。その姿は、ありふれた日常のものだ。

公転は？

「それは、していないんじゃないかしら。だって、わたしの怪我《けが》が消えたのよ。つまり、前の日に戻った。――ということは地球が同じところで回っているということでしょう？」

そうか。

「ずっと、この状態が続くのかどうかは分からない。一日という繰り返しの単位が、長くなるのか短くなるのかも」

二度あることは三度ある。

「そう。だから、取り敢えずは明日の三時過ぎにどうなるかを待つしかないわね」

君は車に戻って、エンジンをかける。

4

君がそのことに気が付いたのは、車がもう家に大分近づいてからだ。——あっ、と思った。

車を狭い駐車場に入れて、買い物の袋を提げて家に入った。まず最初に《それ》を確かめたかった。でも、そうしたくない気持ちもあって冷蔵庫を開けた。スライスチーズの袋が落ちたのを拾う。

夜は、お刺し身？

「ええ。お料理作る気力がないから」

取り敢えず生ま物をしまって、庭に出た。何も考えずに飛び出したから、洗濯物が干したままだ。もう空は暗い。少し、湿ったような気がする。取り込んでから、オレンジジュースを一杯飲んだ。

それから、ゆっくりと本棚に向かった。

横にスケッチブックが立て掛けてある。君は、手に取り、ページをめくった。《あれほど思いをこめて描いた、建物の絵》は——そこになかった。

君は両手を後ろに伸ばして、ハの字について体を支え、しばらく腰が抜けたように座っていた。

そうしている内に、もうすでに暗かった外が、筆で墨を塗り重ねるように、本当の夜になっていった。君は、ああ……、と嘆息した。

「そうよね。骨折が消えるんだもの、描いたものだって消えるわよね」

また描くというわけにもいかないものね。

君は、怒ったような口調で、

「そうよ。作品って、ただ一度、生まれる筈の時に出来るもの。記憶をたどったって同じものは出来ない」

釣り逃がした魚と同じかな。大きく見えるだろうね。

「本当。……何より残酷なのは、創造の意欲を奪われるということよ」

そうか。下絵を版にするところだったね。

「イメージは頭の中にある。道具は上にある。でも、いそいそと仕事にかかる気になれないわ」

君は立ち上がって、お刺し身にしておいてよかった、といった。切ればいいだけだ。

そして、

「どんな傑作が出来たところで、明日の午後には消えるかも知れない。……そう思ったら、プレートに向かう気力だってなくなるわ」

そこで君は、まだ、たたんでいない洗濯物を見やる。

「あれ、今朝、洗ったものじゃないのよ」

そうか。三時過ぎに忽然《こつぜん》と現れたものなんだ。《繰り返される日》の午前中に洗って干したものなんだ。

「そうよ。だとしたら、朝の洗濯をする気力って、著しく殺《そ》がれると思わない？　いってみれば、まったく無駄なことじゃない」

君は、並べればいいだけのもので夕食をとった。ビデオ録画してあった洋画を観《み》た。人が動き、しゃべっているのを見ると少し落ち着く。しかし、やはり外の闇はいけない。人を越えたものの、邪悪な力を思わせる。戸締まりをし、早めにお風呂《ふろ》に入る。歯も磨く。パジャマになり、そして、階段を上った。今度は一段一段慎重に足を運ぶ。人間は、経験に学ぶものだ。布団《ふとん》も二階に戻っていた。君は、押入れから出したそれを、畳に広げた。

今夜は上で寝るの？

「昨日と変えてみるの。違ったことをしてみる」

君は、しばらく部屋の窓に手をかけ、気味悪さと暑さを秤《はかり》にかけているようだった。レースのカーテンを開き、網戸を開け、深い釣り堀でも覗《のぞ》くように下を見た。

「この下は垂直に壁なのよ。おかしな人でも上っては来られないだろうと思う。蜘蛛《くも》ででもなかったら、ね。だから、夏はいつも開けて寝ちゃうの」

そして、横手の街路灯を見る。

「あ」

点《つ》いてるね。

コンクリートの電柱の高いところに、窓から覗く君の顔とちょうど同じぐらいのところで、それは寂しく輝いている。電柱の道路側三分の一ぐらいが朧《おぼろ》に落ちる光で薄明るくなっている。

「三時過ぎには、まだ点いてない筈よね」

自動点灯なんだろうね。暗くなったから、自分で気が付いてスイッチを入れた。

「お利口なんだ。……やっぱり、光って嬉《うれ》しいわね」

網戸はいらないかな。

「どうして」

街路灯に、虫が集まってない。

「そうか。蚊も、時間の向こうに行っちゃったのか」

でも、君は網戸を引いた。

いつもと同じにするんだね。

「そう」

細かい網目を通して、柔らかになった風が、さやさやと入って来る。横になると、起きていた時より涼しい。

「なんだか、とっても疲れた」

当然だろうね。

君は、つむっていた目をぱちりと開けた。

「いいえ、おかしいんじゃないかしら」

だって――。

「骨折は治っていたのよ。体は、一昨日《おととい》に《復活》したわけでしょう。そんなに疲労ってたまるかしら」

だから、精神的に疲れたんだろう。こういう時には、そっちの比重の方が大きい筈さ。

「そこよ。――精神よ、心よ。わたしが一昨日に帰ったのなら、その時点で頭の中から繰り返しの日の記憶は消えてる筈でしょう」

どうして。

「生物学的なことはよく分からないけれど、記憶だって、脳の中の何かが変化して――そう、フロッピーに文書が記録されるようなものでしょう。そのフロッピーが一日前のものになったら、当然、文書は登録されていない筈。一日前に戻ったら、わたしの一日分の記憶だって消えるのが当然でしょう？」

うーん。でも、そうはならないんだから、やっぱり心っていうのは、もっと特別なものなんだろうね。

「わたしだけが、フロッピーを初期化できないのかもしれない」

ええ？

君は、ぼんやりとした考えをまとめるように、少しの間、天井を見つめていたが、やがて、

「時間の糸が次から次に送られる。その中で、こういう《ね》の字の尻尾《しっぽ》みたいなことは、結構起こっているのかも……」

変なこと考えるね。

「だって、《デジャ・ヴ》っていうのがあるでしょ。あれを、このせいだと考えたらどう？　一回目の行動の名残だとしたら綺麗《きれい》に説明がつくでしょう」

あ、前の日、やってるからか。

「そうよ。時間が《くるりん》する。ただし、わたしと違って、普通の場合は、周りの人が消えたりしない。当たり前の一日が過ぎる。それが何日か繰り返すの。だけど、当人に《くるりん》の記憶はない。大体において同じ日が繰り返されるんだから、印象の強かった場面なんかが、後でふっと頭の中に蘇《よみがえ》る」

この風景は、どこかで見たことがあるぞ――っていう具合に。

「うんうん。理屈に合うでしょう」

真っすぐに置いた糸の、途中のねじれみたいに、そういうことが起こるというんだね。

「それで、普通はすぐに抜け出せる」

《今日》を何回かやって、でも結局は、《明日》に繋《つな》がって行く。

「そう。あ……、年の割にふけて見える人っているでしょう。何だか今日はとっても疲れたっていう人もいる。ああいう人は、実は知らず知らず《くるりん》を経験しているんじゃないかしら」

大胆な推論だね。だけど、今の理屈だと心身ともに元に返ってやり直すんだろう？　だったら、年はとらないよ。

「そこに何か――理屈じゃないものが出て来るのよ。時間の年輪が」

《実はあなたは、一日に五十日も働いていたんですよ！》なんて知らされたら、確かにどっと年をとりそうだけれどね。

「でしょう。だから、記憶にならない記憶というか、深層心理というか、そういうところに朧げな何かが残ってたら、それが肉体に影響を及ぼさないかしら」

分からないけれど、ちょっと妙な気持ちになるね。今までの人生の何日かを、実は、何回か、やっていたかもしれない――なんて想像すると。

「そんなことを考えると、――心配なことが出て来たんだけど、今はあれこれ考えても仕方がないわ」

　君は、今日は眠ろうと努力することにした。《疲れ》のせいか、思いがけず、簡単に眠りを捕まえることが出来た。

5

　窓からの光が君をくるんだ。朝、と思った途端に、君は身を起こした。静かだ。鳥の声もしない。

　君は膝《ひざ》を立てて窓に寄り、網戸を開けて首を出した。人の気配はなかった。外に出て、歩いてみることにした。散歩のような探索のようなものである。いったん、門から出て、戻って傘を手にした。雨を心配したわけではない。人のいない町に、昨日以上の圧迫感を感じたからである。何か武器がほしかった。木刀があれば、それを選んだろう。しかし、あいにく洋傘ぐらいしかなかった。

　これで追い払えるのなら、たいした敵ではない。しかし、気は心である。

　君は、メリー・ポピンズの偽物《にせもの》のような格好のまま、住宅地の中を抜け、古利根《ふるとね》川に出た。幅は数十メートルだから、割合に広い。橋の近くまで歩いた。

「動いてはいても、川は消えないんだ」

なくなっていたら、奇妙な眺めだろうね。どこまでも続く川底が見える。旱魃《かんばつ》の時のようだけれど、辺りは青々としているのだからね。

「川底には、ゴミもいっぱいあるのでしょうね」

普段は隠れているものも、見えて来るわけだ。

「嫌だ。――想像すると、古くなって、もう何も流れなくなった血管の内側を、覗くような気がした」

やっぱり、川には水が、そして、空には風が、必要だね。

君は、傘でコツコツと道路を突きながら、橋の真ん中に行った。正面に朝の太陽が見える。

「三時過ぎになって、もし今日も時間が戻ったとしたら、この川の流れが、一瞬ぶれるのかしら」

そうかもしれない。でも君には、それを見られない。

「あ、そうか。その瞬間には、うちにいるんだ」

その《時》のことを考えると、心臓がどきどきして来る。

君は結局、午前中、これといったことは出来なかった。空は青いというのに、予想通り、洗濯もできなかった。紅茶をいれ、CDを聴いて過ごしてしまった。ご近所に気兼ねする必要がないのだから、こういう時こそ、交響曲を大音量でかけてもいい。しかし、気持ちの方が音に負けそうだった。そこで、もっぱら小編成の、テンポの遅い曲を聴いた。

お昼を食べてからは、その《時》をどこで迎えようかという問題が生じた。

最初は、隣町から飛んで戻って来たし、昨日は、この家の中で移動したね。

「どうしよう。橋の上で、川の水でも見ていようか、それとも、思い切って、車でどこか遠くに行ってしまおうか」

かんかん照る太陽の下の、草の中に寝ていようかと、君は考えた。いっそ、網で焼かれる魚みたいに、脂《あぶら》の代わりに汗を流していようかと。

だが君は、そこで思いついた。

「昨日に今日を重ねてみたらどうかしら」

どうも、君の頭は、時々ねずみ花火のように駆け回る。

「《戻る瞬間》が今までに二回あったでしょう。前もって、その時と同じ場所で同じ格好をしておくのよ。状態がそのままなら、飛んだことにならないで、すまないかしら」

とんだことにならない？——これじゃあ洒落《しゃれ》だね。

「——つまり、わたしが同じ状態でいれば、時間がだまされて、後ろに飛ばずに、すんなり繋がって流れるんじゃないか、ということ」

うーん。いろいろ考えるね。

「自分で出来ることなんて、他に思いつかないもの。とにかく、やってみる」

君は、一昨日昨日と目を覚ました六畳に行き、普通の状態に直してあった大安売りの座椅子《ざいす》を開いた。わずかに上向いた角度にして、慎重に目覚めの位置においた。それから右手の位置に『鉱物の不思議』を置いた。

時間待ちをしながら、君は無意味に体操をしてしまった。腕を振り、腰を曲げる。

緊張する？

「何だか、秒読みされてる宇宙飛行士みたいだわ」

なるほど。

時計が三時を回ると、君は昨日と同じ服装になった。汚れは見て分かるようなものではなかったけれど、《洗濯しておけばよかった》と思った。

それが、宇宙服といったところかな。

「搭乗」

君は、座椅子に横になる。本を持った手を右に動かし、畳に着いたところで自然に放す。――眠ってしまって、手がゆるみ落ちたように。

「本当に、とろとろ眠れればいいんだろうけれど」

そうもいかないか。

とにかく目を閉じた。

……そう、首はわずかに座椅子から落ちかけていたっけ。そうそう、そんな感じ。君は、ひと一つ、ふた一つ、と息をする。長い長い数分が流れた。そのまま、すんなりと《時》が繋がるかと思えた。三時十五分ぐらい、その少し前。

――別に腕や足を引かれたという感覚はないのに、微妙に体の位置が揺れた。テレビの絵が、ゴーストのところに、ふっとずれたように。

いい風が、すうっと頬を撫《な》でた。つい、今し方までは、なかった風だ。

君は、ぱちりと目を開けた。寝たまま手を挙げて、指を動かした。空間に谷川の流れがあり、それを感じようとするかのようだ。しばらく、指を踊らせた後、君は立ち上がり、台所に向かい、冷蔵庫を開いた。

スライスチーズが、床に落ちた。

6

「どうしたら戻れるのかしら」

マニュアルがあればいいけれど、そうもいかないからね。

「どうして、こうなったのか――を考えてみたらどうかしら」

君は、冷蔵庫のドアを閉め、椅子に腰を下ろした。

つまり？

「あの事故のショックで、こうなったのなら、もう一回事故を起こしてみるのよ」

大胆だね。

「三時過ぎに時間の繋ぎ目がある。だったら、そこでやればいい。失敗しても、風に吹かれて目を覚ますだけのこと」

そう、うまくいけばいいけれどね。確かに、二度あることは三度あったよ。だけれど、これがずっと続くという保証もない。もし、この世界で苦しんでるまま、時間だけが滑り出したらどうする。

「え」

君は口元を押さえた。

「――つまり、あの階段落ちの状態で、助けが来ないまま、ずっと生きているっていうこと？」

そう。

「……想像したくもないわね。それを考えたら、あまり極端なことも出来ないのね。となれば、取り敢《あ》えずは消極的に待つだけね。また何かのはずみで時間が繋がるのを」

君は、椅子の背にもたれた。

「ロビンソン・クルーソーだって、結局は海に向かって泳ぎ出すことはできなかった。

島で船を待つしかなかったんだもの」

うん。

「わたしも同じだわ。船が来るまで、待ってみる。それしかない。仕方がない。――少なくとも、ロビンソンと比べて恵まれてるところはいっぱいある。プラス思考をしなくっちゃあ」

君は立ち上がり、電子レンジの上に積んであった新聞の上から緑色の紙を取る。テディ・ベアやパイナップルの絵が散らして描いてある。ケーキ屋さんの包装紙だ。

レンジの上に、ものを載せると危ないんじゃないかな。

「そうなのよね。でも、台所が狭いから、ついやっちゃう」

やれやれ。

「トースターやオーブンにする時には、さすがにどかすんだけれど、終わるとまた積んじゃうから同じになっちゃう」

君は、包装紙を裏返し、お茶漬けの空き缶にさしてあったボールペンを手にする。

「ロビンソン先輩より、いいところはね――」

《1》としてまず《食べるものに困らない》と書く。

「ヨーカドーだって、どこだって開いているんだもの、何でも買える。取り敢えずの生活必需品に不自由はしないわ。お腹《なか》が空《す》いても狩に出掛けなくていい」

もっとも、狩に行っても、何もいないけれどね。

「それはさみしいわ。鳥の声も、虫の声もしないんだもの。だけど、《2》として《外敵の心配がない》ともいえるわね。無人島だったら、不安よね。虎《とら》だの、熊《くま》だのに出られたら、食べるどころか、食べられるのがこちらになっちゃう。そう、食べ物といえば《3、ものが腐らない》。これも大きい」

女性的な視点だね。

「でも、現実問題としたら、凄《すご》く有り難いことだわ。――で、その《もの》の中にはわたしも入る」

え？

「《4》が《年をとらない》よ。一日ごとに戻っているんだもの。理屈からいったら、そうなる。わたし、後、何日かで三十だけど、このままだと、ずっと二十九でしょう？」

うん。

「仮に、百年の孤独が与えられたんだとする。御赦免になって、この《島流し》から帰れる時が来ても、わたしが順当に年をとっていたら、百二十九歳十一か月。多分、《島》にはもういないでしょう。半分の五十年だって危ないものよ。そんなことを考えると、こうなっているのも、いずれ帰れることの証拠みたいな気がする」

そうだといいね。

「ただ心配なことはあるの。この前も考えた、《思考は継続している》という点。脳の働きだけはきちんとしているとしたら、そちらの疲労はたまるんじゃないかしら。つまり百年経《た》って、体の方が若いままでも、使い続けの脳はオーバーヒートしていないか、ということ」

それぱっかりは何ともいえないね。ただ、夢の中だと、一生を一瞬に見る、というじゃないか。夢みたいな状況なんだから、君の脳の方も、まだまだ一瞬の一生倍ぐらいもつと考えたら、どうかな。

「うん」

――だけど、毎日、若返れることの利点なら、さしあたっては《年をとらない》こと以上に《病気の心配がない》の方が大きいんじゃないかかな。

「そうね。《5》は《医者いらず》ね」

そこで君は、ふと、ペンの手を止めた。

どうしたの。

「この文字も、明日になったら消えてしまうのね」

そうだね、残念ながら。

君は、包装紙を、文字を内側に包み込むようにして畳み、元のレンジの上に返した。

そして、しばらく立ち尽くしていた。

それから冷蔵庫を開け、にんじんジュースをコップについで、一杯飲んだ。

「……わたし、今、ペンを握っている間に、とってもしたくなったことがあるのよ」

何だろう。

「日記を書くこと。――『ロビンソン漂流記』は子供の頃読んで、中学生の頃に文庫の全訳版で読み返した。細かいことは覚えてないけれど、確か、ロビンソンは日記を書いたわよね」

だったと思う。船から、ノートとインクを持って来たんだ。

「それって、ひょっとしたら食べ物より、ずっと大きいんじゃないかしら。わたしは軟弱だから、死にそうなくらいお腹が空いてから、目の前に、上鮨《ずし》一人前と日記帳を置かれたら、お鮨の方を取っちゃうと思う。でも、そういう次元のことじゃあなくって、とにかく、今は思うわ。生きて行くために書くってことが、必要だって。《朝、つぼ鯛《だい》の開きを焼いて食べた》っていう事実と《朝、つぼ鯛の開きを焼いて食べました》と書き残すことは明らかに違うのよ」

君は日記を書いていたの？

「ううん。でも、今はそれが必要だと思う。今、この《島》の中でも消えることのないインクが手に入るのなら、何でもしたい。それこそが、毎日の手掛かりになる。つるつるした壁のつかみどころになると思うの」

記録を残せるところは、目下のところ、君の頭しかないわけだ。

「電気系統はどうなのかは実験してみる」

君はワープロを開き、《ただ今、記憶の実験中》と打ち込んだ。それを《三回目》という名前で登録した。

「これが、明日、どうなっているかよ。がっかりするのも口惜《くや》しいから、期待はしないことにするけれど」

それから、時間の船着き場となった風の間に戻った。

ぐるりを見渡すと部屋の隅に鉛筆が落ちていた。脇《わき》に不動産の物件案内の広告がある。新聞の折り込み広告はたいてい両面印刷だ。町の業者が出したこれは裏が白かった。数日前、ここで腹ばいになりながら、何の気なしに、いたずら描きをしたのだ。作品の元になるようなスケッチではない。思いつくままにただ鳥や雲を描いて、そのまま昼寝してしまった。その時の鉛筆と紙が落ちている。

「だらしないせいだけど、手近なところにこれがあって助かるわ」

どうして？

「何日経ったか勘定する時、役に立つでしょう」

　あれが？

「ええ。例えば、明日は四回目になる。起きた瞬間に、あそこに転がって《4》と書くのよ。毎回そうする癖をつければ、何回繰り返しているかは分かる。今はまだいいけれど、もし、これが三百回、四百回続いたら、回数だって曖昧《あいまい》になるでしょう。三時十五分のちょっと前に紙にある数を、二百八十八なら二百八十八と確認する。飛んだ瞬間に次の数字を書けばいい」

　なるほど。

　君は、コップを置いた。

「《今が、こうなってから何日目か》。それが分からなくなるのって、とても恐《こわ》い。どうしてかしら。動物だったら、そんなことはないでしょうね」

　足場がなくなる感じかな。

「そうね。どこに立っているのか、分からなくなるのね。――《自分》にしたってそうよ。もし、《島流し》の途端に記憶を失っていたらどうかしら。たまらないと思うわ。誰かに聞こうにも相手がいないんですもの。目覚めたところが野原か何かだったら、名前も分からない。今、わたしは、自分が真希だと知っている。これだけでも随分、救われていると思う。名前が分からなくても、わたしがわたしであることに変わりはない。

それなのに、よ」

君は、広告の裏に取り敢えず《3》と書いた。

それから思いついて、バッグを開け、財布の中を確認した。昨日使った分は、そのまま戻って来ていた。

「これって、御伽噺《おとぎばなし》の魔法の財布、そのままね」

昔から、どれだけ多くの人が夢見たことだろうね。

「それだけじゃないわ。考えようによっては、世界を征服したともいえる」

しかし、領土のどれぐらいを視察出来るんだろう。

「この状態が続くなら、帰り道のことは考えなくてもいい。高速だって空いている。となれば、わたしの権力は、関西辺りまでは及ぶわよ」

でも、普通の帝王とは違うところがあるね。できるだけ早く、玉座から降りたがっている。

「本当。でも、こんなのって、とても無理なことでしょう。ねじ曲げられた板は元に戻ろうとするでしょう。わたし、ばねで飛ぶように、いつかは、ぽーんと帰れる——そう思いたい。いえ、思うわ」

君は、くっと窓の外の空を見る。

「わたしは、こんな《島》に単身赴任しちゃったけれど、母も正宗さんも向こうで元気にしている。そうよ。だから、帰れる日までは何とか、頑張らなくっちゃ」

君は、今日の買い物には自転車で出掛けた。町のヨーカドーに入った。

入り口のところで、向日葵《ひまわり》の造花を売っていた。いや、売り子の姿が見えないから、正確にいうなら置いてあったのだ。大きいもの小さいものがあり、それぞれよく出来ていた。その花の列は、真夏を呼び寄せようとするかのようだった。

だが、真夏はいつ来るのだろうか。

君は、電気器具売り場で電池を手に取り、ワゴンサービスのＣＤの中から『虫の声』を選んだ。レジにお金を置いて、家に帰る。すぐにそれを、テープにダビングした。切れ目のないように録音した。

どうする気だい？

「ちょっとね」

夜、寝る前に、君はテープレコーダーの電池を新しいものと替え、切り替えスイッチをエンドレスにした。そして、パジャマ姿で外に出、窓の下まで歩いた。

垣根はすでに夜気に包まれていた。街灯の淡い光が降って来る。

君は、垣根の下にそれを置きスイッチを入れた。季節には早い鈴虫やカンタンの声が溢《あふ》れた。

君は部屋に戻って、枕《まくら》に顔を伏せた。虫の声は下から静かに聞こえて来た。

第四章

1

夏の日は長い。

「五時過ぎでも、明るいから助かる。着いて真っ暗だと、何だか気がめいるわ」

東京も近いものだね。

「近い、遠いって、距離の問題だけじゃない。――普通だったら、渋滞で大変でしょう。それが、流れる流れる。一台も車が走っていないものね」

表参道の通りに見える車は、路上駐車されているものだけだ。

どこかに行こうという、当てがあるの。

「特にないけれど、東京って、日本で一番、人がいるところでしょう」

誰か、残っていそうな気がする？

「そうね」

買い物をするのかい。

君は、時間が四回目の《くるりん》をすると、すぐに立ち上がった。

まず、ワープロを開けてみたが、案の定、《三回目》という登録名はなく、《ただ今、記憶の実験中》という言葉も呼び出せなかった。

自分の机の引き出しから、写真のポケット・アルバムを取り出した。その中に隠してあった銀行のカードを持ち、車に乗った。そして、役場の入り口のキャッシュサービスで百万円おろした。

金利が低くなったこともあって、ある程度の額は、カードで引き出せる定期にしてあったのだ。百万円と耳で聞くと大層だが、出て来た束の厚みは、頼りない。用意されている、小うさぎの絵の描かれた紙袋に押し込み、ハンドバッグに入れた。

「やけ買いするのかな。——自分でもよく分からない。でも、鬱屈《うっくつ》した時、お金いっぱい持って、東京に出て来るなんて、いかにもありそうなパターンでしょう。流れのままに、車を運転するみたいに、パターン通りのことをしているの」

渋滞はなくとも、信号はある。独りぼっちの信号待ちをし、交差点を折れる。

「こんな馬鹿《ばか》なことが、いつまでも続く筈《はず》はない。いつかは覚める夢だと思うことにするわ。その《——とする》が大事なのよね、きっと。それで、事態に対する立ち向かい方が決まる」

　たとえば？

「うーん。動いてみる——ということかな。何かをしてみる。何かは、何でも」

　明治通りから、さらに曲がる。朱肉の色をしたタクシーと、深緑の幌《ほろ》のついた花屋さんのトラックの間に、君は、そろりと白い車を滑り入れた。

　ドアを開け、スニーカーの足を外に出す。

　土地カンはあるのかい？

「学生の頃には、友達と歩いたわ。ブティックをひやかしたりした。でも、どこまでが原宿で、どこからが青山かも分からない。とにかく朧《おぼろ》げな記憶を頼りに歩いてみる」

　向かいのビルの窓が、西日を受けて、ぎらぎらと光っている。君はふと、工場の中にでも迷い込んでしまったような気になる。

　学生の頃というと……。

「ええ。かなり前よ」

　失礼。

「いいえ」

　街路樹の根元、ガードレールに立て掛けるようにして、自転車が置いてある。かごには何も入っていない。

「放置自転車かも知れない。でも、誰かが、その辺のお店に寄ろうとして、降りたのかも知れない」

　別の時間――正しく進んでいる方の時間では、その誰かさんが、もう戻って、この自転車に乗り、どこかを走ってるのかな。

「あるいは、自転車サンも、今はおうちに帰って休んでるのかも知れない」

《かも知れない》の大安売りだね。

　君は、自転車の、こちら側に突き出たハンドルを、ちょんとついて進む。やがて、緑の葉に左右を囲まれた白い階段が見えた。お店の入り口だ。階段を上ったところが、ブティックになっている。君は、その前で立ち止まり、目を大きく見開いた。

「……あった」

　お気に入りのお店かな。

「というほどの権利はないんだけど」

　権利？

「ほとんどひやかしだったの。正宗さんと何度か、来たことがある」

　買ったのは？

「スカーフが一枚」

　その仕返しに来たのかな。

「そうね」

と、店に目をやり、

「——何だか、昔に帰ったみたい」

緑は蔦《つた》となって壁を上っていた。

「——この、緑の間を入って行く感じが、海が割れた中を進んで行くみたいでしょう？」

君は、ショーウィンドーに目をやる。夏向きのワンピースが並んでいるのが見える。

歴史は繰り返すというが、クラシックな感じを狙《ねら》っているらしい。

カップ・アイスクリームの蓋《ふた》を開けた時、見えるような白。

はっきりとした赤白チェック。

茄子《なす》紺《こん》に水玉の躍る、ふわりとしたシルクオーガンジー。

単純そうでいて、それぞれのラインは微妙に違う。

君はしばらく、その前に立っている。夏の夕べの風が、緑の葉をさやさやと揺らした。

君は、やがて自然に、入り口に向かった。こんな状況にあって、百万円を持ってやって来た、などというそぶりはなく、ただ通りすがりにふらりと足を向けたというように。

数段の石段を、コツコツと上る。大きな硝子《ガラス》のはめられた、落ち着いたドアがある。透明な部分の目の位置に、枯葉色で小さく『ロッティマ・アミーカ』と書いてある。中には、べっこう飴《あめ》のような色の光が満ちている。

重い戸を押した。

「……誰もいない」

ゆっくりと選べるね。

中にもワンピースが飾ってあった。君は、一周して、入り口近くの最初に見た服の前に戻った。首のないマネキンが着ている。

上半身は、飾り気のないノースリーブ。袖《そで》は潔《いさぎよ》くカットされている。下はボックスプリーツで、ふわりと広がる。しっかりした白の生地に、十字架型の小さな花が散っている。花の色は小気味よく鮮やかな赤と、それを引き立て支える青。その青は微妙に色が違い、見ようによって、磁器の上に絵付けされた模様を見るようだ。

「この柄が、うるさくない。ほら、一面の花。プリーツの折り込みの中にも、小さいのが隠れている。そこもいいでしょう？」

これに決める？

「そうね」

いくらだろう。

君は、マネキンの足元に置かれたプレートを見る。数字の板が組み合わせてある。

「三万六千円だ」

贅沢《ぜいたく》する筈だったんだろう？

「夏物で、三万超えるんだから安くもない。だけど、えいやっと乗り込んで来たわりには、高くないのね。――学生の頃には、どれも、いいお値段に見えたんだけど」

もっと贅沢する？

「高くて気に入らないもの買ったって仕方がないわ」

君は、小さく首を振り、

「――あんまり無茶苦茶なことって、出来ないものね」

赤のカーディガンを選び、それからアクセサリーを見た。柄に合った銀の小花のイヤリングを見つけた。それと組みのネックレスは、同じ銀の花の玉が連なり、中央に生まれたてのような初々《ういうい》しい真珠がついていた。

「これがいい」

合わせていくら？

「カーディガンが、ワンピースと同じだ。アクセサリーもそうね。総計十一万弱」

まだ買える。

「そう、ハンドバッグと足元」

バッグはアイボリーホワイト、サンダルも白を選んだ。君はメモ用紙を取り出し、計算をする。

「十五万七千円」

買物ゲームをしてるみたいだね。

「それから、明日、着る分も揃《そろ》えておかないと」

え。

「また時間に取り上げられちゃうとしても、それは明日の午後のことでしょう。午前中の分までは用意しておいてもいい」

《取り上げられちゃう》というと、時間が怒るかも知れない。だって、お金は返って来るんだから。

「あら、気分は《取り上げられる》以外の何物でもないわ。お金の問題じゃない」

君は、バッグに合わせて、今度は白のワンピースを選んだ。明日の着替えだ。ストレートの、前より短めのもの。これは、ぐっとお安くなって、一万六千円。ちょっと考えて、靴のところから、白いスニーカーを取った。最後にマリンブルーのカーディガン。

「二十万千八百円」

2

お金を置いて、試着室で着替える。それから君は、自動車に戻る。荷物を置くためだ。

「ふう」

どうした？

「何だか、泥棒してるみたいで、妙に疲れるわ」

お金を払っても？

「そうね。相手がいないと実感がないわ」

次は？

「お腹《なか》が空《す》いて来た」

車を少し進めて、イタリア料理店の前に停める。

「さあ、どうやって食べたらいいのかな」

ドアを押して入ると、中二階への階段があった。途中に、植物の鉢が幾つか置いてある。大きなスプーンの先を裏返したような、つやつやした葉が規則正しくついている。

君は、その緑濃い葉にそっと鼻を近づける。

「いい香り。バジリコね」

窓際《まどぎわ》のテーブルに、向かい合って、前菜らしい皿が出ていた。

「誰かが食べるところだったんだ」

三時過ぎの状態だね。中途半端な時間だから、特別な予約客かな。遅いお昼だろうね。

「そうね。お寝坊さんが、遅い朝食を軽くとって、お昼を今、食べてるってところかな」

　四人掛けのテーブルだ。お皿のないところの椅子《いす》の一つが引かれ、ハンドバッグが載っている。

「男と女だわ」

　君は、残った一つの椅子に座る。そして、誰もいない空間の左右に、ちらりちらりと目をやる。

　どんな人達なんだろう。

「有名人かも知れない」

　今、ここで時間が動き出したら、二人ともびっくりするだろうね。

「わたしが、食べ始めたところで、そうなった方が、驚きは大きいでしょうね」

　食べてみる？

「そうよ。これも、この世界のロビンソンとしては、避けて通れない道でしょう」

　無人島で、木に登って実を取るのと、同じことか。

「ええ。横取りするのは、ちょっとみじめだけれど、他にどうしようもない。注文をしようにも、誰も来てくれないんだものね」

　君はまず、じっとテーブルの上を観察する。皿の上にあるものは、どちらも同じ。大粒のグリーン・オリーブが三つ、黒オリーブが二つ。それに野菜がついていて、ドレッシングがかかっている。

「男の方のフォークがないわ」

彼が、それを手に取ったところだったんだ。

「そこで《くるりん》の時間になったのね。食べ始めてはいない。サラダも、オリーブの数も同じだものね」

手のついていないものがあって、よかったね。

君はこっくりをする。それから、ちょっと考え、立ち上がった。調理場との間の料理を渡すカウンターに、新しいナイフとフォークのセットが置かれている。籐《とう》を編んだ小さな籠《かご》に、今見たばかりのオリーブと同じ色の布が敷かれている。そこに銀の光が並んでいた。

首を伸ばすと、《はい、出来ましたよ》という形で魚料理の皿が置いてあった。トマトの輪切りが添えてある。繊細な香草が魚の上に飾られていた。

「まあ、わたしのために作られたみたい――といったら、いい過ぎかしら」

いい過ぎだろうね。

「でも残念。ここに置かれたままで三時間ぐらい経《た》ってるわけね。当たり前だけれど冷めてる。この、コスモスがよそ行きの顔をしたみたいなハーブだって、もっと元気がよかったんでしょうに」

君は《失礼しまあす》といって、調理場に入って行く。

「素人《しろうと》には、なかなか見られないところね」

ガス台の上に載っているフライパンもあるが、火は止まっている。かといって、ガスが噴き出してもいない。

この辺が、君のいう《時間の安全装置》が働いているところかな。

「《氷は浮く》という天の摂理ね。スイッチが切られるところまでは、部分的に時間が流れるのよ、きっと。——三時半に、このフライパンの火が止められるのなら、その時に、ここのスイッチも自動消火される」

君は、横手を見て、

「あ、電子レンジ」

はああ。やっぱり、あると便利なのかなあ。

「これ、使わせてもらおう」

君は、魚だけ取り分け、近くのお皿に載せ、レンジに入れた。スイッチを押す。

「邪道なんだろうね」

こんなことした客は、空前絶後だろうね。

「いたら、びっくりするわよ」

君は、料理の皿を空いているテーブルに運んだ。それからパンとバターを取る。グラスには水を注ぎ、最初のテーブルにあった前菜を頂戴《ちょうだい》した。

まずは、オリーブ。

「あ、おいしい。嘘《うそ》みたい」

そう？

「瓶詰のオリーブなら食べたことあるけど、身が柔らか過ぎたり、塩が効き過ぎたりで、あんまりいい印象がなかったの。さすが専門店は吟味して、いいもの使っているのね。うむ、黒オリーブの方が、わたしの好みかな」

などと、ぱくぱく。

気持ちがいいね。そんなにおいしそうに食べる人は。

「だって、お腹が空いているんだもの。それに、――本当においしいし」

会計は困った。寄せ集めの料理だから、いくらにしていいか分からない。君は一万円札をテーブルに置き、

「ええい、つりは取っといてもらおうか」

足りなかったりして。

「まあ、大丈夫でしょう」

お金はともかく、お腹は、これで足りるの？

「わたしは、小型車だから、燃費がいいの」

空は、ようやく赤く染まり出した。君は黄昏《たそがれ》の街を歩き出す。

ファッション・ビルで下着を買った。ここで一万円が二枚飛んだ。

「豪遊してる気分だわ」

けれども、お金持ち気分もあっけなく消えてしまう。少し先に、ブランドもののブティックがあった。すまして入った君は、まずブラウスの値段を見て、ぶるぶると首を振った。

「『ロッティマ・アミーカ』でも二十万。あれで、使ったなあという感じよ。こっちはブラウス一つで、二十万だわ。何だか、がっかりしちゃうわ」

君は、バイバイと手を振り、外に出る。ケーキ屋さんに入る。

「こういうところは、いくら高くっても、一つ二十万はしない」

ケースの中から、シブストとショコラを取る。シブストというのは、上にカラメルがかかっている。その色合いが綺麗《きれい》だった。前金で払って、テーブルに着く。すべて、セルフサービスである。

「でも、あんなブラウス売ってるってことは買う人がいるのよね」

そうだね。

「世の中は広いわね」

今の君なら、買えるだろう？

君は、腕を組んで、

「……買えないなあ」

3

街路樹の葉が揺れる。自動点灯した明かりが、そのそよぎを浮かび上がらせる。

君は、真新しい小花模様のワンピースの裾《すそ》をひるがえし、その下を歩く。涼しい風が、鮮やかな赤のカーディガンを、くすぐる。

素敵だよ。

「ありがとう」

君は、ハンドバッグを後ろに回し、手を裏で組んで歩く。

「この木、何の樹《き》かしら」

高さは数メートル。枝を伸ばし、秋になれば染まりそうな、三つ叉《また》の葉をいっぱいに茂らせている。葉は、手のひらに、二つは載りそうな大きさだ。

「きっと何本目かに、書いてあるわ」

その通りだった。まるで問われた木が、名刺を出したように、長方形のプレートが見えた。

「──《フウ》ですって」

面白い名前だね。

「《ホオ》の木ってあるわよね。葉っぱの大きい」

君は、黙って、しばらく天を仰ぎながら歩を進める。耳元で、買ったばかりのイヤリングの、銀の花が揺れる。ビルの前から、次には古い石垣の前に出る。どうしてそんなものが残っているのか。昔、石垣を築いて、その上に家を建てた人がいたのだろうか。亀《かめ》の甲羅を並べたように積み上がった石は、光の関係か小豆色に近いくすんだ色に見える。そこに君の影が映る。

「孤独って、こういうことじゃないかしら」

え？

君は、自分の影の頬に指を当てる。石は、ひやりとした。

「わたし、今、この木のことを誰かに話したいの。『この木は《フウ》の木よ』って。そして『面白い名前だね』って答えてもらいたい。『《ホオ》の木ってあるわよね。葉っぱの大きい』。『うん』。『《ホオ》は、感心した時の声みたい。《フウ》の木の《フウ》は疲れた時の声かしら。フウ、フウ。……ぼうふう、たいふう。──どうどう、ひゅうひゅう、颪の《ふう》』。そういって、誰かさんに、《ふうっ》とそっと息を吹きかけてあげたい。それが出来ない。わたしには出来ない。──生きていると、いろんなことに巡り合う。台所で、泥ネギを手に取って、薄皮を取った時、その肌がとっても綺麗だった時、《ああ！》と声をあげたくなる。つるんとした白の中に眠っている微《かす》かな微かな若草の色を見つける。それと同じように、薄皮をはいだみたいに、この木の隠れていた名前が見つかった。『《フウ》なんだよ』って、いいたい。《どうやって》と聞いたら、木は《ハウ》と答えたかも知れない。《なぜ》と聞いたら《ホワイ》の木だったかも知れない。でも、木の名前を聞いたから、木はいい返した。《フウ》って。――《誰だ、誰だ、お前は誰だ》」

君は、くるりと振り返って、《フウの木》にいう。

「わたしは、真希よ」

そうか、と木は、葉を鳴らした。

4

今夜はどうするのかな、超一流ホテルにでも行く？

「そういう手もあるけれど……」

君は、向かいのビルを見上げた。五階が、フィットネスクラブとなっている。

「あそこで、お風呂《ふろ》にも入れるわ」

十分後には、君はホテルの――、ではなく、そのフィットネスクラブのフロントに立っていた。誰も応対してくれる人がいないから、置いてあったパンフレットを見る。最初のページに、君の今、立っているフロントの写真が出ている。白のパンツをはいた女性が、まさに君のいる位置に立って、写っている。君は思わず、きょろきょろと周りを見渡す。合わせ鏡を覗《のぞ》いているような、妙な感じだ。

やってみるのかい？

君は、パンフレットの最後を見る。

「入会金五万二千五百円、月会費一万二千六百円」

馬鹿に細かいんだね。

「それに一回の使用料が三百円」

ハンドバッグの口を開ける。

シェイプアップ？

君は、パンフレットに箇条書きされた項目の一つを指さし、

「ストレス解消よ」

横に売店があり、必要なものは、上から下まで揃《そろ》っていた。水着を買った。柄はあまり選べない。プリントの花模様だ。

「ジムの方はいいわ。プールだけ」

といいながらも君は、案内図片手に物珍しげに奥に進んで行く。

「入会したんだから、覗いたっていいでしょう」

こういうところは、初めて？

「見たことはあるけどね。うちの近くのデパートが開店した時、中にエアロビのクラブが入ったの。そこが素通しの硝子《ガラス》越しに外から見えた。レオタード着て踊ってた」

見えたら、会員が嫌がるだろうね。

「そうよね。子供が覗いてたりするのはまだ可愛《かわい》いけど、中年のおじさんが見てたりもした。じきに、目隠ししちゃったけど、宣伝にはなったんじゃないかな。――東京に来ると、ビルの高いところにあるジムなんかは、はるか天上で、何やってんだろうなって感じで振り仰いでたわよ」

自転車タイプのトレーニング・マシーンが並んでいるところに出た。君は、辺りを見渡してから、ワンピース姿でそれに乗った。

「変な奴《やつ》だろうな。この瞬間に、時間が動き出したら――」

ちょっとね。

「そういう考え方ってない？　つまりね、物事って、うまい具合にはいかない。《こんな時にこうならなくてもいいじゃあないか！》ってことに限って起こったりする」

よりによってね。

「えてしてね。——《あかさたな》の《えの段》は、《えけせてね》だけど」

きみはハンドルをつかみ、前傾姿勢を取って、ペダルを踏み出した。

「だから、こんなことしてると、時間の方が、《あいつを困らせてやろう》と動き出す。ジム中の人が、こっちを見て、《何だ、あいつは？》と寄って来る。わたしは、といえば、《ちょっと、お邪魔してます。えへへ》」

君は、《えてしてね、えけせてね》とペダルを踏んだ。

「汗をかく前に、疲れちゃうわ」

君は、遊園地に迷い込んだ子供のように、並んだ器具を見てまわった。ワンピースでやったら、もっとおかしいものがあった。いくつか試したが、人が集まって来ることはなかった。

更衣室、ロッカー、シャワーの方には、戻って入り直すことになる。

水着に着替えて、プールサイドに出て行くと、空間が君を威圧する。

「あ……」

広い感じがするね。

「プールの底に、タイルがはってあるでしょう。あの幾何学模様が、大きな梟《ふくろう》の顔みたいに見える。それが、わたしをにらんでるみたい」

くつろげないね。

「そう。水着だからよ。きっと。だから、無防備な感じになるんだわ。普通に着る物を着て、ここに立ったら、こんなに圧迫感はないと思う。わたしっていうのは、《この体と心》なのに、やっぱり付属物で変わってしまうのね。——何だか、プールを前にしたというより、小さい子供になって、大きなお風呂に来たような気がするわ」

君は飛び込みはせず、それこそ湯船にでも入るように、足先からゆっくりと身を沈めて行った。

少し泳ぐと、冷たさが体になじんで来る。腕が、水に突き刺さり、かき分ける。頭の中のイメージでは、リズム正しく泳いでいるつもりだ。しかし、上から見たら、かなりバタバタしているのだろう。

このプールが洗面器だとしたら、君の大きさはサインペンのキャップほどだろうか。

少し行っては力を抜き、休み休み、端から端を往復した。

「大分、泳げなくなってるわ」

君は、水をなだめるようにかきながら、しばらく、くらげのように浮いていた。

「……今年は、海に行こうかな」

去年は、行かなかったの。

「ええ。海も山も——」

プールが、お風呂代わりになるわけではない。ジャクジーで体を温めると、シャワールームに入った。ボディソープで、ごしごしと洗う。シャンプー、リンスと、君は怒った蟹《かに》のように泡を立てた。

ロッカールームの横には、立派なパウダールームが並んでいる。濡《ぬ》れた髪は、そこで整えられる。

ラウンジに出る。自動販売機で牛乳を買って、ゆったりとした椅子《いす》に座って飲んだ。

「さっぱりした」

気持ちよさそうだね。

「うん。――今夜は、ここで一泊だわ」

君は、貸し出し用の大きなバスタオルを幾つか拝借し、それをお腹にかけて、ソファーに横になった。

夜中に何度か目を覚ましてしまった。

朝の光がさし始めた中で、君は白いワンピースに着替えた。朝食は、コンビニのお握り。車に戻って食べ、買った雑誌で催し物を見た。美術展をチェックした。イギリスの抽象画家、ベン・ニコルスンの小さな展覧会が、来週ある。たった一週間先だが、君には、手が届かない。口惜《くや》しい。

午後、書店の美術のコーナーで、ニコルスンの絵を見つけた。渋い配色の画面に目をやっていると、《その時》が来た。

君は、また自分の家で寝ていた。忘れもしないが、手を伸ばし、近くの紙に《5》と書いた。これで五回目だ。

「今度は——」

うん。

「取り敢《あ》えず、昼寝」

前の日、寝不足だったから？

「うん」

でも、体は《続き》ではなく、最初に戻っている筈《はず》だよ。

「そう理屈通りに行かないのよね。気分っていう奴は……」

君は、すやすやと寝息を立て始めた。

5

海に行くのかと思った。

「……」

君は、走っているから答えない。翌日の午前中ということになる。君は、隣町に向かって走り出した。タンクトップにショートパンツだ。たちまち汗まみれになる。少し、行っては歩き、また走る。

畑を抜け、工場の横を通り、川沿いの道に出る。道は細く、高くなる。並木が高く、その上に雲が白く、気持ちがいい。

また、歩き出した。今度は答えられるだろう。

「海は……行かない。昨日の今日だから」

どうして。

「イメージの続かないことをして、今日を、はっきり別の日にしたいのよ」

どうして。

「何ていったらいいのかなあ。天気も同じ、季節も同じ、そういう日が続いているでしょう。だから、一日一日に少しは変わった色をつけて、毎日がくすまないようにしたいの」

なるほど。

「もし、一年毎《ごと》に職業を替えなくちゃあいけないって法律が出来たら、人生を振り返る時も、色合いが随分違うものになるでしょうね。——《あれは、お豆腐屋さんをやってた年だ》とか、《八百屋さんやってた年だ》とか、そういう風になるわね。一つ一つの仕事に、一回こっきりの春夏秋冬の思い出がある」

君は、濃い影を踏む足を見つめ、

「——ああ、七千八百円」

何、それ？

「昨日のスニーカー、あれの値段。あっさり消えちゃうんだものなあ」

靴なら、今頃は、原宿の『ロッティマ・アミーカ』の棚にいるよ。

「朝から三時まで、はいたんだよね。そう思うと、あのスニ君も、他人とは思えないな。

こんな繰り返しが続いたら、あちらこちらに知り合いが出来そうだわ。世が世なら、今も、あれで歩いていたかも知れない」

そんなことをいうと、馴染《なじ》みの運動靴が焼き餅《もち》をやくよ。

「そうだよね、ごめんなさい」

でも、貯金の方も戻っているわけだよね。

「キャッシュサービスには行かなかったけれど、カードはわたしの引き出しに戻っていた。だから、元通りだと思う」

だったら、あんまり文句もいえないわけだ。

「取引としては、ね」

道は、川の土手についていて、左手の下には田圃《たんぼ》が広がっている。

「この道はね、小学生の頃から、何度か、自転車で通った道なの」

へええ。

「自転車に乗れるようになると、自然、遠出をしたくなるでしょう。脇《わき》に川があるのが目印になる。川沿いに帰れば、迷うことがない。だから、ここを通ったの。もう少し行くと、林の中に入る。そこを抜けると小学校がある。隣町の学校。最初に、それを見た時に、不思議な気持ちになった」

　小学校を見て？

「ええ。自分達のと違う学校でしょう。別の世界に入った気がしたの。電車に乗って来たのなら納得出来る。妙な気にはならない。だって電車は、世界と世界を繫《つな》ぐものだから。わたし達を、《ここ》とは違う、《別のところ》へ運ぶものだから」

　うーん。何となく分かる気がするね。つまり、子供の君にとって、世の中は自分の周りにある小さなものだったんだ。島だったんだ。つまり、《別の小学校》は、《別の島にある筈のもの》だったんだ。

「そうそう。それが地続きのところに現れた。だから、伝説の建物でも見たような、変な気がしたのよね」

　つまり、これは、君が世界が続いていることを発見した道なんだ。

「大袈裟《おおげさ》にいえばね」

　君は、その学校の前のお店に入り、小銭入れから硬貨を出し、スポーツ・ドリンクを飲んだ。隣町の繁華街に入ると、小さなお蕎麦《そば》屋さんに入り、下ごしらえの出来ているここのご主人が、あちらの世界で？　そりゃあそうだろうね。

「まさか、素人《しろうと》に作られているとは思わないでしょう」

材料を使って親子《おやこ》丼《どん》を作った。

6

適度な運動なら体にいい。無茶ではよくない。衝動的なランニングは後者だろう。

——といっても、後半はほとんど歩いていたのだが。

その昼下がりの、どこまでも続く白い道は、君の記憶の中にだけ残った。後々、足腰が痛くなることはなかった。

「過ぎてみれば、ただ映画館の暗い中で、一人でランニングの画面を見ていたような——そんな気がする」

その時には、実感があったんだよね。

「そうなんだけど」

つい《昨日》のことが、遠い過去の思い出のようだ。

《翌日》、君は正宗さんの家に出掛けた。隣の市の公営団地だ。来客用駐車場が空いていた。ということは、この《くるりん》の続く限り、いつも空いているということだ。

正宗さんのいる棟は、団地のはずれになる。前に子供用の砂場があり、プラスチックの小さなバケツが、プリンを置いたように、伏せられて置いてあった。階段を上り、チャイムを鳴らしたが返事はない。ノブをつかんで回してみるが、ガチャガチャいうだけだった。

君は、そこにしばらくしゃがみ込んでいた。やがて、つぶやいた。

「野良《のら》犬《いぬ》みたい」

立ち上がって、ドアを叩《たた》いた。返事はない。君は、ドアにもたれる。

「……死にたい」

いけないよ。

「いってみただけ。そんな勇気なんかないもの。……死んでみたら、どうなるのかしら」

嫌な想像だけど、次の三時十五分まで生命のない体が転がっているんだろうね。そして、また、前の日の自分に戻る。

「そうか。結局、逃げられないんだ」

やってみちゃいけないよ。

「やらない。だって、どうやったって痛いでしょう。痛いのには弱いもの」

君は、今度は柔らかく、ドアを撫《な》でる。

「正宗さん、三時過ぎに、《いた》のかも知れない。でも、とにかく入り口の鍵《かぎ》は締めてあったのね」

残念だったね。

「ううん。何だか、よかった気がする」

どうして？

「私的な場所と公的な場所ってあるじゃない。踏み込んでもいいところと、いけないところ。駅や公園だったら、断らなくても抵抗なく入れるわ。コンビニやお店も、そう。こちらに《買う》という正当な目的があればいい。調理場はちょっと普通では入れないところだけれど、今の場合、そこまでしないと、お店の商品が手に入らない。だから、納得出来る。——でも、人のうちは違うでしょう。生ゴミを出してあげる、なんていう理由があるならともかく、誰もいない留守には入れない。でも、今、ここの鍵が開いていたら、わたしにとって、《上がってみないか》という誘惑は、かなりのものよ。——で、上がってしまったら、《わたしの写っている写真はないかしら》とか探したくなるかも知れない。——だから、閉まっていた方がいいのよ、きっと」

それから君は、本屋さんに向かった。

「海のことを調べるの」

旅行案内のコーナーに立って、県別の『茨城』や、地域別の『常磐《じょうばん》』という本を手に取った。

「正宗さんが、《いい》っていってたところがあるの。親戚《しんせき》がいるとか何とかで、知ってるんですって。確か、タカハギ——」海岸線に沿って指を走らす。

「あった、あった。高萩だ。常磐道を降りて行けばいいんだ」

君は、本を棚に戻す。

買わないの？

「今、買っても午後には消えちゃうでしょう。明日の朝、早く出ることにする。準備は、今度の《くるりん》が来てからにするわ」

プールで泳いだ時の、ターンみたいだね。また戻る。

「正確にいうなら、出発点に帰るんだけどね。ターン、ターン。その繰り返し。でも、いつかはリターンしたい。帰りたい。——ねえ、《帰る》っていう字があるでしょう。この字、中国語だと《嫁ぐ》という意味にもなるんですって。というのは、結婚する相手のところが、自分の、本来いる筈のところだということね。《女は嫁に行ったら、死んでも戻るな》的な、勝手な《道徳》の意味でいわれたら困る。でも、誰かと会って、《あ》と思う。そして、この人は、自分が生まれる百万年も前に、どこかで一緒にいた人だと思えたら、帰って来たんだ、リターン出来たと思えたら、本当にいいよね。帰って来たんだ、リターン出来たと思えたら、本当にいいよね」

君の手は、時間の壁に着いて、またそこを突き抜けなかった。透明に刻む、時の流れの水の中を、君はターンする。

時間は、ゆらゆらと揺れて、子供達だけで開くスライドの会のように妙に明るく、その深い底に、泳ぐ君の影を、小さな点にして映し出す。

7

夕方、君はガソリンスタンドに行った。遠出をすることになるから、燃料をいっぱいにして置きたかったのだ。車を所定の位置に滑り込ませる。

「今まで、何度も来たけれど、自分で入れるのは初めてだわ」

普通はそうだね。

車の給油口を開ける。ピストル型の給油器が、密林で獲物をうかがう大蛇のように下がっているのを、取る。

「あ……」

何？

「連想したの。昔、やらされた握力検査」

なるほど。

要領は似ている。しかし、勿論《もちろん》、渾身《こんしん》の力を振り絞る必要はない。筒先を、給油口に差し込む。

「思ったより簡単だわ」

地図を買った。

「出掛けるとなれば、カメラやビデオも買うところね。どちらもやったことを、後に残すためのものだわ。でも、わたしの《今》は、――頭の中にしか残らない」

翌朝、早く出た。常磐道の高萩インターで降りて、しばらく行ったところでスーパーマーケットを見つけ、飲み物を買った。

道は、鉄道の上を越え国道六号に入る。立体交差で大きく丸く、くるりと回転したために、君は方向感覚を失い、上りと下りを取り違えた。

「どこまで《くるりん》が、たたるんでしょう」

ぼやきながら、方向転換をする。工業団地の中を抜けると霊園が見える。地図では、その裏手ということになっている。車を停められるところを探しながら先まで進んだが、細い道に迷い込んでしまう。取り敢《あ》えず戻って、霊園で車を降りると、すぐ近くに歌碑があり、《高戸小浜と万葉の道》という看板が出ていた。

誰の歌碑だろう。

「万葉の道だから、『万葉集』の人だよね。高橋虫麿《むしまろ》だって、面白い名前ね。《遠妻し

高にありせば　知らずとも　手綱の濱の　尋ね来なまし》だって。この辺りが茨城県多賀郡、《高》って《多賀》のことなんだ。――遠く離れた妻が、多賀にいたのなら、その辺りの様子は分からなくとも、手綱の浜の《たづな》という名の響きのように、尋ね来ただろうに――ですって」

すると、この向こうが、《手綱の浜》なんだね。

「そういうことよね」

ここは崖《がけ》の上らしい。案内の矢印通り、松林の間に入る。やがてV字の底を行くよう な、掘って作った小道になる。途中で片側の密集した緑が切れ、視界が開けた。絶え間無く打ち寄せる波の音が、穏やかな天気に不似合いなほど荒々しく聞こえた。

海が広がっている。

あるいは緑を帯び、あるいは輝いて白く。波の動きと日の光によって、刻々と、豊かに色を変える平面も、はるか遠くの水平線だけは、すっと細筆に青を含ませて引いたかのようだった。一方、空の裾《すそ》は、ほの白く、巨大な魚に似た雲を泳がせていた。

天と地が、互いの境を際立《きわだ》たせようとするようだった。

海面を越えて来た夏の風が、心地よく頬を撫で、髪を揺らした。

下に降りると、思わず声をあげたくなるような美しい海岸だった。すぐそこは岩場だった。しかし、ごつごつとしたところはなく、繰り返す水の浸食に角を削られ、伏した駱駝《らくだ》の背が並んでいるようだった。岩の窪《くぼ》みには澄んだ海水が光っていた。

波に洗われたのは、左手の断崖《だんがい》も同じらしい。巨大なスプーンで削り取ったような跡が幾重にもついていた。その自然の痕跡《こんせき》は、君の背の何倍も高いところまであった。見上げる白い壁の頂には緑が見え、松が青空に呼びかけるように枝を伸ばしていた。空が明るいので、それが、ほとんど影絵のように見えた。

少し行くと、岩は姿を消し、遠くまで砂浜が広がっていた。

「ここが、手綱の浜なのかしら」

ほとんど直立するような崖と、広い砂浜が、同時に存在する。波は右手から、絶え間なく寄せて来る。

尋ねる浜。

君は素足になって、白い砂地を歩いた。空と陸と海の境を、一人で行く。風景が透き通って美しいだけに、寂しさが胸に迫って来る。この広さは一人では埋められない。

「いいところだわ。……正宗さんが、薦めていたのよね、《何とかでいいところだ》って」

何とかって？

「御推薦の理由」

綺麗《きれい》だとか、夢のようだとか？

「そうじゃなかった。別のことといっていた。……何だったたっけなあ」

波打ち際を、水の方に歩いて行く。足を止め、くすぐる波が心地よい。水が輝きながら去る時、足形の周囲の砂を持って行く。指の間を砂が擦り抜けて行く。甘美な感触だ。

君は、あっと声を上げ、それから手を打って、声なく笑った。

どうしたの？

「分かった。思い出した。正宗さんのお言葉」

君は、足の位置を替えた。立っていたところの砂が窪んでいる。波が寄せ、洗うと、そこも元通りの砂地になった。

「正宗さん、こういったの。《いいところよ。――人がいなくって》」

そういった瞬間、君は天の高みから、幾重もの風を通して、自分だけが立つ、この浜辺を見下ろしているような気になった。

どうしようもないものが、胸に込み上げて来た。

――わたしは、このまま一人なのか。

8

君が、目覚めて一番に記す数字は――百を超えた。時々は負けてしまう。何も出来ない日もあった。叫んだ時もある。馬鹿馬鹿《ばかばか》しいけれど、壁を打って、手に怪我《けが》をしたことさえあった。

記録することが出来れば、日記が書けたら、どんなに、この流刑地《るけいち》で生きることが楽になるだろう。一番つらいのは、すべてが流れ去ることだ。

何日前には何をしていたということが残らない限り、明日という日が朧《おぼろ》になる気がする。君は、出来るだけ前日と違ったことをするという方針も、途中から捨てた。これだけ、漂流生活が続くと、考え方も変えなくてはならない。

図書館に行って、本を借りて来ては読む生活をひと月ほど続けた。美術館巡りもしてみた。そういうことが自由に出来る。これは昔から憧《あこが》れていた生活ではないか——と自分にいってみたりもする。確かにそうだ。もし、この島流しの刑期が決まっているのなら、これは理想の生活ともいえる。——いつ帰れると分かっているのなら。

9

それは、君の百五十一日目が終わろうとする昼下がり。

君は、国道に沿って歩いていた。どこまで来たかもよく分からない。遠くの町にいた。

「暑い……」

夏の二時だからね。

「暑いわ……」

国道は、はるか彼方《かなた》まで、てらてらと光って続いている。いうまでもなく、車一台通らない。

柿色《かきいろ》に塗られたポストを見て、君は、右手に郵便局があるのに気がついた。本局ではない。小さな建物だ。

込み上げたのは、懐《なつ》かしさだった。それと共に、人間らしい感情が戻って来た。久しぶりに。そうだ。この数日は、まとまったことは何も考えていなかった。壊れそうになっていた。ただ、ぼんやりと時間が流れていた。ゼリーの中にいるような毎日だった。

「最後に、郵便局に入ったのは、いつだったかしら」

手紙を出すこともなくなった。切手を買いに来ることも。

入り口までは、コンクリートで一段高くなっている。君は、上がって戸を押した。中はひやりとする。

君は、《新しい記念切手はありますか》と聞くように、窓口を覗《のぞ》いた。それから、順番待ちをするように、少しの間、その場に立っていた。静かだった。汗まみれ、ほこりまみれの、ぼろぼろの姿が羞《は》ずかしくなった。

「……昨日の午後から一日で、こんなに汚れられるなんて、不思議なようだわ」

汚れることは、案外、簡単なのかも知れない。

脇《わき》を見ると、広告のスタンドがある。《ふるさと小包》の案内が、いろいろささっている。中に《あなたのハーブ》というパンフレットがあった。苗を届けてくれるらしい。

君は、一枚取ってみる。

Aセット　ローズマリー　アップルミント　オレガノ
フェンネル　ゴールデンレモンタイム

ハーブのことは、知っているのかい？

「ほとんど知らない。ローズマリーとか、名前は聞くわよね」

Bセット　ラベンダー　ペパーミント　レモンゼラニューム
スイートマジョラム　セージ

彩《いろど》り鮮やかな可憐《かれん》な花と、緑濃い葉の写真も載っている。

Cセット　スイートラベンダー　パイナップルミント　ローズゼラニューム
レモンバーム　タイム

君は、しばらく見てから、その紙をそっと元に返した。そして、郵便局の焦茶色《こげちゃいろ》のソファーの隅に座り壁にもたれかかって、目を閉じた。

《時》が来て家に戻っても君の眠りは続いていた。

花の夢を見ていた。

翌日の昼下がり、君は車に乗り、隣の市にあるホームセンターに向かった。何かを《しよう》と思ってするのは、久しぶりだった。

そこでは、日曜大工用品などと一緒に、苗も扱っている筈《はず》だった。

「ここに来るのは初めてじゃあないけど、今まで、見えなかった。気にとめていなかったから、見えてなかったのね」

ハーブを集めてあるコーナーがあった。花は、どれもつつましい。写真などで、よく見かけるラベンダーの紫があった。

君は、小学生の頃、《花の種の詰め合わせ》というのを買ったことを思い出す。九月の終わり頃、スーパーで安売りしていたのだ。《いろいろな花が順々に咲きます》と書いてあった。びっくりするほど安かった。買って帰って、お母さんに見せたら《蒔《ま》き時が終わってるから安いんだよ》といわれた。それでも芽は出た。だんだんと日は低くなって来る。君は、家中の空き缶や空き箱に芽を移して、寒くなると家の中に取り込み、日曜日には太陽を追いかけて、苗を移動させた。もうクリスマスも来ようという頃に固い蕾《つぼみ》を見つけて、小さかった君はどんなに喜んだことか。

棚に、幾つもの鉢を並べてある。日差しを受けて、卵形の明るい緑の葉を輝かせているものがあった。《アップルミント》という名札がついていた。思わず指を触れると、それだけで林檎《りんご》の香りが匂《にお》いたった。

「不思議……」

君は、指にうつった残り香をかぐ。それから、もう一度、葉に顔を寄せた。

それでも君は、鉢を買わなかった。――買えなかった。

「……子供の時とは違う。未来を持っていた、あの時とは。……わたしには、もう、何も育てることが出来ない」

代わりに、どうしたかというと、リール式になっているホースとそこに差す如雨露《じょうろ》の口を、いくつかレジに運んだ。

庭に水をやるのかい？

「今は陰暦なら、六月でしょう」

えっ？

「――水無月《みなづき》なのよ」

君は、家に帰ると、すぐ家中の蛇口にホースを繋《つな》いだ。リールを回しながら、外に出る。先に如雨露の口をつけ、庭木に、蓮《はす》のように上向きに縛った。そして、中に戻ると蛇口をひねってまわる。庭先から水音がした。

「雨だわ、雨」

君は、ビニールサンダルをつっかけ庭に飛び出すと、水の向きを調節した。Tシャツやスパッツが濡《ぬ》れるのも構わず。

一つの噴水は屋根に当たるようにした。雨樋《あまどい》を伝った流れが、小さな流れとなって、落ちて来る。屋根に当たる水滴の音。水をくぐって来る風。

「百五十日の日照りに、雨よ」

サンダルを脱ぎ捨て、降り来る銀線に顔を向けた。額を、頬を、唇を、水が打つ。しぶきが上がり、髪が重く肩に垂れて来る。

君は、両手を上げ、体を回転させた。舞うように。

忘れていた感覚の一つが戻って来るようだった。涸《か》れかけた花に水をやるように、君は、君に水をあげたのかもしれない。生命を保つには、水が必要なのだ。

うつむき、薄く目を開けて湿った土を見た。それを踏む、自分の濡れた足を。そして、再び、顔を《雨》に向ける。

そこで君の動きは、彫像のように止まった。聞いたのだ。

家の中で、――電話が鳴った。

第五章

1

《ぼくの家にコピーが来た》といえば、それが謳《うた》い文句という意味のコピーになる。勿論《もちろん》、やって来たのはリースのコピー機だ。

これまでは、角のコンビニに出掛けてコピーをとっていた。そういうところの客は、ノートを写す学生などが主体なのだろう。もっとも今はノートも、ルーズリーフのような取り外せるものに書いて、ファックスし合うと聞いたことがある。時代は変化するものだ。

そうそう。コピーの話だが、一度だけ、オーケストラのパート譜らしいものを写している娘に会ったこともある。だからどうということもないが、何となく華やいだ感じになったものだ。

とにかく、コンビニの機械は不特定多数が使う。そこで店の方は《多少どぎつくとも読めないよりはいい》と考える。設定濃度が、たいていは濃過ぎる。細い線も太くなり、画面の白の部分が汚れる。気持ちのいいトーンになるまで、調節しなくてはいけない。それはまだいい。汚れの点々が写ったりするのが困る。第一、よその機械では長々といじっているわけにいかない。単なる複写の機械ではない。表現の道具として使うのだから、これがネックになる。

この仕事で、第一に必要な道具は何かといったら、現代では——それは勿論、鉛筆消しゴムの類《たぐ》いは別にして——コピー機だ。次が、マックだろう。

文房具の会社を辞めて、イラストでやって行こうと思った最初の頃、まずは知り合いのデザイナーのところに机だけ置かせてもらってスタートした。コピーが使いたかったからだ。

それが来たものだから、クリスマスに玩具《おもちゃ》を貰《もら》った子供のようになってしまった。しばらくは、さしあたっての仕事とは関係なく、《ものを揺らしながらの複写》などという基本的なお遊びを続けてしまった。

思いがけず時間が経《た》っているのに気づいて、あわてた。青山のデザイン事務所まで、出掛けることになっていた。鎮痛剤のイラストを持って行くのだ。遅れたら、こちらの頭が痛み出す事になる。用意してあった封筒を抱えて、外に出た。

若い女性向きの雑誌に載るものだった。購買層を考えて、柔らかい線を使ったものになっている。仕上げは、マーカーと色鉛筆。この調子を決めるのにも、コンビニのコピーのお世話になった。出来た下絵を何通りかコピーして、実際色づけしてみるわけだ。百聞は一見に如《し》かず、そうするのが一番感じをつかみやすいから、普通に行われる方法だ。何日か早く機械が来ていたら、この仕事が使い初《ぞ》めになっていたろう。

これは、フリーにやる仕事ではなかった。デザイン事務所の方から、図柄の指定があって描いたものだ。要するに、あちらのイメージを具体化するのが役目だ。広告の場合には、そういうことが多い。画風を知っていて依頼されたものだから、事務所に着いても、面倒なやり取りにはならない。ほとんど渡すだけで、後は別な仕事の打ち合わせをした。

帰り道は神保町で降りて、神田に寄った。デザイン関係の本を扱っている洋書屋を見た。店先の安売りの中から、これはという面白い本を見つけ出すのが楽しみなのだ。しかし、今回は特に収穫なし。

半チャーハン付きラーメンでも食べて帰ろうかと思ったが、今すぐに、というほど空腹でもない。横断歩道を渡り、向かいの通りもひやかしにかかった。写真集が並べてある店の横手に階段がある。ここの二階で、いつだったか小林清親《きよちか》の版画の複製を貰ったことがあった。

二、三段上がったところで、足元の辺りに青い小さなメゾチントがあるのに気が付いた。戻って腰をかがめ、覗《のぞ》き込むようにして見た。『時』という題だ。
深く清澄な青の中を白い鳥が飛んでいる。メゾチントという技法のせいばかりではなく、柔らかい絵だ。ソフトな絵なら、こちらも、事務所に渡して来たばかりだが、あれとは違う。作者が別人なのだから当然だけれど、自分にはないタッチだ。そう、さっきのが毛糸のような昼さがりだとしたら、ここにあるのは柔らかな朝だ。

「……二千五百円か」

馬鹿《ばか》に安い。間違いかと思った。

手をかける。軽い。二階のレジに行って、まず、いってしまった。

「額付きで、これですか」

女の子が事務的に答える。

「はい」

イラストレーターも数は多い。名前を知っている同業者は、全体から考えればほんの一握りだ。逆に考えれば、自分の《泉洋平《いずみようへい》》という名を覚えてくれている人間は、十分の、いや百分の一握りぐらいなものだろう。

版画家の方は専門外だから、よく分からない。しかし、運転免許取得者には及ばなくとも、日本全体ではかなりいるだろう。その中で、この青いメゾチントの作者は、どんな位置を占めているのだろう。――《森真希》。

……有望な新人と、将来を嘱望されている？

絵の調子から若い作者のような気がした。小さな額は、紙箱に入れられた。包んでもらいながら、聞いてみた。

「この森さんていうのは、どういう人ですか」

即答ではなかった。《はあ、ちょっとお待ち下さい》といって、女の子は店の台帳のようなものを開く。

……そうだよな。二千五百円だものな。

説明は一、二行だけらしい。生年と所属団体、それから、山室邦秋《やまむろくにあき》に師事と、簡単に読み上げられて終わった。

「あ、山室邦秋って聞いたことあるな」

「山室さんなら有名な方ですよ。そこにもあります」

女の子は目で示した。右手の壁に抽象的な版画がかかっていた。ボルトやナットを巨大に描いて組み合わせたようなものが、闇《やみ》の中に憂鬱《ゆううつ》そうに沈んでいた。三十万という値札がついていた。二千五百円とは、大分違う。この店でこうなのだから、デパートなどに持って行けば倍以上は取るに違いない。

「そのお弟子さんか……」

「はい」

三千円出して、

「この人のものは、他にありますか」

「山室さんのですか」

「いえ、こっちの――」

女の子は首をかしげ、

「どうでしょう。あるとしたら、そちらの引き出しの方ですけれど」

お釣《つ》りを貰って、いわれた方に進む。版画を収める箪笥《たんす》のようなケースがある。浅い引き出しが何段もついている。現代版画の箪笥の一番最初が《あ〜》だ。作者名で分類されている。千円から五千円どまりの版画が重ねて入れてある。

いくつめかのケースの、中程の引き出しまで進んで、やっと《も》に行き着いた。しかし、望月や森田はあっても《森真希》の絵は見つからなかった。

外に出ると、暮れやすくなった秋の日は、もうすっかり夜に変わっていた。

食事をして、帰った。

2

デザイン事務所の松原さんが、イラストを取りにマンションまで来てくれた時、コピー機の上の《時》を見た。

「何だい、これ」

コーヒーを机まで運びながら、

「ちょっといいでしょう。神田で見つけたんですよ」

「へえ」

作者には申し訳ないが、破格の値段のことをしゃべりたくなる。

「いくらだと思います」

「買ったんだ？」

「ええ、貰いものじゃありませんよ」

「わざわざ聞くんだから、安いか高いかだよな。――お前さんが買ったんじゃあ、どっちかは決まってるよな」

「まあねえ」

「五千円」

惜しかった。正解をいったら、額の値段かといわれた。どういう人かという話になった。男名前だったら、さして追及しなかったろう。謎《なぞ》の女性、というのには神秘的な魅力があるものだ。

「山室邦秋に聞いてみようか」

「知ってるんですか」

「知りゃあしないけど、調べれば電話番号は分かるよ。そこで、彼女のことを聞いてみる。どうせ駆け出しの版画家だろう。こちらがちゃんとしたデザイン事務所だと断って《仕事を頼むかも知れない》っていえば、悪い話じゃないだろう。どういう人か教えてくれるさ」

「あ、公私混同だな」

「いうねえ。だったら、いいんだよ。別に」

謝って、聞いてもらうことにした。翌日には電話があった。

「昨日の、メゾチントの女だけど——」

「ええ」

何となく、緊張する。だが、松原さんの言葉は、期待はずれのものだった。

「山室さんに連絡が取れないんだよ。先生、今、北海道の方に行ってるらしいんだ。本当に緊急の仕事だったら真面目《まじめ》に追っかけるんだけど、ちょっとなあ」

「それはそうですね」

ただ、どんな女性か知りたいというだけで、旅先の大先生を呼び出すわけにもいかない。この糸は、いったん途切れた。

コピーを使うたびに、その《時》の絵を眺めて、ふた月と半以上が経った。見開きの広告で、部屋の絵を描こうと考えていた時、ふと、蜜柑色《みかんいろ》の壁に、あの額を飾りたくなった。あの《時》を、親指と人差し指で作った輪の額に収まるほどに縮めて使いたくなった。そこだけが浮き上がってはいけない。合わせて、部屋のタッチも変えよう——などと考えているとイメージが広がって来た。面白いものになりそうだった。

さっそく、松原さんに電話してみた。構想を話すと、

「何だ、結局、彼女とコンタクトしたいから、そういうこと考えたんじゃないの」

「違いますよ。芸術的欲求ですよ」

「どうだか」

今度は、山室先生と繋《つな》がったようで、幻の版画家《森真希》の電話番号も分かったようだった。自分の作品に目をとめてくれる人間のいることは嬉《うれ》しいものだ。よほど変わり者でなければ、版画の使用も許可してくれる筈《はず》だと思っていた。ところが、翌日の昼過ぎに電話がかかって来て、松原さんがいう。

「何回か、かけたんだけどね。誰も出ないんだよ」

「留守電は？」

「いやあ、呼び出し音が鳴るだけさ。ファックスも何もついてないみたいだ」

「——今度は、当人が北海道旅行ですかね？」

「おいおい」

「ぼくに文句いったって駄目ですよ」

「文句はいわないけど、事務所も忙しいからさ。後は、そっちで連絡とってくれよ」

「分かりました」

番号をメモする。

いくらかけても出ないというのだから、今連絡しても仕方がないだろう。夜にでもかけようと思いながら、仕事を中断されたのをきっかけにコーヒーをいれた。狭い部屋に香りが流れる。独身用の狭いマンションに、机やらコピー機やら山積みの雑誌やらを入れているから、居住空間はどうしてもぎりぎりのものになってしまう。

飲み終えても、今ひとつ気分が乗らない。仕事にかからない言い訳のように、電話を手にして椅子《いす》に座った。封筒の裏にメモした数字を押して行く。

思いがけず、五回鳴ったところで相手が出た。受話器が上がった途端に、何か大きな音がした。

「もしもし」

うめきの半分混じったような声で、

「……はい、はいっ」

女の声だった。聞いていた生まれ年からすると、今年で三十になった筈だ。しかし、もっと若く感じられる。

「どうしました」

「……転んだんです。走って来たんで」

どんな姿勢で、電話に出ているのだろう。

「あの、森さんのお宅ですか」

「はい」

「こちらは――」いいかけたところで、またうめき声が聞こえた。「大丈夫ですか？」

「大丈夫です、わたし、よく転ぶんです。大丈夫ですっ」

おかしい。

「取り込み中でしたら、またかけ直しますが――」

相手は、悲鳴としかいえないような声で叫んだ。

「駄目っ、切らないでっ！」

ただごととは思えない。

「何かあったんですか」

相手は、一瞬、言葉を失い、それから逆に聞いて来た。

「……そちらは何でもないんですか」

「は？」

「変わったことはないんですか」

「ありませんけれど」

さっきよりも長い沈黙があった。何かを量りにかけ揺れる針の先を見つめているような沈黙だった。それから声は、今度は、ゆっくりと聞いて来た。

「……あなたは、今、どちらにいらっしゃるんです？」

「東京です。といっても、荒川区のはずれです」

「……うちは埼玉です」

「ええ、そうらしいですね。住所も聞きました」

「聞いた？　どなたに？」

初めて電話をして、こんな矢継ぎ早の質問攻めにあおうとは思わなかった。聞きたいことなら、こちらにもあるのだ。《森さんのお宅》には間違いないらしいが、まだ、幻の版画家当人なのかどうか、確認していない。

「順を追って話します。まず、わたしは泉と申します。イラストレーターです。そちらは森真希さんでしょうか」

そういうと相手も、少し、冷静になり、

「あ、……失礼しました。その通りです」

「それならよかった。あなたのことは、山室先生に教えていただいたんです」

「山室先生……」

「はい。実は、ぼくのイラストの――」

いいかけたところで、相手は息を呑《の》んだ。《ぼくのイラスト》が、それほど恐ろしいとは思えない。

「――どうしました」

「何時になりますっ？」

「はあ？」

「時間ですっ」

「ええと――」机の向こう、窓の縁に薄い置き時計が立て掛けてある。「三時を、まわったところですね。十五分ぐらい」

また悲鳴があがった。忙しい人だ。聞いてみる。

「――三時に予定があったんですか」

「違います、違います」お茶に遅れそうで急いでいるわけでもなさそうだ。「――あの、今は、あれこれ詳しく説明しているひまがないんです。――こんな場合、どうなるのか、わたしにも分かりません。そうだ。――多分、もう少ししたら、聞こえなくなると思います、わたしの声が」

「何ですって」

「でも、でも、絶対に切らないで下さい。そのまま、しばらく待っていて下さい。一生のお願いです」

「大袈裟《おおげさ》ですね」

「そうじゃあないんですっ。本当に、わたし――。信じて下さい。わたし、ふざけているわけじゃ……」

言葉は、そこで棒が折れたように、ぽきりと途切れた。

3

イラストレーターも結婚していると、別に仕事場を持つことが多い。生活の場と創作の場を切り離すわけだ。独身だとそんな必要も感じないし、また、経済的余裕もない。バイトをしながら描いている人もいるが、そういう切り替えの出来ない方なので、稼ぎは少ない。これには最も素朴な対抗策を講じている。つまり、生活を切り詰めている。

こういう商売だと感覚が古くなってはいけない、建物自体は古びていようがいまいが、とにかく都内に住んだ方がいい――という意見もある。そう考えたわけでもないが、何かと便利なのは確かだから、荒川区の端っこの、名前だけはマンションとついている二階建てのアパートに住んでいる。

版画家さんの家は、埼玉だ。

——どの辺になるのだろうな？

窓の外は曇っている。朝方は、西の空に水色のところが見えたので晴れるかと思った。それなのに、大陸のような雲が動いて来て、たちまち空を覆《おお》ってしまった。電話線の向こうで、賑《にぎ》やかに叫んでいた人の頭の上にも、同じ雲が広がっているのだろうか。

それにしても妙な話だ。なぜ切ってしまったのだろう。いや、切ったのではない。その証拠に、受話器には通話中の表示はオレンジのままだ。消えてはいない。出られなくなったのだろう。

——誰かいるのか？

そう考えれば、犯罪の臭《にお》いがして来る。強盗か何かの人質になっているとしたらどうだろう。そうか、それなら説明がつく。あわてて電話にも出るわけだ。足がもつれて、転んでもおかしくはない。そして《気づかれそうになったので通話は止めるが、切らないでくれ》というわけだ。火事の通報が、まともな連絡にならず、ただ《燃えてます、燃えてます》と繰り返すだけだった、などという話はよく聞く。あのおかしな様子も納得出来る。

いやいや、それもおかしいぞ。だったら、もう少し、声をひそめるだろう。

働いても働いても暮らしが楽にならなくて、じっと手を見ている、という短歌を聞いたことがあるけれど、今は、何が何だか分からなくてじっと受話器を見ている。

こちらから、切ろうという気にはならなかった。あれだけ、全身全霊をあげて頼まれたら、少なくとも一時間は受話器を置けるものではない。

あまり、しみじみと観察したことはなかったが、こうして見ると、耳を当てる部分には、一センチ五ミリかける一センチ五ミリぐらいの正方形に、五かける五で合計二十五個の穴が開いている。電話の線を、息せききって走って来た声はここから飛び出して来るのだ。

どれぐらいそこを見つめていたのか、分からない。実はごく短い間だったのだろう。がちゃっという音と共に、さっきの版画家さんの声が、小さな穴から溢《あふ》れ出した。

「もしもし、もしもし、聞こえますかっ」

アメリカの映画で、刑務所に面会に行く場面を見たことがある。外と中を隔てるのは透明の板だった。そこに、円形に幾つもの小穴が開いていた。会話はそこを通して相手に伝わる。受話器の穴から、洩《も》れる声に、それを連想した。

「はい」

ああ……、という深い安堵《あんど》の声がした。

「よかった」

「どうしたんです」

「こっちの受話器が置かれていたんです。切れていたら、どうしようかと思った」

「だったら大丈夫ですよ」

「え？」

「電話の仕組みがそうなっているんです。三つ数えるくらいの間なら、かけた方が受話器を置かない限り、回線は繋がったままですよ」

「そうなんですか！」

以前、電話をしていて偶然知ったことである。

「でも――」

「はい」

「さっき話していたのは、あなたですよね」

「そうです」

「あなたが受話器を置いた――わけじゃありませんよね？」

あれだけ自分から《切るな》といっていたのだ。

「勿論《もちろん》です」

「どなたか、いらっしゃるんですか」

「いえ」

「じゃあ、どうして――」

「それを説明するのは……とても、とっても、大変なんです」

「──はあ」

「どこから始めたらいいのかしら」

「──まず、こちらの用件を話す、というのはどうです」

「ああ、そうでした。そうですよね、勿論、勿論」

かいつまんで話した。

「ええ、とても、とても嬉《うれ》しいです。使っていただけるなら……」

答えはそういう平凡なものだったが、いいながら、何か別のことを考えているようだった。感情がない。ちょうどパソコンが情報を読み込んでいるようだった。言葉はその時に機械がたてる音という感じだった。版画家さんはいった。

「……あの、わたしのメゾチントを買って下さってから、ふた月以上経《た》つとおっしゃいましたよね」

「ええ。そろそろ三月目になるかな」

「階段のちょっと上った辺りの足元に近い方に飾ってあったんですね」

自分で今話したことを思い出す。かいつまんだつもりだったが、一方で、そういう細かいことにまで触れたようだ。

「そうです」

「わたしが見た時には、顔の位置辺りにかかっていました」

「あ。——それは、店の人が模様替えしたんでしょう」

売れないから、下に持って行かれたと思って、落ち込んでいるのだろうか。だが、相手は、まるで意を決したという調子で、

「お買いになったのは、いつですか？」

「ええと、九月の終わり頃ですね」

どうして、こんなことを長々聞くのだろう。

「そうすると、……そうすると、今は冬ですか」

「——」

向こうは埼玉。オーストラリアではない筈《はず》だ。絶句していると、相手は、あわてて言葉を継いだ。

「変だと思いますよね。でも、切らないで下さい、お願いします」

考えられる可能性は、そんなにない。聞いてみた。

「どこか、外の見えない、——地下室のようなところにいるのですか」

口にするとおかしい。昔話のようだ。だが、相手は答えた。

「ああ、……そんなようなものです」

「——ような？」

「はい。……いいですか、わたし、これから、もっと変なことをいいます。でも、切らないで下さいね、約束して下さい」

——切った方がいい相手かも知れない。

「分かりました」

「あの……」

「ええ」

「こちらは、わたしのいるところは、まだ……七月なんです」

真希さんなる人は、やはり大変なゲイジュツからしい。思わず、頷《うなず》いてしまう。

即座に、

「——なるほど」

「違うんです」

「え?」

「あっさり納得しないで下さい。——どういう風に納得したのかは分かります」

こちらは三十五。向こうの方が五つばかり年下の筈だ。しかし、小学生が卑《いや》しいことをして、女の先生に怒られているような感じだ。

「すみません」

「これ以上、何かいっても、ますますおかしく思われるだけでしょう。一つ、実験してみていただけますか」

「はあ？」

「何かの加減で、電話がここに繫《つな》がったんだと思います。……そちらにはそちらで、わたしの家がある筈だわ」

「はあ？」

「すみません。独り言です。気にしないで下さい。……あの、お願いしたいのはこういうことなんです。お近くにコンビニはありますか」

よくお世話になっている。

「すぐ側《そば》にあります。五軒先です」

「よかった」真希さんは、頭を整理するような間を置いてから、「この電話はそのままにしておいて……そのコンビニから……ここにかけてみていただけますか」

無茶苦茶なことをいう。

「どうしてです？　無駄じゃありませんか——切らない限り、お話中に決まってる」

「……普通ならそうです。それを試してみていただきたいんです」

わざわざ出掛けて行くのは、馬鹿《ばか》のやることだ。

4

馬鹿だから来た。

黄緑の電話機が待っていた。メモを見ながら、番号を押して行く。

——《お話し中》ではなかった。

かけ間違いではないかと二度試してみた。やはり、呼び出し音が鳴っている。

考えられることは一つしかない。家でかけた方が番号違いなのだ。

速足で歩きながら、考えた。——子器を使って電話したから、デジタル表示を確かめるわけにはいかない。しかし、それしかないではないか。

受話器は机の上、コーヒーカップの横に寝て、おとなしく、帰りを待っていた。取り上げると、気配を察して、待ち兼ねたという声がした。

「どうでした」

「——呼び出していました」

「やっぱり」

「番号違いだと思うんです」

「え？」声は、一瞬、考えてから、「こちらの番号をいいますね」

メモを見た。――合っている。嘘《うそ》をつくにしても、《こちらがかけたつもり》の番号が、こんなにすらりと出るだろうか。

相手は、続けていった。

「それで、どうなりました」

「あ。その――誰も出ませんでした」

「そうだと思いました」

「はあ」

「母一人、子一人なんです。母は仕事がありますから、遅くならないと帰りません」

「あなたは？」

「わたしは家にいて、電話に出ています」

頭がおかしくなりそうだ。

「どういうことなんです。結局、何が起こっているんです」

「《何か起こっている》と、思ってくださるんですね」

一番分かりやすいのは、機械の故障だろう。しかし、こんな壊れ方があるものだろうか。

「そりゃあ――そうですね」

真希さんは話し始めた。こちらがコンビニに行っている間、手順を考えていたらしい。

ゆっくりと、しかし、ためらいなく言葉が出て来た。

「《神隠し》って聞いたことあります？」

「ええ。――人が、突然いなくなるんでしょう？」

「はい。そっちの世界から見ると、今のわたしがそれだと思うんです」

「そっち？」

「ええ。わたし、七月に《別の世界》に来てしまったんです。……というか、時間の流れから転がり落ちて、取り残されてしまったんです。気が付いたら、時間は、どんどん先に進んでいるらしい。それなのに、何日経っても、わたしの周りでは七月の同じ日が繰り返されているんです」

ありえないことだ。しかし、それに続く説明には驚くほど実感がこもっていた。

「……《この電話を切らないで下さい》という気持ちはお分かりになるでしょう？」

「ええ」

当人が、そういう立場になったと思い込んでいるのなら、まことによく分かる。

「電話代は、勿論、こちらでお払いします」

「七月にいるのに、どうやって払うんです」

「貯金が残っている筈です。母に聞いてみて下さい」

「いきなり、そんなことをいったら、おかしな奴《やつ》だと思われるだけですよ」

「あなたがわたしの知り合いだと、分かればいいんですよね。わたし、小学校にもまだ行かない頃、父と母の喧嘩《けんか》に割って入ったことがあります。父は無口で、あまり感情を表に出さない方だったんです。でも、その時は何が原因か分かりませんが、激高していました。母に手を上げたんです。わたしはそれを見て、《お父さんが悪い、お父さんが悪い》と叫びながら、二人の間に飛び込んで行ったんです。八畳間の茶箪笥《ちゃだんす》の前でした。子供が出たんで、喧嘩は終わってしまいました。後で、母からチョコレートをもらいました。子供心に、味方した御褒美《ごほうび》かな、と思ったのを覚えています。――これは、よその人には誰にも話していません。それから、銀行のカードですけれど、二階のわたしの机の一番下の引き出しに、サービスでもらった写真のポケット・アルバムが入っていま す。花柄の紙表紙です。中に、友達と信州に行った時の写真が入っています。その真ん中辺り、山葵田《わさびだ》を撮った写真の裏にカードが入っています。暗証番号は《1682》です。電話番号なんかじゃ、拾われた時、分かるかも知れないね、と母がいったので、関係のない数字を選びました」

「何から取ったんです」

「《イロハニ》です」

「なるほど」

「これぐらい知っていたら、無関係の人とは思われないでしょう？」

「そうですね」

「ご迷惑で、本当に申し訳ないんですけれど、母がどうしているのか知りたいんです。夜遅くなれば帰ると思います。様子を聞いてみていただきたいのです。――電話代だけでなく、その分の手数料というか、謝礼も、勿論差し上げたいと思います。お願いします」

「いや、お金のことはそんなに心配なさらなくてもいいんですけれどね」

「はい」

「困ることがあるんです。はずしておくと、電話が使えない」

「……あ」

「仕事で必要なんです」

「そうですよね」

一所懸命、考えているようだ。つい、可哀想《かわいそう》になって、いってしまう。

「まあ、取り敢《あ》えず、今日明日ぐらいは心配ないでしょう。事務所には外から連絡を取るようにします」

「すみません」

「で、あの――」

「はい」

「切りはしませんが、こちらも仕事があります」

「あ」

「いったん受話器を置かせていただきますよ。——机の上にでも」

こくん、と頷くような気配があって、

「はい、はい」

「ただし、そうなると、あなたの電話も、こちらの電話も、もう鳴らない」

「そうですね」

「次のコンタクトは時間を決めてするしかありませんね」

ちょっと考え、

「同じ時に、受話器を取るわけですね」

「ええ」母親は夜遅く帰って来る——という話だった。「真夜中、十二時でどうです。その時に、また話し合う」

「けっこうです。……いえ、そんな偉そうな口をきける立場じゃありません。よろしく、お願いします」

「じゃあ——」

と、受話器を置こうとした。離れかけた耳に、版画家さんの声がすがった。

「ちょっと待って下さい」

「何です」

「そうと決めたら、待ちながら、こちらの受話器にわたしが耳をずっと当て続けているのは、フェアじゃありませんよね。盗聴ですよね」

男が、女の子の部屋の壁に耳を当てるのなら、いかがわしい感じになる。この場合は逆だ。こちらは、花も羞《は》じらうお嬢様ではない。とはいっても、部屋の様子を聴かれていたら落ち着かない。

「それは勘弁してもらいたいですね」

「でも……正直に申し上げますけれど、わたし、誘惑に勝てそうもないんです。ね、想像してみて下さい。あなたが独りぼっちで無人島に流されて、五か月も経《た》った。そんな時、海辺の岩に、懐《なつ》かしい世界の見える窓が開いているのを見つけた。……その窓はいつ閉じるか分からない。ね、それでも、その不思議な窓を、覗《のぞ》かずにいられますか」

想像しろ、といわれたが、この人の想像力にはかなわない。メゾチントの柔らかな線で、そういう絵が描けそうな気がした。事情はどうあれ、この人が真剣なことは確かだ。暗い海の波の中から、白い頼りない手を差し出され、握ってくれ、といわれたような気になった。

「――じゃあ、こうしたらどうでしょう。ラジカセを持って来ます。そのラジオをつけて、送話口に置いておきましょう。音楽も、ニュースも流れる。あなたの知りたい――

こちらの様子が聞こえるでしょう」

声がすっと透き通り、明るくなった。見えない相手は、いった。

……ありがとうございます。

鳥肌の立つような快感が、体を走った。

戦慄《せんりつ》と旋律は、同じ音だと、ふと思った。慄《ふる》えが、ゆっくりと、柔らかな音楽でも聴くような、くすぐったい嬉《うれ》しさに変わった。思いつきで、何げなく口にした言葉が電話の向こうの、不思議な人を明るくした。

どうして、それを大手柄でもたてたように感じたのだろう。

5

ラジオを受話器の前に置くと、コートを引っかけ、外に出た。

《仕事がある》といった。それは嘘ではない。しかし、今月中に仕上げなければいけないというものでもない。

それより、この《事件》に興味を引かれた。やじ馬根性といってもいい。

どうなっているのだろう。

誰が考えても、版画家さんが普通ではない。しかし、引っ掛かるところはある。

いうまでもない。その第一は、同じ番号に二重に電話がかかった、という事実だ。これの説明がつかない。《その答を知りたくはないか》と、理性がいう。

しかし、それは、譬《たと》えていえば、支えがなければパネルが立たない――といった理由付けとも思える。人を本当に動かすのは感情だ。大事なのは、立てたパネルに描かれた絵だ。――要するに、《よく転ぶんです》といったあの人だ。

あの声には、独特の澄んだものがあった。あせってうろたえて、ぼろぼろになりながらも、――これは矛盾するいい方だろうが――そこに、弱々しいけれど凛々《りり》しい響きがあった。版画家さんのいう通りなら、あの人は、未来永劫《えいごう》、自分は一人ではないかという思いに耐えているわけだ。そのことに磨かれたような響き。

あの人のことを知りたい。メゾチントを使わせてもらいたい相手のことを調べるなら、これは立派に、仕事の一部だ。

頭は、体の重しではない。電話で話しながら、あるいはコンビニへの行き帰りに、考えたことは、幾つかある。

まずは、お師匠さん、山室先生に問い合わせることだ。しかし、すんなり電話番号を教えてくれたのが、――外ならぬ山室先生ではないか。お弟子さんに何か異変が起こっていたとしても、先生は知らないのだ。つまりは、頻繁に連絡を取り合っているほどの仲ではない。となれば、この線からは、何もつかめそうにない。

では、当人がいうように、夜まで待ってお母さんに聞くしかないのか。しかし、気になることがあれば一刻も早く解決したい。裏返っている札はすぐに開けてみたい。

そこで思ったのが、版画家さんの住所だ。案外に近いのかも知れない。うちにも東京の地図はあるが、埼玉のものはない。本屋さんに入って、さりげなく立ち読みして調べた。思った通り、北千住まで出てしまえば、後は私鉄で一直線。となれば、このまま行ってしまおう。

こう踏み切れるところが、自由業の有り難さだ。電話が現に通じて、話が出来るのだから、訪ねてしまえば顔が見られる筈《はず》だ。

何だ、結局、会いたいのだ、と自分にいってみる。

その通りだ。

車内に学生の姿が見える。普通の通学時間よりは早いのに、と思い、そうか、もう試験あけの頃かと思う。高校生のカップルが、泊まりがけでスキーに行く話をしている。女の子が、親を何とかごまかし、《出かけたい》とだけ話したらしい。男が激怒している。なぜ、一々親に断るのだと罵《のの》しっている。《むかつく、そんなことは自由だ》といっている。女の子は黙って聞いている。

余計なお世話だが、どうして、こんな馬鹿《ばか》と別れないのかと思ってしまう。こういう奴と泊まるのも、お勧め出来ないが、恋は盲目。そういう時、子は親を裏切るものだろう。それでも、せめて、ごまかしてさしあげるのが、お世話になった親への義理であり、礼儀であり、人の道というものだろう。

ふと、あの版画家さんは今も受話器を通し、うちのラジオに耳を傾けているのだろうかと思う。

カップルが降りて、少し静かになる。どこで東京を越えたのか分からない。だが、風景は次第に変わって来る。街と街との間が広がり、土が見えて来る。越える小さな川、曇天の下の田畑が、妙に懐かしい。このところ、アスファルトの上ばかり歩いていた。

目的の駅で降りる。前の本屋さんで、もう一回地図を見、大体の方角を確認した。後は電柱の地番を頼りに、ひたすら進む。

見知らぬ町を歩くのは、それだけで夢の中を行くように面白い。水量の減った広い川沿いの道をとる。師走《しわす》の岸辺に枯れ葦《あし》が、思いがけないほど高く生えていた。鳥が水面に浮かんでいる。いかにも寒そうだ。

目印の橋を越えると、すぐに字の表示が《千草一丁目》となった。版画家さんの住所は、その《二丁目》だ。

信号待ちをしている中学生に、聞こうかと思ったが、そこで赤が青になり、相手は道を曲がってしまった。こちらは、ゆるい下り坂を行く。住宅地に入る。

バドミントンの羽が、いきなり飛び出てはずみ、足元にころんと転がった。プラスチックの羽の色がピンクだ。小鳥が舞い降りたようだ。

「すみませーん」

コピーしたように、二人ともポニーテールの小学生が、真新しいブロック塀越しに顔を突き出した。姉妹だろう。お父さんが出掛けて空いた駐車場で、遊び始めたらしい。狭いから、よほどの名手でなければ、何度でも羽が飛び出るだろう。拾ってやって、森さんのうちを聞く。男の声に、何事かと母親が出て来る。子山羊《こやぎ》が狼《おおかみ》と話しているのかと心配した、お母さん山羊のようだ。

版画家さんの名は知らなかったが、二丁目はすぐそこだという。親切に家に戻り、戸別に名前の入った地図を持って来てくれた。ラーメン屋、鮨《すし》屋などの広告が、地図を囲んで刷られている。宣伝用に町内に配られたものだろう。

《森》という一字に、そこで出会えた。

6

電話があり、地図にも出ている。問題の家は、あって当然だ。

けれども、実際、前に立つと、妙な気分になる。蜃気楼《しんきろう》目指して進んだら、最後までそれが消えず、とうとう触れられるところまで来てしまったようだ。

しかし、家は、朧《おぼろ》にゆらゆらと揺れてはいない。確かに、そこにある。

二階家だ。窓がサッシではない。木の雨戸が閉まっている。古めかしい。近くに真新しい家が多いから、余計目立つ。瓦《かわら》には漆喰《しっくい》で補修した跡がある。工事が手抜きだったのか、ところどころがはげ落ちている。玄関の横は、葡萄《ぶどう》棚だ。その枝は老人の手のように骨張り、緑の衣装をまとってはいない。申し訳程度に残った、くすんだ紙を揉《も》んだような、水気のない葉が風に吹かれていた。

門だけは、作り替えたらしく、比較的新しい。《森》という木の表札がかかっている。ただし、インターホンはついていない。鍵《かぎ》がかかっている。

ここが《森真希》さんの家だ。電話がかかったのだから、そして出たのだから、中に、その人はいる筈だ。

安物らしい門の、丸い把手《とって》をつかみ、無駄と分かりながら数回、開けようとした。庭を、風でどこからか飛んで来たらしい、白いビニール袋が動いていた。かさかさと濡《ぬ》れ縁の下に這《は》い込む様子が、まるで生き物のようだった。ここで声を出しても、中までは届かないだろう。気配で、門前に誰かが来た、と察してくれないものか。

だが、家は巨大な蝸牛《かたつむり》の殻のようで、引っ込んだその主は、つつけばつつくほど、姿を現さない。

空が鳴り、電線が震えた。

正直なところ、版画家さんを訪ねようという気は、失《う》せて来ていた。あの声には、剝《む》いた桃のように滴《したた》るものがあった。この家は、冬の風の中で乾き切っている。

しかし、来たことを後悔はしない。もう一度、同じことがあったら、やはり、ここに来るだろう。

靴の向きを、来た方に返した。

その時、突然、強い風が顔に吹き付けた。目を閉じた。風のうちに何かを聞いたような気がした。

思い直して、隣の家のインターホンを押してみた。こちらは新築の、屋根の高い家だ。

ややあって、落ち着いた声が答えた。

「はい」

「申し訳ありません。東京から、お隣の森さんを訪ねて来たものですが――」

「お届けものですか」

「いえ。イラスト関係の仕事をしている者です。森さん、森真希さんが御在宅とうかがって来たのですが――」

「お嬢さんが？」

「ええ」

わずかな、ためらいがあってから、

「ちょっと待って下さい」

やがて、玄関のドアのつや消し硝子《ガラス》の部分に人影が映り、それが開いた。形のいい鼻をした、上品なおばあさんだった。

名刺を見せる。

「今回、森さんの作品を広告の一部に使わせていただこうという話になりまして、お訪ねしたわけなのですが――」

おばあさんは、名刺とこちらの顔を見比べ、

「作品？」

「ええ。森さんは、版画をやっていらっしゃるんです」

案外、こういうことは隣近所の人に知られないものだ。普通なら、《そうなんですか》といった、軽い驚きの声が出るところだ。しかし、おばあさんは、それはさておき、という調子で、

「御存じないんですか」

「は、――何を」

「事故のことです」

「事故――」

おばあさんは、声をひそめ、

「お嬢さん、夏に交通事故にあわれたんですよ」

「ああ――」悪い形で、ジグソーパズルがまとまり、一つの絵が出来た。「頭を――打たれたのですか」

納得出来てしまう。

「まあ、頭も打ったでしょうね。乗っていた車が引っ繰り返ったんですから」

「そうですか」

それが七月なのだ。彼女の《時間の針が止まった時》なのだ。雨戸も閉めて、中に閉じこもり、かかって来る電話にあのような応対をする。

人の心は、壊れやすいものだ。

無駄とは思いながら、聞いてみた。

「じゃあ、お会いするのは無理ですね」

その時に、ちらりと版画家さんの家を見た。雨樋《あまどい》が赤茶色に塗られ、それもところどころはげていた。こちらの視線を感じたおばあさんが、

「お宅には、いませんよ」

「え？」

「病院です。事故以来、眠ったままなんです」

目を見開いてしまう。

7

「——昏睡《こんすい》状態？」

「何というんでしょうね、とにかく、病院にかつぎ込まれてから、一度も目が覚めないそうです」

そんな筈がない。では、誰が電話に出たのだ。あの声は、自分が《森真希》だといった。彼女の版画に関して、正確に応対した。

「お宅には、どなたもいらっしゃらないのですか」

「ええ。お母さんはお仕事ですから」

それでも、《森真希》さんは電話に出た。

「病院はどちらですか」

遠ければ仕方がないが、歩いて行けるところだった。事故の直後は緊急指定病院にかつぎ込まれ、その後、町内に転院したという。

礼をいって、歩き始めた。

しかし、病院に行ってどうなるというものでもない。本当に昏睡状態なら、話も出来ない。

仏法僧という言葉が頭に浮かんだ。鳥の名前だ。普通、そう呼ばれる鳥が《姿の仏法僧》。ところが、実際に《ブッポウソウ》と鳴くのは別の鳥。こちらは《声の仏法僧》。

――ブッポウソウ、ブッポウソウ。

同様に、《声の森真希》と《姿の森真希》がいるのだろうか。

先程の信号を右に折れ、そのまま行くと国道を渡ることになる。そこに病院があった。想像したより、ずっと大きな四階建てだ。辺りには夕闇《ゆうやみ》が落ち出した。その中に白い建物が浮かんでいた。

受付で、森真希という名前を告げると、ごく機械的に最上階の病室を教えてくれた。売店の横を抜けるとエレベーターがある。パジャマ姿の健康そうな病人と、荷物を抱え看護疲れの顔に出た瘦《や》せこけた中年男が乗り込もうとしている。

後を追って、四角い箱に入った。先客は二人とも、途中で降りた。

ドアが開くと、右手に洗面台が並び、左に黒い長椅子《ながいす》が置かれている。正面はナースセンターだった。その隣に《ICU》という表示が出ている。こちらに入るには白衣に着替え、スリッパになるらしい。昏睡が続いているというのは重体だろう。しかし、聞いたのは病室番号だった。森さんがいるのは、こういう特別な部屋ではないようだ。

廊下には、食事を運ぶワゴンが置かれている。夕食はもう配られたらしい。茶碗《ちゃわん》とスプーンを手に持った、付き添いらしいおばさんが脇《わき》の病室から出て来て、すれ違って行った。

病室の前に出ている番号を見ながら、進む。右手の方に一人部屋が並んでいるようだ。

すぐに、《森真希》とサインペンで書かれたプレートが目に入った。

ドアは若竹色。開き戸ではない。引き戸なのだがレールがなく、上から吊《つ》られ、するすると横滑りするタイプだ。ベッドの出し入れに都合のいいように、レールを敷かないのだろう。

――ここまで、来てしまった。

突然、背後の部屋から老人の叫びが聞こえて来た。気遣っているのか、あるいはなだめているのか、さだかではない女の人のこもった声が、その後を追いかける。

ドアの向こうは、ひっそりと静かだ。ステンレスの把手に手をかけ、ゆるゆると開く。明かりはついていたが、人はいない。白いカーテンが引かれた先にベッドがあった。

自分は何をしているのだろう、という気になった。病院の決まりで許されることなのかどうか分からなかった。だが、眠れる人のところに、足は勝手に進んでいた。

カーテンを越えると、白い布団《ふとん》の中に、その人がいた。ベッドの脇には幾つかの機器が並んでおり、管が真希さんの体に向かって伸びていた。

花を見るように、その人の顔を見た。前髪はきちんと切られていた。瞼《まぶた》は閉じられ、内に瞳《ひとみ》を隠していた。プラスチックの管の入った鼻は素直で、その下の唇は今にも動きそうだった。いや、動いてものをいったような気がした。

……初めまして。

その声は、あの電話の人のものだった。《よく転ぶんです。わたし》

ぐんぐんと、外の闇は深くなった。広い窓はいつの間にか、黒いラシャ紙を貼《は》り付けたようになった。

音にならない音楽が病室の中に流れ、それを聞いているようだった。夭折《ようせつ》したピアニストの録音されなかったＣＤをかけ、終わることのない空白の演奏に耳を傾けているような気がした。

どれほどの時が流れたのか分からなかった。一瞬のようでもあった。

――ドアの開く音がした。

第六章

1

はっとした。ベッドの側《そば》に、じっと立っているのは普通ではない。首をすくめたくなった。

つっと身を引いて、壁際《かべぎわ》に寄るとカーテンの向こうから来る人が見えた。

最初に白衣の看護婦さん。後から来たのが、丸顔の女の人。眉《まゆ》の辺りのしっかりした感じと、他人事《ひとごと》ではない憂《うれ》いの色から、お母さんだろうと察しがついた。その人と目が合った。

機先を制して、先に目礼する。五十代か六十代かという、その人は、いぶかしげな顔で半分だけ礼を返し、

「……どちら様でしょうか」

看護婦さんも、ほとんど同時に何かいいかけたようだが、質問をお母さんに預けた形になり、

「お話は、外でお願いします」

こちらと入れ違いに奥に入って、ことさらにカーテンを閉め直した。

ドアを引いて廊下に出、先程のロビーの長椅子《ながいす》に、並んで座った。

「こういう者です」

「泉……さん」

「はい。まず、何より先に聞いていただきたいことがあるのです」

狐《きつね》につままれたような顔をしているお母さんに、電話で聞いた《夫婦喧嘩《げんか》の仲裁》の話をした。常識的には、あの《彼女》が、《この人の子》である筈《はず》がない。しかし、心の中で二つの像は勝手に重なり始めていた。

お母さんは、《何のことですか》などとは問い返さなかった。話の間、じっと、こちらを見ていた。《お父さんが悪い》といったお礼にチョコレートを貰《もら》ったところまで、聞き、そして、ゆっくりといった。

「あの子が、そんなことを……」

こちらを見る目の色が変わっていた。同時に、それはうるんで見えた。意味するところは明らかだ。

「――そういうことがあったのですね」

「はい。……はい」

プライベートといえば、こんなプライベートなことはない。ひょっとしたら、今、ここで聞くまで、お母さん自身、忘れていたのかも知れない。電話の相手はそれを覚えていた。とっさに、あれだけ生き生きとしゃべった。生活を共にし、時間を共にした者だけにできることではないか。

――あれは、《森真希》だ。

だが、当の版画家さんは、ここで横になっていた。そういういい方は妙だろうが、アリバイがある。

前後を霧に囲まれたように、呆然《ぼうぜん》としてしまった。その様子が、《彼女》との帰らぬ日々を追想するものと写ったらしい。共感と多少の恨みがましさをこめて、お母さんはいった。

「あなたのことは、まったく存じませんでした。娘が、何も申しませんでしたから」

「はあ――」

当然だ。今日、知り合ったのだから。しかし、そんなことを口走ったら、こちらも病気か、と思われるだろう。

「わたくしには、よく分かりませんが、版画の方も少しは売れていたようで」改めて、名刺の肩書を確認し、「……何か、その関係の？」

「はい。たまたま、お嬢さんの作品を、買わせていただきまして――」

お母さんは、律義《りちぎ》に頭を下げた。

「有り難うございます」

「イラストに使わせていただこうと思いまして、連絡を取ったわけなんです」

「いつ頃？」

一瞬、詰まり、

「――七月」

印象に強かった月の名を、つい、あげてしまった。

「こう……なる、少し前ですね」

汗が出て来そうだ。春ぐらいにしておいた方がよかったろうか。

「は。で――、それ以来、何の御連絡もないものですから。――今日、お宅に伺って、お隣《の》の方に事情を聞きました。――びっくりして」

後は言葉を呑んだ。病院まで来て、ぼんやり、顔を見ていた、とこうなるわけだ。

「娘とは、何回ぐらい、お会いになったんですか」

「一回です」

それも、正確には電話で、だ。お母さんは、目をしばたたき、

「一回？」

「はあ。仕事の話をして――」

「……」

「軽く、お食事を御一緒して――」

素行調査をされているようだ。

「それだけで、あの子が、あんなことまで話しましたか」

そうか。親は、そう思うのか。

「はい」

お母さんは、複雑な表情で、こちらの顔を見つめ、

「……そういうこともあるのでしょうね」

返事のしようがない。

「どんなでしたか、娘は？」

「そう。――快活で、機転のきく、素敵な方だと思いました」お母さんは、黙って頷《うなず》いた。もっと、続けたくなって、「よく転ぶと、おっしゃってました」

お母さんは、横町から猫でも飛び出して来たかのように軽い驚きを見せ、次いで泣き笑いの顔になった。

「……本当に、そそっかしい子なんです。だからって、何も車ごと転ぶことなんかない

のに」

しまった。

「――すみません」

お母さんは、首を振った。

「あなたが、あやまることありません。今日は、わたし、あなたに会えて、娘の、知らなかったことを知って」瞬《また》きをし、「一つ儲《もう》けたような、損をしたような、おかしな気持ちです」

何だか、余計、《すみません》といいたくなってしまった。いっそのこと、彼女の引き出しのキャッシュカードのことも確認してみようかと思った。《イロハニ》の《1682》。しかし、そこまでいったら、あまりにも不自然だ。いくら意気投合したところで、初めて会った男に暗証番号まで教える娘はいないだろう。

「あの――」

「はい」

「お嬢さんには、今夜、ずっと付いていらっしゃるんですか」

2

来た道を逆に、東京へ戻りながら、自分のしていることが、滑稽《こっけい》に思えた。

あの受話器を取り上げたところで《寝ていた人》の声など聞こえる筈がない。悪戯《いたずら》電話はかける方だけに可能なのではない、かけられた方だってできるのだ。この婦人にむだ足をさせるだけだ。理性が、そういった。

しかし、こうなれば、誰だって思うだろう。森真希と名乗った《あの声》を、お母さんに聞かせたい、と。

勿論《もちろん》、ありのままを話すわけにはいかない。《お嬢さんの、いっても信じてはもらえないものがうちにある》と告げた。お母さんは、内容よりも、こちらの真剣な調子に心を引かれたようだ。

通勤電車と逆方向になり、座れた電車の中で、お母さんは《失礼します》といって、眠った。よほど疲れているようだ。乗換駅で、起こすのが気がひけた。ＪＲでは座れなかった。そこで、ふと、尋ねる気になった。

「お嬢さんのことで、思い出されることはありますか。例えば、あれが好きだったとか、あれが嫌いだったとか――」

《あの真希さん》が本物の《真希さん》なのか、お母さんの言葉からも確認したい。《夫婦喧嘩の仲裁》のように、こちらから聞ける材料も手に入れたい、と思ったのだ。

吊《つ》り革に手をかけたお母さんは、電車が幾つか揺れる間、考え、

「……『人魚姫』が嫌いでしたね」

「え」

「人間の王子様が好きになって、海から出て行く――」

「ああ」

「あの最後の辺りで、王子が誤解するところがあるんです。船が沈んだ時、助けたのは人魚姫なのに、そのお姫様にいうんです。《ぼくを助けてくれた人が見つかったんだよ。喜んでおくれ》って。でも、人魚姫は口がきけなくなっていた。だから、何ともいえないんです。……あの子は、そこが大嫌いで、よく怒っていました」

「そりゃあ、もどかしいですね。誰だってストレスがたまりそうだ」

「でも、いったん買って来たものを捨てるようなことはしませんでしたからね。けっこう長いことありましたよ、その本」

電車の窓の外は、黒い水を湛《たた》えた水族館の水槽のようだった。光の魚が、横に滑って行く。お母さんが、いった。

「何を食べたんです、あの子？」

「え？」

「いえ。あなたと会った時」

反射的にいってしまった。

「チャーハン」

メゾチントを買った日に、神田で食べたのが、それだった。正確にいうなら、半チャーハン付きのラーメン。口にしてから、もっと女の子に似合いそうなものにすればよかったと思った。

「あ、あの子、チャーハン、好きです」

「——よかった」

電車を降りた時には、もう八時をまわっていた。昼は遅かったが、それにしても、もう限界である。ここまで、お母さんを連れて来て安心したせいか、いきなり空気を抜かれた風船のように、腹がしぼんでしまった。

駅前の中華で、海老《えび》チャーハンを食べた。お母さんも五目チャーハンを取った。スープが、ちょっと濃い。

このお店ですか、と聞かれるかと思ったが、お母さんは黙って、散り蓮華《れんげ》を動かしていた。

マンションに着く。ドアを開けると、つけっぱなしのラジオの声が流れて来た。ニュースをやっていた。

ストーブをつけ、その前にお母さんに座ってもらった。約束の時間は十二時だから、まだかなり間がある。しかし、あれだけ《こちらの世界》を覗《のぞ》きたがっていた人だ。受話器から流れるラジオの音に耳を傾けつつ、ずっと待っている可能性は大いにある。

あれこれ説明するよりは、とにかくやってみることだ。

コーヒーなり、お茶なりいれるところだが、どうしても受話器が気になる。ラジオを止め、スピーカーの前に寝ていたそれを取る。もしもし、といいかけた途端、あの声が流れて来た。

「泉さん？」

ほっとする。

「そうです」

彼女は、ぐっと息を吸い込み、それから、ぶつけるように、意外なことをいった。

「ひどい！」

3

うらまれる覚えはない。

「何のことです」

「ラジオのことです」

「は？」

相手は、処置なしというように、

「そんなに忘れん坊なんですか」

「はあ？」

「もう結構です」といってしまってから、あわてて下手に出る。「すみません、電話は切らないで下さいね」

「切りませんよ。それどころか、聞きたいことがあるんです」

今度は、向こうが、

「え？」

かまわずに続けた。

「あなたは子供の頃、『人魚姫』が嫌いでしたか」

彼女はすぐに答えず、聞き返した。

「アンデルセンの？」

「え。——そうだったかな」

さらに押された。

「コペンハーゲンに像のある？」

「あ。そうかな」

「その像が《世界三大がっかり》の一つだって、何かに出てました」

「何ですって？」

「観光案内に目玉みたいに書かれているのに、行ってみると、どうってことないもの、ですって。わたしは外国に行ったことがないから、責任持てませんけれど」

「後の二つは何です」

「シンガポールの何とかと、どことかの何とかです」

「よく分かりませんね。――特に後の方が」

彼女は、くすりと笑う。

「そうですね」

「で、結局、どうなんです」

「すみません。人と話せるのが嬉《うれ》しくて、ついおしゃべりしてしまって。――つまり、そういう記事を読んでも、『人魚姫』のことだけは、はっきり記憶に残ってしまうんですよね」

「じゃあ、当たりですね」

ええ、と答えたところで、坂道を駆け降りるように流れていた声が一休みした。どうして、『人魚姫』のことを聞かれたのか考えたらしい。

「……母と連絡がついたんですね」

「ちょっと待って下さい」

「はい」

「あなたは——」

いいかけて、ちらりとお母さんを見てしまう。座らせたまま、いきなり受話器を取って話し始めたこちらの行動は、さぞかし奇妙なものと思えるだろう。まして、次の言葉を聞いたら、どう思うだろう。どうしても声をひそめてしまう。

「確かに、森真希さんですね」

「勿論です」

沈黙。向こうから聞いて来る。

「どうしました」

「頭を抱えているといったら、いいんでしょうかね。——さてと、あなたは七月のある日から、時間の離れ島に取り残されたとおっしゃいましたよね」

「はい」

「その時に、あなたの身の上に、何か事件が起こりましたか」

「それは……」

追いかけて聞く。

「交通事故にあいませんでしたか」

真希さんは、どことなく羞《は》ずかしそうに、

「……はあ」

「あったんですね」

「バイパスで、軽自動車で引っ繰り返りました。……どうも、その瞬間からこうなったようなんです」

必要もないのに、咳払《せきばら》いをしてしまった。我ながら芝居がかっている。

「そんな大事なことを、なぜ黙っていたんです」

「……だって、ただでさえ信じてもらえそうもないんですよ。そんなことをいったら、どう思われるか」

「あ、そうか」

相手は勢いづいて、

「そうでしょう？」

口惜《くや》しい。

「ま、一理ありますね」

彼女は、そこで歯医者に行くと決意した子供のように、思い切った調子になり、

「で、そちらの世界では、母がわたしを待っているんでしょうね。つまり、あの七月の日に、わたしは姿を消したんでしょうね」

「ええと、その辺がちょっとややこしいんです」

「といいますと」

「その、こっちにも、——あなたがいらっしゃるんですよ」

「何ですって！」

短い言葉だった。その前半は驚きだけだったが、後半には絶望の色が含まれていた。

「考えられるのは、その事故の時に、あなたが分裂したということです」

「そんな……」

がたがたと、木枯らしが窓を揺らした。二重サッシではない。揺れもするし、結露もひどい。その音を背景に、真希さんは語った。

「……そんな、……何ていったらいいのかしら、理不尽な、不公平なことってあるんですか。だったら、そっちのわたしは、母と毎日会って、街も歩き、買い物もし、普通に、のほほんと、生活を送っているんですか。……そんな、それだったら、……そっちにも、わたしがいるんだったら、……もう誰も《このわたし》を、待ってなんかいないんだわ」

思いがけず、強い口調で答えてしまった。

「そんなことはない」

ちょっとびっくりしたような声で、

「気休めをいわないで下さい」

「そうじゃあない」

「いいえ。……ね、人の心って何かの力を持つものだと思いませんか。誰かが待っていてくれるから帰れる。そう思いませんか。それなのに、わたしがもう、そっちにいるなんて。だったら《このわたし》は影みたいなもの。……いいえ、影でさえないんだわ」

「違うんだ。――君の《帰り》を、皆が待っているんだよ。何ていったらいいんだ。――ええと、切望してるんだよ。お母さんも、お医者さんも、近所の人も」

「お医者さんも？」

ちょっと待って、といって、受話器をお母さんに見せる。

「これが、お見せしたいもの――というか、お聞かせしたいものなんです。驚かないで下さい。一番、驚いているのがぼくなんですから」

初老の心臓には、よくないかも知れない。しかし、当人同士で話し合うのが一番分かりやすいだろう。第三者だけが、こんな不思議を背負っているというのも不公平だ。

「お茶でもいれて来ますから」

立って、台所に入る。やかんに二杯分だけ水を入れ、ガスにかけた。急須《きゅうす》を洗っていると、入り口にお母さんの立つ気配がした。

振り向くと、お母さんは受話器をこちらに向け、硬い表情でいった。

「何も、聞こえません」

4

「そんな――」

いいかけて、あっと声をあげた。急須を流しにほうり出し、濡《ぬ》れた手のまま、お母さんに駆け寄っていた。お母さんは、恐怖の色を浮かべて後ずさった。無理もない。

努めて、穏やかにいった。

「――切って、ないでしょうね」

お母さんは、黒い受話器を見つめる。オレンジ色のボタンが点灯していた。

「……ええ」

「すみません。貸して下さい」

《母》という人に出られては困るのか、だから押し黙るのか。もしもし、というと、先程と同じ調子の声がした。

「どうしたんですか、一体」

とぼけた声に、思わず言葉がきつくなる。

「君こそどうしたんだ」

「え？」

「お母さんを、――その、理屈には合わないけれど、――お母さんだろうと思う人を、森さんを、ここまで連れて来たんだぞ」

「本当ですか」

「何をいってるんだ」

「だったら、出して下さい」

「あのねえ――」

いいかけて、はっとした。戻って来た時の《ひどい！》を思い出したのだ。《ラジオのこと》、そして《忘れん坊》――。

じわじわと何かが見えて来た。

「もしもし、もしもし」

「ちょっと待って」

「はい？」

「――ひょっとして、ラジオの音が聞こえなかったのかな？」

真希さんは、

「ええ。あれだけ真剣にいったのに、ひどいと思いました」

「違うんだ。出る時、ちゃんとつけて行ったんだよ。スピーカーの前に、この受話器を置いて行った」

「そんな……」

「帰って来た時には、ニュースをやっていた」

「……受話器が遠かったんですか」

「そんなことはない」

「だったらどうして」

もう一度、ラジオをつけてみる。朗読になっていた。受話器の口を近づけてみて、

「聞こえた？」

「いいえ」

答は一つしかない。

「どうやら、――君の声はぼくにしか聞こえないらしい。そして、――君にはぼくの声しか聞こえないらしい」

「そんなことって」

しばらく、沈黙が続いた。それから、彼女はいった。

「じゃあ、……今、母がわたしに話しかけたんですか」

声が震えていた。泣き出すのではないかと思った。

「そうなんだ」

そこで、お母さんを見る。さっきの恐怖は消えていた。ぼくの声だけを繋《つな》ぎ合わせて、どんな図柄ができるのか、考えているようだ。

「すみません。ぼくがおかしいとお思いでしょう。それが当然ですよね」

簡潔に、今日の昼からのことを話した。

「――一番、信じられないのがぼくなんです。でも、現にこうなってるんだから、仕方がない」

そして、受話器に向かっていった。

「――伝言するよ。話してごらん」

真希さんは、うまく状況をつかんだようだ。健気《けなげ》に対応した。彼女でなければ知り得ないことを、さらにいくつかあげた。お母さんは目を見張り、さらに、いくつかの質問をした。

「《インドの人》は？」

声は的確に答えた――ようだ。

「お風呂《ふろ》」

何だか分からない。

「いかがです」

　お母さんは、どっと疲れの出たような声で、

「すると、……真希の心があの日に残っている。この電話が、そこに通じているのですか」

「そういう――ことでしょうか。ただ、どうしてぼくにだけ聞こえるのか――」

　お母さんは、椅子《いす》に座った。それから、何ともいえない声でいった。

「分かります。いえ、分かるような気がします」

「どういう――」

「さっき『人魚姫』のことを、お話ししたでしょう」

「ええ」

　そこに、真希さんの声が割り込んで来た。こちらの受ける言葉しか聞こえないのだから、もどかしいのも無理はない。

「すみません」

「はい」

「お話し中のところ申し訳ありません。要するに、そちらの《わたし》は、あの事故以来、……どうにかなっているんですね」

「――そうです。どうも、眠り続けているようです」

だから真希さんは、こちらに来られないのか。あるいは、真希さんが残っているから、こちらの彼女が目覚めないのか。絶望的な状況なのか、それともかえって望みが出て来たのか。それは、誰にも分かるまい。

真希さんは、割合にしっかりした声でいった。

「でしたら、母に聞いていただきたいことがあるのです」

「何でしょう」

声が、ゆっくりといった。

「事故の次の日の朝、母はきっと、《わたし》に向かって、いってくれたのだと思います。《真希、しっかり》と」

「え？」

「わたし、聞いたのです、その声を。第一日目の明けた朝に。そして、《負けてはいけない、がんばろう》と思ったのです」

そのことを尋ねた。

お母さんの、苦しげだった表情から、何かがほどけるように抜け落ちた。目から涙が溢《あふ》れた。

5

「あの日は九時頃、家に帰りました。誰もいなかったけれど、車がなかったから、娘は外に出ているのだと思った。特に心配もしませんでした。子供じゃありませんから。そうしたところが、しばらく経《た》って、病院からの電話です。何度もかけていたそうです。あわてて、タクシーを頼んで緊急指定の病院まで行きました」

お母さんの話すことは、同時通訳の要領で、そのまま真希さんに伝える。

「……見たところ、そんなにひどい怪我《けが》があるようには見えませんでした。顔も綺麗《きれい》でした。担当の先生がいらっしゃらなくて、別の方が説明してくれました。ごくごく運がいいと、そういうこともあるようです。実際、ほんのひと月ぐらい前、中央分離帯を乗り越えた車が、横からダンプに跳ね飛ばされて引っ繰り返ったことがあるそうです。……運転していた人は逆さになって、それでも無事だった。その時は、相手のダンプの人が真っ青になって、車から降りて来られなかったんですって。……当人の方は案外に元気で精密検査が終わった後、すたすた歩いて帰ったそうです。……真希も、擦り傷と打撲ぐらい。手足や胸の骨折も、なかったんです。この病院で奇跡が二度続いたっていわれました。軽の車で、頑丈過ぎなかった。潰《つぶ》れた。その潰れ具合がうまく衝撃を吸収したそうです。それでいて、体を圧迫する寸前で止まっていたんです」

真希さんは、黙って伝言される言葉に耳を傾けている。

「……脳震盪《のうしんとう》が続いているような症状だけれど、どう検査しても異常がないから、大丈夫な筈《はず》だとおっしゃるんです。付き添ってもかまわないというので、わたしは手続きをして、簡易ベッドを借りました。パイプに布を張った、拡《ひろ》げて使うベッドです。それを横に置いて、取り敢《あ》えず一晩過ごしました。《仕事があったとはいえ、こんな時間まで気がつかなくて娘にすまなかった》。そう、思ったのです。《大怪我ではないようだから、明日は病院におまかせして、仕事に出られるだろう。朝早く、帰って着替えればいい》とも思いました。うとうとして夜が明けた。暗い時には、あの子が寝ているのも当たり前のようでした。でも、次第に病室が明るくなって来た。カーテンを開くと、空の上の方は暗いのに、町並みの続く先が、朝焼けの色に染まって来た。横から波のように広がってくる光で、屋根にひたひたと輝きが満ちて来る。……それなのに、あの子は眠り続けていました。掛け物、敷物、シーツを畳み、ベッドを折って、壁に寄せかけました。椅子に座って、あの子の顔を見ていました。そのうちに、これはただの眠りではないと思えて来ました。……気のせいか、あの子が、つらそうな苦しそうな表情を見せたように思えたのです。わたしは、朝の光の中で、身を乗り出し、あの子に声をかけました」

真希さんは、打たれた鐘が響くように答えた。

「それが、……聞こえたのよ」

言葉を伝えた。

「分かったわ。あなたは、本当にそっちにいるのね」

「信じてくれるの」

「そういわれたら、わたしだって、同じことを聞き返すことになるでしょう。《お母さんが、ここで話しているのを信じてくれるか》って」

「……本当ね」

これ以上ないほど真剣に会話が続いているから、自分のやっていることをおかしがる余裕もなかった。しかし、間に立って声を出しているこちらの存在というのは、随分、奇妙なものだ。

「お母さんは大丈夫？」

「わたしのことは心配しなくってもいいよ。お前は病院に入っているけれど、さっきもいった通り、体に悪いところはないんだよ。一応、難しい病名は出たけれどね、その病気の中でも、また特殊な症例なんだって。今のところは様子を見ながら、回復を待っているだけなの。……体が固まらないように、時々、動かしたり」

「運動させるの？」

「姿勢を変えたり、座らせたり、肘《ひじ》や膝《ひざ》を曲げさせてる。看護婦さん達がよくやって下さってる。でも、不思議がっていた。寝たきりにしては、妙に柔らかいんだって。……もしかしたら、お前がそっちで動いているせいかもしれない」

真希さんのいった五か月と、《こちらの真希さん》の寝ている時間はぴったりと合っている。向こうの彼女は、活発に動いているのだ。

「もう長いことになるのね」

「そうなんだよ。だから、最初の病院にも、いつまでもいられなくてね。今は」と、現在の病院の名をあげた。町内だから、すぐ通じるらしい。「かえって、便利にはなったんだけど……」

いつまでもいられはしない、と続くところだったのだろう。しかし、そこで言葉は止まった。

「家には帰れないの？」

「だってお前、意識がないから、食べ物も嚙《か》めないだろう。栄養を入れたりして、健康の管理をしないといけないからね。他にも……いろいろなことがあるから……」

「分かった」と素早く答えてから、真希さんは、こちらに向かい、「今、母は《いろいろなこと》を具体的にいわなかったのでしょうね？」

「ええ」

「そんな話は、聞かないで下さいね」

まるで怒られているようだ。こっちのせいじゃあない。やれやれ、女心とは難しいものだ。

6

台所に戻った。さっき取り落とした急須《きゅうす》は柄の部分が折れて、中の陶土の色を見せていた。

「コーヒーでもいいですか」

「はい」

牛乳を電子レンジで温め、お母さんの方にはたっぷりと入れてあげた。

今後のことを話したいとおっしゃるが、手早く切り上げないと終電車がなくなる。

「当分は、この電話はこのままにしておいていただきたいのです。お金の方は、勿論《もちろん》、お払いいたします」

男としては、《いやあ、そんなことは気にしないで下さい》と胸を張りたいものだ。しかし、電話を二十四時間繋ぎっぱなしにしたら、ひと月でどれぐらい取られるのか見当もつかない。ダイヤルなんとかで目の玉の飛び出るような請求が来たとかいう話も聞く。まだマックも買えないイラストレーターとしては、あまり、おおらかなこともいえない。

「こんな不思議なことになってしまったのですから、当然、電話はホットラインにしておくしかないでしょう。でも、――お嬢さんの入院で、物入りでしょう」

保険の下りる事故なのかどうか分からない。

「多少は、貯金がありますから」

そこで思い出して、真希さんのキャッシュカードと暗証番号のことを伝えた。

横にしてあった受話器を取り、真希さんに断る。

「じゃあ、ちょっとお母さんを駅まで送って来ますから」

「何と申し上げていいか。本当に、どうもすみません」

お母さんは、最後に受話器を手にし、聞こえない通話口に《今日はもう、ゆっくり休むんだよ》といった。

階段を降り、通りに出ると、空にオリオンが輝いていた。

「ぼくの方は、明日にでも携帯を買いますよ」

お母さんは律義《りちぎ》に、

「携帯のお金は……」

「そりゃあ、ぼくのものですから、勿論、ぼくが出します。どっちみち、ほしいと思っていたところです。電話が二台になれば、もう、わざわざおいでいただく必要もない。何か伝えたいこと、聞きたいことがあったら、ぼくが伝言しますよ。――声をお聞きになりたいところでしょうけど、残念ながら、それが直接届かないんだから仕方がない」

　星の光が明るい。小さい頃、母とこんな夜道を歩いたような気がする。

「御迷惑をかけて……」

「いえ。――あっ」

　思い出した。

「どうかなさいましたか」

「話しかけていたことがあったでしょう？　声が、ぼくにだけ聞こえるわけですよ。何か、心当たりがあると、おっしゃった。『人魚姫』がどうとか」

「ああ」お母さんは、ちらりとこちらを見、「思い当たって、ちょっとつらかったんですよ。『人魚姫』には、読んでやっているわたしにもこたえるところがあったんです。お姫様が王子様のことをこういうんです。《お父さまやお母さまより、もっと大事な人》って」

7

「――ごめんなさいね。こんなことをいわれるのは、電話がどうこうより、もっと御迷惑でしょう。でも、わたし、あなたの心に、荷物をしょわせようというわけじゃあないんですよ」

お母さんは、子供に何かを説き聞かせるようにいった。

「――ただ、一人ぼっちで、乾いて乾ききっているあの子のところに、あなたから、手が――声が届いたんでしょう。人間だったら、それにすがって無理はない。あの瞬間に、そう思ってしまったんです。親と子は肉親だから、否応無《いやおう》しに繋《つな》がっている。でも他人だからこその繋がりもある。心の中に、電車の連結器のようなものがあって、親ははじいてしまうくせに、別の人とはしっかりと結ばれるところがある。そんなことは、よく分かっています。だから、親のわたしの声は聞こえなくとも、こんな時、あなたとなら話が通じるのも、決しておかしくはない。そう、思ったのです」

時折、家に帰る影と擦れ違うだけだった。駅に向かうのは客を拾いに戻るタクシーぐらいだった。都内とはいっても都心と違い、もう開いている店もなく、家々は軒に闇《やみ》を抱えて眠っている。

はるか年上の人に向かって生意気かも知れないが、こういっていた。

「それで、《こんな時》だから、余計に――さみしくなったのですか」

「そう。わたしは全身全霊をあげて、あの子のことを心配している。そういう思いが強かったんです。だから、……何だか、押している戸を外されたような気がしました。でも、子供ってそういうものだし、それが悪いわけじゃあない」

お母さんは、いってから、二、三度、頷《うなず》いた。

「——あの子の心が、生きて動いているのを、久しぶりに見たような気がしました」

しっかりした人だな、と思った。あの版画家さんのお母さんらしい人だ。

「でも、親子って通じるものですね」

「え？」

「ちょうどいいところに、あの《しっかり》の話が出たじゃあないですか。生意気なことをいうようですけれど、あれって今度は、お嬢さんからお母さんへの、《しっかり》になったんじゃあないですか」

お母さんは、にっこりした。

「まったくですね。……親が、あげるだけだと思っていると、とんでもない。あげたり返したりしながら、歩いて行くものですね」

駅が見えて来た。ここまで来ると灯のついている飲み屋がある。お母さんは、ここで、もういいと礼をいい、

「あなたの、お母さんは？」

「去年、亡《な》くなりました。田舎に父がいます」

「それは、……ごめんなさい」

「いえ。――じゃあ、明日の夜にまた電話します」

相手は、ちょっと考え、

「我《わ》が儘《まま》いって申し訳ありませんけれど、病院に寄りますから、十時頃にしていただけますか」

「分かりました。その時までに――」

「はい？」

「また、お嬢さんしか答を知らないような難問を、考えておいていただけますか。ぼく自身、どうしても、信じ切れないところがあります」

「はい」

「でも、こんなことを一人で抱えているのはつらい。誰かにしゃべりたくなるし、しゃべったらおかしいと思われるだけでしょう。友達に相談したら、電話を切れといわれるでしょう。もし切ったら、声が耳に残って、ずっと後悔しそうな気がする。だから――お会いできて、話せて――御相談できて、よかったと思います」

お母さんは頷き、駅に向かいかけた。そこで、思い出し、背中に声をかけた。

「すみません」

お母さんは、足を止め、くるりと振り返った。聞いてみた。

「《お風呂》の《インドの人》って、何です」

「ああ。あれですか。あの子が、小学校二、三年の頃だったと思います。テレビのマンガに、インドの人が出て来たのです。その夜、お風呂から出たあの子が、裸の体に湯上げタオルを巻いて、《インドの人ー、インドの人ー》と騒いだのです。笑ったら喜んで、それから、しばらくやっていました」

サリーの真似《まね》だった。

家に帰って、受話器を取り上げると、真希さんは、やはり待っていた。

「お母さんがいってましたよ、《もう、寝なさい》って」

「子供にいうみたいですね」

思わず知らず、湯上げタオルを身にまとった小学生のイメージが浮かび、その姿に向かってしゃべっていたのかも知れない。

「あ、――悪かったかな」

「いえ、そちらからいわれる先に、止《や》めないといけません。それは分かっているんです。随分と、お時間を使わせてしまいましたものね。でも、……とても恐《こわ》いんです」

「何が」

「この電話から離れることが、です。いったん、手を離したら、もう二度と繫がらないような気がします。元の世界を覗《のぞ》くことが出来たなんて、夢みたいなんです。だから、覚めたら大変だと思って……」

「あなたの今の状況の方がずっと夢みたいですよ。仮に覚めることがあるとすれば、――こちらに帰る時でしょう」

「そうですね、……そうですね」

真希さんは、自分にいい聞かせるようにいった。それから、わずかに間を置き、

「……でも、本当に不思議です。どうして、あなたの声しか聞こえないんでしょう、わたしの声が届かないんでしょう」

母親の《『人魚姫』》という言葉も届いていないのだ。

「分かりません」

「妄想だと思われる可能性が一番強かったわけですよね。信じてもらえてよかった」

「お母さんのおかげです。――受話器から声なんかしないといわれたら、まず自分の耳を疑う。でも、お母さんがいてくれたから、疑うより先に、あれこれ聞いてしまった。裏付けが取れた。――そうでなかったら、あそこで、すべてが終わっていたかも知れない」

翌日の連絡時間を、夕方の五時と決めた。声は、お休みなさい、といった。

あらためて、またコーヒーをいれ、椅子《いす》に座る。深夜に仕事をする人もいるが、こちらは健康的に日中、描く方だ。今やっている仕事も急ぎではないから――と考えたとこ

ろで、あっといった。

ことの起こりは、真希さんの版画を使わせてもらいたいということだった。ふわふわとカップの中を這《は》う湯気を見つめながら、つぶやいた。

「——忘れた」

《嬉《うれ》しい》とはいわれたが、はっきり《使用を許可します》となる前に、いろいろなことが起こってしまった。明日、話そう。しかし、承諾してもらったら、事務所の松原さんに何といおう。——《昏睡《こんすい》状態の人に、電話を入れ、そうなる前の彼女から許可をもらいました》。これも変だろう。

「おかしなことになったもんだ」

机の上で、受話器はカーブした背中を見せて寝ている。眺めているうちに、寒そうだと気になった。椅子の小さい座布団《ざぶとん》をはずし下に敷いた。洗ったタオルを持って来て、折って、受話器の胸の辺りにまでかけてやった。

それから腕組みをして、自分にいった。

「何をやってるんだ。俺は？」

8

翌日、近くのNTTに行った。《こういう事情ですので、あれこれ教えて下さい》ともいえない。取り敢《あ》えずは番号変更の相談ということで話を切り出し、枝葉を伸ばして、知りたいことを聞き出した。

そのまま秋葉原に出掛けて、携帯を買った。最初の電話は、デザイン事務所の松原さんにした。

「すみません。うちの電話が使えなくなりまして――」

「ほう？」

「しばらく、携帯のみになりますから、番号を控えていただけますか」

「どうしたの、料金踏み倒したの？」

「まあ、そんなようなものです」

こんなきっかけで、携帯を買うことになるとは思わなかった。

五時には《ホットライン》の受話器を取り上げた。

「どうも」

「お世話になります」

事務的に始まる。

「はあ。いかが、お過ごしですか」

手紙のようだ。

「……まず一番に、病院に行ってみました。でも、わたし、うっかりだから、病室がどこかも聞いていなかったんですね」

自分のお見舞いに行きたいのだ。気持ちは分かる。記憶をたどって、病室番号を伝えた。真希さんは、ちょっと待って下さい、といってメモをした。

「そちらは七月でしょう。まだ、《あなた》はベッドにいなかった筈ですよ」

「ええ。でも、部屋だけでも見ておきたいんです。……まるで、思い出の場所を、もう一回訪ねてみたいような、そんな気持ちです」

「ああ。――分かるような気がします」

「病院から帰って、……それから、洗濯しました」

「はあ」

ごく普通のことのように、相槌《あいづち》を打った。しかし、真希さんはむきになった子供のような口調で、

「これって、画期的なことなんです。あ、……そんなことというと、何て、だらしない女かと思われるでしょうけど」

あちらの事情を説明してくれた。なるほど、元に戻ってしまうのでは、洗濯も掃除も、なかなかする気にはなれないだろう。

「つまり、結果ではなく、過程を大事に出来たわけですね」

「そうです。夏の朝の風の中で、洗濯物を干すのって、悪い気持ちじゃありませんから。しばらくぶりで、その気分を味わいました」

「こちらはですね――」

と、NTTに行ったことを話した。真希さんが聞く。

「料金のことですね？」

「それもあります。ここと、埼玉のそこと、一年間、話しっぱなしにしたら、いくらぐらい取られると思います」

「さあ。見当もつきません。とんでもない額になるような気もします。……何百万といわれたら、ちょっとつらいです」

ちょっとかな？

「月に七万ぐらいだといいます。一年だと八十五万ぐらいでした」

ほっとしたようだ。

「だったら、取り敢えずは、わたしの貯金でお払い出来ます」

「そうですね」

一安心したところで、彼女は聞いてきた。

「……《それもあります》って、おっしゃいましたよね。他に何がありますか、NTTに聞くようなこと？」

「気になったんですよ、チェックされないかどうか」

「チェック？」

「受話器があんまり長いことはずれていると、チェックが入ります。この電話は、はずれてはいない。分類するなら、《究極の長電話》になるでしょう。いち日ふつかなら、ひょっとしたら、話し続ける人もいるかも知れない。でも、ひと月ふた月というのはないでしょう。回線が、それぐらいの間、同じところに繋《つな》がり、塞《ふさ》がっていたらどうか。

――異常事態とは見られないだろうか」

真希さんは、なるほどという口調で、

「確かに、異常ではありますね。……話している二人が、あちらとこちらで倒れてしまったら、そうなりますものね」

「こういう事態に対して、チェックが入るかどうか。警告音が鳴ったり、あるいは係の人が見に来たりするのか」

不安そうに、

「どうなのでしょう」

強制的に通話を閉じられてしまったら、おしまいだ。

「何もないそうです」

真希さんは、ほっと息をついた。

「よかった」

「取り敢えず、今夜はそのことを、お母さんにお伝えしようと思います。それから、携帯を買いました。だから、電話が二台になります。話したいことがあったら、伝言しますよ」

「すみません」しばらくの間を置いて、「でも、御迷惑をずっとかけ続けているわけにもいかない、と思います。一刻も早くそちらに帰りたい。どうしたらいいか分からないのですけれど、とにかく、わたしは気持ちを、出来る限り、健康に、元気にするようにします」

「洗濯もしたし」

「ええ。平常心を失わないために」

「いいことだと思いますよ。そう聞いたら、お母さんも喜ばれるでしょう」

「はい」と答えてから、先程のとはちょっと違う感じの間があった。「あの……」

「何です」

「ベッドのわたしを、御覧になったんですね」

「ええ。お母さんのおっしゃった通り、本当にただ眠っているようでした」

「……これからまた、病院に行かれることはあるでしょうか」

「さあ。それは様子をみて——」

「あの、こんなことをいうのは勝手で我が儘だと思いますけれど、あんまり、あの……寝ているところは……」

「分かりました」

女の人の病室だから、勿論《もちろん》、遠慮はしなくてはいけない。しかし、《感じがよかった》とか《素敵でしたよ》とかいってあげたくなった。

「すみません」

それも言い訳めくし、考えようによっては、よく観察したという意味に取られるかも知れない。口にしたのは、別のことだ。

「ところで、仕事のことなんですが」

「仕事？」

「ええ。あなたの版画を使わせていただきたいんです」

「そうだ。それで、お電話くださったんですよね」

「ええ。こんな時に何だと思われるかも知れません。でも、こんな時だからなおさら、あなたの絵を、《こちら》で生かしてみたくなりました」手短かにプランを説明した。

「――僕の描く家に、あなたの版画を飾らせてください。蜜柑色《みかんいろ》の壁に、あのブルーはよく映ると思うんです。これしかないという組み合わせになる筈です」

真希さんは、こちらの勢いに押されたように、ちょっと声を詰まらせ、

「……有り難うございます」

「じゃあ」

「ちょっと待ってください。わたしにとって、作品は子供と同じです」

「それは勿論」

「ですから、……あなたの《壁》がどんなものか、知りたくなっても無理はないでしょう？」

「ええ」

「どんなお仕事をなさっていらっしゃるんですか」

「試験ですか」

「そういうと、わたしが偉そうになります」

「すみません。ぼくが意地悪でした。こういうお話をするのですから、まず作品をお見せするのが当然です」

七月に出ていた広告を思い出す。自動車メーカーの名と車種をあげ、

「——これのイラストをやりました。近くに販売店があれば、パンフ用のスタンドにささっていると思います。あ、そうか、誰の仕事という確証がないか」

「挿絵とかは、おやりにならないんですか」

「絵本をやったことがあります。『あの島まで』というのを」

「図書館で探してみます」

「お願いします」

「あの……」

「はい」

「申し訳ないんですけれど、こちらの図書館が著者名の配列になっているんです」

「そうか、イラストレーターからは見つけられないんだ」

「すみません」

真希さんが恐縮する必要はない。著者の名を、教えてあげた。

「《たむら》さんですね」

「はい、ひらがなで、《たむら・ともこ》です」

「明日、早速、行ってみます。……これって、とっても凄《すご》いプレゼントです」

「え？」

「明日やりたいこと、……やることが出来たんですもの。わたし、それのない世界にいましたから」

そうか、そうなのだと思った。

真希さんは、それから、《あの、わたし、あなたの声を……》といいかけた。霧が脇《わき》を擦り抜けるような調子だった。

「え？　何か、おっしゃいましたか」

真希さんは、驚いたように答えた。

「いえ。何も」

空耳だったのか。

第七章

1

電話台の下は、電話帳を置けるようになっている。君は、受話器の線を伸ばし、そこに《あちら》との通信手段を寝かせた。

お母さんと——といおうか、お母さんを交えて——といおうか、とにかく、次に話すのは十一時と決めた。

「遅めにしたの。母が間に合わないといけないから」

こうなったのだから、お母さんだって、いつもより早く帰るだろう。

「ええ。……でも」

でも？

「間の悪いことってあるでしょう。せっかく連絡のついた、こういう時に、《向こうのわたし》の具合が悪くなったら。そうなったら、母は病院にいる方を選ぶでしょう」

ああ。

「二つに一つを取るとして、《向こうのわたし》には明らかに形がある。はっきりいってしまえば現実よ。――こちらは、直接は聞こえない《声》だわ。幻みたいなもの」

いや、そう考えるのは間違いじゃないかな。まず、二つに一つじゃなくて、二つは一つだろう？

「……」

ことは、もっと単純だよ。君は健康で、あちらは病気だということ。だから、病気の方を優先する。それで何の不思議もない。いずれにしても、お母さんは、《君》のことを心配しているわけだ。

「……そうね。考え方が悪いのね。だけど、やっぱり、よくないことが頭に浮かんでしまうの。たとえば、たとえばよ、《向こう》に万一のことがあったら、わたしはどうなるのかしら。そうなってから、もし時間の《くるりん》が真っすぐになって、すべてが正されても、わたしは……宙に浮いてしまうのかしら」

難しい問題だね。ただ、今はそうではない。

「今は、ね。でも、確実に進んでいることがある」

何だろう。

「あちらの時間よ。ベッドで眠っているにしろ、《彼女》の方は、時間の流れの中にいるわけでしょう。漂流しているわたしが、ゴムボートから見ている。乗っていた大きな船は、ゆっくりゆっくりと遠ざかって行く。そして、わたしの入れ物は、……肉体は年をとっていくのよ」

たった五か月で、年をとる——は大袈裟《おおげさ》だと思うけど。

「五か月の積み重ねが、五年だし、五十年でしょう。心は、こちらにある」

君は、受話器を見下ろしながらいう。

「ねえ、心がこんなにも切なく《待って》と頼んでいるのに、体はどうして、耳もかさず足早に行ってしまうのかしら」

2

君は、台所に戻ると、牛乳をコップに注いで飲んだ。その途中で、そうだ、といい、ちょっとむせた。

「何を考えてるのかしら、わたし」

どうしたんだい。

「わたしがいるのは、普通の世界じゃないのよ」

それはそうだ。

「だから、図書館に行きたいんだったら、明日まで待つことはないのよ。自然のものには、一日という時間が流れている。——でも、人工のものは、三時過ぎの状態で、そこにいるんだわ」

そうか。——夜中だって、君が自動ドアの前に立てば開くわけだね。

「ええ、開けごま」

君は玄関に向かう。

車？

「夕涼みがてら、自転車にする」

夏の日は長いから、外はまだまだ明るい。君は、自転車を引き出し、道の先はるか、西の空に傾く夕日を目指すように、ペダルを勢いよく、こぎ出す。

図書館に入ると、さっそく絵本のコーナーに向かった。

人気のあるものは、借りられていることが多い。ここに来たからといって、見つかるとは限らない。

「でも、町の本屋さんに置いてある絵本は、ほんの一握り。……絵本は握れないけれど」

それはそうだ。

「ここなら、まだ、会える確率は高い」

本の配列は普通、作者名順になっている。しかし、絵本の場合は事情が複雑だ。文の作者と、絵の作者、どちらから探すお客さんが多いかという問題がある。だから、これに関しては、図書館によって違うようだ。

ここでは文の作者順になっている。題名しか分からない場合は、コンピューターで検索してから棚に向かうことになる。

「たむらさん、だったわよね」

棚の上に、ひらがなを書いた表示が出ている。白いボール紙に、色違いで、《あ　い　う　え　お》と続く、文字の行進の途中に若草色の、《た》があった。

その下を見る。子供の絵本は、他の棚に比べ、小学生が校庭に出て揉《も》み合ったように、大小が不揃《ふぞろ》いだ。

「あった」

――『あの島まで』。

借りられてはいなかった。君は、絵本を引き出す。

人気がないのかな。

「そうは考えない」

どう考えるんだい。

「待っていたのよ、わたしを」

なるほど。

「図書館の棚に、探している本を見つけた時って、よく、そう思う。だって、不特定多数の来るところでしょう。誰に連れ去られたって不思議はない。それなのに、ちゃんといてくれたんだもの」

横長の本。のねずみが、お母さんを探しに川を下り、島まで行く話だ。

どこか中国っぽい感じの猫や、アリクイの口に似た嘴《くちばし》の鳥などが出て来る。動物も、それぞれに愛嬌《あいきょう》がある。それらにも増して、自然がいい。羊歯《しだ》めいた葉を繁《しげ》らせる、深緑の木がある。川や海の水色には、波の淡い線が描かれ、それが渦を巻くところでクリムトめいた唐草模様になる。適度に装飾的で、嫌みではない。

「……これで、あいこ」

え？

「泉さんは、わたしの絵を見ているんでしょう。だから」

ああ、そうか。

君は、黒い椅子《いす》を引いて座り、本を膝《ひざ》の上に置き、最初から丹念に見直す。

「でも、あちらも絵を描く人でよかった。実際には会えない。でも、これで会っているようなものだから」

詩の好きな者が詩を読み合い、音楽の好きな者が曲を聴き合うようなものだろうか。

全体の調子は明るい。文章だけのページにも数枚、淡い色がついている。見開きの向かいの部分との配合を考えた処置だ。

「細かいわね」

といういと？

「そうね。……相手のことをよく考えてる」

相手？

「ええ。この場合なら、文章ね。——挿絵をつけるんだから、読み込んで、内容をつかむのは当たり前よね。でも、それだけじゃない。字の方も、この薄い色のページに、《どうぞ》と、お迎えしている」

呼んで、お茶でもいれてくれるのかな。

「そんな感じ……だと思う」

ふうん。

君は、本を抱えて立ち、

「こういう人なら、任せてもいいかな」

何を？

「……何を、って。……わたし、《版画を使わせてもいいかどうか、あちらの仕事ぶりを調べに来た》のよ」

そうだったね。

「でも、最初っから答は決まっているようなものよね。今のわたしが、あちらの世界と繋《つな》がれる機会を逃せっこないもの」

君は、その本を借りることにした。申し訳ないが、手続きは省略させてもらう。ただ、気がとがめるから、カウンターの方に表紙を見せはする。

外に出た。どこまでも続く稲穂の上に、薄闇《うすやみ》が、柔らかな半透明の布団《ふとん》を、天から、ふうわりと掛けたように、降りていた。

「わたしが、今、いくら絵を描いても、みんな消えてしまう。底のないティーカップに、お茶を注ぐように、何も残らない。でも、あの版画が、また別な形で生かされるなら、それは……何といったら、いいのかな。親の代わりに、子供が《創《つく》る》作業に参加するようなものかも知れない」

3

深夜の、お母さんとの会話では、新しいことが、あまり出なかった。状況の確認さえ取れてしまえば、話も、それ以上、進みようがない。《あちらの君》は寝ているし、《こちらの君》は同じ日を繰り返している。事態に変化はない。

どきどきして待ちながら、面と向かってしまえば言葉の出て来ない恋人たちのようだ。

お母さんは、下宿している娘にでもいうように、朝昼晩、何を食べたか聞いて来た。

――嬉《うれ》しかった。しかし、それを、間に入る男の声で聞かれるのは羞《は》ずかしい。《きちんと食べている》とだけ答えた。食べなくても、三時過ぎには、前の日の体調に戻るのだが。

君の方も、お母さんの様子を知りたいと思った。百聞は一見に如《し》かず、という。しかし、目には見えない。声の調子も分からない。元気だという話だが、これまた、そういうに決まっている。当てにならない。よほど、具体的に体重でも尋ねようかと思ったが、困るかも知れないと思ってやめた。

結局は、お互いに《体に気をつけて》、というしかなかった。

「最後に、ひとつ。いいですか」

と、声が、お母さんの代弁を離れた。君は、

「はい」

「夕方、いい忘れたのです。あなたの、あれ以外の作品も見せていただけたら有り難いのですが」

「あ……。では、母にいっていただけますか。クリア・ファイルに入れてあります。わ

たしの部屋は二階なので、夏は日中、とても暑くなるんです。だから、一階の本棚の、下の段に、入れてあります。左の方です。土田麦僊《ばくせん》の画集の隣に並んでいます。それから、ちょっと大きめのものは、お菓子の空き箱に入れて、本棚の上に載せてあります」

「ちょっと待って下さい」

同じ言葉が繰り返される。声は、《クリア・ファイル》を《スクラップブックみたいなもので、貼《は》り付ける代わりに、透明なポケットに入れるようになっている――》と説明している。それから、《ツチダ・バクセン》という名を告げた。

この日本画家の名前を聞き返さずに、すんなりと耳に入れてくれたのは、泉さんが美術関係の人だからだ、と君は思う。

「――今、お母さんが、探しに行きました」

不思議だ。

《こちらの、この家》から、《あちらの東京》に君の言葉が流れる。伝言された声が《あちらの、この家》に届く。そして、お母さんが、《あちらの、この電話》を置き、本棚に向かったのだ。

「すぐ分かると思います」

幻のお母さんが、すぐ目の前を通るような気がする。泉さんが聞いて来た。

「メゾチントって、クリア・ファイルにしまうものなんですか」

「……本当は、間に和紙を挟んで、箱に入れるのがいいそうです」

「桐の箱？」

「いえ、よく分かりませんけど、スチール製みたいです。でも、わたしのは……小品が殆《ほと》んどですから」

「簡単に見られますしね」

「ええ。……イラストはどうなんです」

「今までの仕事とか見せる時には、やっぱりクリア・ファイルに整理しますね。これはという作品は何枚か、カラーコピーを添えます」

「何枚か？」

と聞き返して、嬉しくなった。君は、どうしてか、と考える。そうだ。これは対話なのだ。事務連絡ではない。わたしは、今、自分の知らないことを、教えてもらっている。対話をするのは、百万年ぶりのような気がする。

「ええ。イラストレーターっていうと、描く人、というイメージがあるでしょう。でも商売となったら、一人で営業、セールスもしなければならない。若い子なんか、それがつらいっていいますね」

「ああ。……逆にいうと、そういうのが苦手だから、絵を描くっていう人もいるでしょうしね」

「そうですよ。――で、コピーなんですけど」

「はい」

「検討材料ですね。つまり商品見本。それを向こうに取っておいてもらう」

君も、版画の持ち込みはした。しかし、稼ぐという点では、まだまだ玄人《くろうと》とはいえない。こう聞いてみると泉さんが、絵で食べているのだと分かる。

「作品を、お持ちになる時は？」

「上にトレーシングペーパーを当てて、両側から段ボールでガードします。だから、段ボールって必需品なんです。――田舎から何か送られて来ると、箱を取っておきます。それをばらして使う。だから、高級化粧品のイラストが、《じゃがいも・産地直送》の段ボールに挟まれていたりするんです」

「面白い」

「面白いけど、やっぱり、《どうもなあ》という気にはなりますよ」

「……それを、デザイン事務所まで持って行くんですね」

「ええ。――でも、ああいう所って忙しいから、実は、会って渡すより、送っちゃう方が多いんです」

「だけど、《ここをこうして下さい》とかいうデザイナーさんの注文があるでしょう。面と向かって話さないと、困るんじゃありませんか」

「仕上がりの段階で直しが入るようじゃあ、駄目なんです。そういうやり取りは、ラフの段階ですましてしまいます。——ファックスでね」

君の家には、まだファックスがない。

「へええ。目からうろこです。そういう風に進めていらっしゃるんですね」

「時間との勝負ですからね。雑誌なんかの仕事になると、もっと余裕がない。この間なんか五時に《バイク便出す》っていう電話がかかって来た。《七時までにあげてくれ》っていうんです」

与えられるのは、待ったなしの二時間。

「大変なんですねえ」

それが、プロなのだ。

「でも、急いでいるから、特別の注文もない。自由に描けて割りのいい、おいしい仕事だったんです」

君は、ふと思いついて、

「デザイン事務所って、どちらなんです」

青山、という答えが返って来たところで、お母さんも帰って来た。

「見つかったそうです。——はい、あ」とお母さんの言葉に耳を傾け、「版画以外に、スケッチブックが何冊かあったそうです」

君は、何だか急に苦しくなって来た。

「それは、下描きですから……」

「分かりました。――ファイルとお菓子の箱の中は、見てもかまいませんか」

通い慣れた小さな美術館の壁を眺めるように、頭の中に、自分の版画を並べてみた。

本当は、もう一度、見返し、何枚か選びたかった。お母さんに説明し、特に気に入ったものだけを見せてもらうことも可能だろう。けれど、電話口で待たせるのも失礼だ。

「ええ」

それに、こういう通信手段を取っている限り、手の内は、全部見えてしまう。そういうことを頼むのも、伝言役を通してすることになる。

「じゃあ、お母さんのご都合がいい時に、うかがって見せていただきます」

「あの……」君は、早口にいった。「申し訳ありませんけれど、お持ちにならないで、その場で見ていただけますか」

声は、間を置かずに答えた。

「分かります。こういう時だから、余計、ものを動かしたくはありませんよね」

君は、間を置いて、はい、と答えた。

4

通話の時間が終わっても、君はしばらく、暗い廊下に立ち尽くしていた。渇いた人が、わずかに水を飲んだように、通話の後には、より深い孤独の底に沈んでしまう。その、寂しさは耐え難いものだ。

しかし、それだけではない。君は何かを、考えていた。

どうしたの。

「……わたしが《ものを動かしたくない筈《はず》》って、どういうことかしら」

それはさ、――停電になったとするだろう。

「ええ」

いつまで続くか知れない停電の、真っ暗闇の中にいる。ただし、そこは自分の家だ。様子は分かっている。どこに何があるか分かっている。――そういう確かな筈のものを、誰かに、動かされてしまったらどうだい。

「……たまらない」

不便だよね。ぶつかったりすれば、足が痛い。でもそれだけじゃない。

「気持ちが痛い。……知っていること、頭の中にあることが崩れて行くのがつらい。

も。
取り出す。そこには、君の花が咲いていた。秋桜《コスモス》や蒲公英《たんぽぽ》、そして、垣根に下がる烏瓜《からすうり》
深夜の部屋で、花々の絵を見る。芥子《けし》や菊を。やがて、それを閉じ、自分のファイルを
君は、本棚のある六畳間に入る。わざと回り道をするように、土田麦僊の本を開いて、
そう。そういうことじゃないのかな。世界を崩さないであげたい、ということかな。
《失う》ことがつらい」

「……わたしの気持ちは、……結局は同じかも知れないけど、……ちょっと違う気もする」

曖昧《あいまい》だね。

「気持ちって、煙みたいに曖昧なものでしょう。で、ね、《持って行かないでくれ》っていったのは、あの人には《それが出来る》、そのことに対する嫉妬《しっと》だったような気がする」

ほう。

「あの泉さんが、仲立ちをしてくれるのは、本当に有り難いわ。でも、あの人には、母のいうことが聞こえるのに、わたしには聞こえない。もどかしい。母の声が、耳に響かない。直接は、何もいえない。わたしは、今、あの人に頼るしかない。——こういう時に、上だ下だというのはおかしな話だけれど、何だか、あの人に上に立たれているよう

な気になったの」

口惜《くや》しい？

「そう。……そんなことというのは、おかしいし、失礼よね。でも、心を理屈では制御できないでしょう」

うん。

「スケッチブックの話が出た。あの時、つらくなった。作品ではないもの、下描きよ。……でも、こんな風にではなく、あの泉さんという人が普通に訪ねて来て、仕事の話をしてくれたのなら、純粋に嬉しくなったと思う。どういう形にしても、自分を認めてくれる人が、……自分の内にいいものがあると認めてくれる人が現れたということでしょう。……話の成り行き次第では、下描きだって何だって見せたかも知れない。わたしの判断で、ね」

心を許せば？

「うーん。そこまで行かなくても、本当に、《成り行き》でね。ふわふわした気持ちになって、そのまま。……だけど、あの時には、とても嫌だった。わたしの、人に見せる筈じゃあないもの。ことと次第によったら、それを、わたしに断りなしに見られる立場に、泉さんがいる。……つまり、シーソーが水平じゃない。不平等。……結局、手も足も出ないんだ、という気持ちかなあ」

でも、伝言役だろう。そういう立場の人のことで、心をあれこれ動かしていたら、疲れてしまうよ。

「そうはいっても、今、繋がれる、たった一人の相手でしょう。考えてしまうの。……世間話ができて、わくわくするほど嬉しかった。今の自分を忘れられた。なくしてしまった《日常》に繋がれたんだもの」

そういえば、絵本を見に行ったこと、黙っていたね。

「……」

どうして。

「どうしてかなあ。《図書館には、明日、行く》っていっちゃったから、かな」

《さっそく探して来ました》って、いうのは照れ臭い？

「どうだろう」

お母さんがいたから？

君は、目を丸くした。

「そんなこと、考えもしなかった、と思う。……でも、変ね。確かに、二人だけなら、話していたかも知れない」

それから、君は、頭の中で、あの本のページをめくった。

「……わたし、あの人の使う青が素敵だと思ったの。水彩絵具を無造作にのばしたような、ただそれだけの色なのに、広がりがある。わたしが使う蒼《あお》は硬いけれど、この人の青は柔らかくて、もっと大きい。……そう思ったの。もし、時間の《くるりん》が元に戻ったら、あの人に会えたら、お世話になったお礼と一緒に、そういいたいわ」

5

翌日、君は普通に過ごせば、普通に時間が繋《つな》がるかも知れないと思って生活した。今までに、何度もやってみたことだ。

だが、三時を過ぎると、あの絵本は、手からするりと消えた。

「……嘘《うそ》だった」

君は、天井を見つめながら、つぶやいた。

え？

「あいこだと思ったこと」

どうして。

「わたしの版画——泉さんが、神田で買ったメゾチントは、あちらのものになっている。ずっと、泉さんの手にある。でも、あの人の本は、ここにはない。逃げ出した」

君は、ゆっくりと身を起こした。

「渡り鳥が帰るみたいに図書館に戻ってしまった。《故郷はあっちだ》っていうように。

——何だか、ずるをされたみたい」

　風が髪を揺らす。

「わたしには、残るものがない。何も生めない、何も作り出せない。……何だか、体が透き通って、なくなったような、そんな脱力感」

　——でもね、絵本のことに返るけど、君はもう、それがどこにあるか知っているんだ。あの図書館にある。いや、仮に、《どこ》と分からなくてもいい。君はもう、それが《ある》ということを知ったんだ。

「……ええ」

　それって、昨日までとは、大変な違いじゃないかな。あの本は、確かに《ある》んだ。大事なのは、そこだ——と考えれば、ね、手に入れられる、入れられない、なんて、——実は、たいしたことじゃあないんだよ。きっと。

「……ランプが自分のものにならなくても、……仮に、窓越しにでも、明るく照らしてはくれるわね」

　ああ、それは、いい考え方かも知れない。

　君は、また図書館に行き、『あの島まで』を借りて来た。夕方、それを手に、受話器を取った。

「ご本、見つかりました」

君が気に入ったというと、相手の声もはずんだ。

「いつも、あのタッチ、というわけでもないんです。特に、広告の場合は、商品のイメージがありますから。――でも、感じは分かっていただけると思います」

君は、《使っていただければ嬉《うれ》しい》といった。事務手続きは終わった。受話器を寝かせた後、君は、思った。……いいたいことは、雲が空を覆《おお》うように、沢山あった筈なのに。

そのまま、ひいやりとした暗い床に、長いこと横になって、《あるべき筈の会話》を繰り返してみた。頭だけが浮き上がるような感じで、お腹《なか》の辺りがぐうんと沈むような気がする。何もしないままに、時という水が自分の上を流れて行く。水の色は変わらない。しかし、《すべて》が去って行く、離れて行く。そんな理不尽に対する、暴れだしたいような気持ち。心を大きな歯で嚙《か》み砕かれるようだ。

思えば、そういう日がずっと続いていた。心の苦しみは肉体に返って来る。午後になれば元に戻る身だった。そうでなければ、気持ちをいくらしっかり持っても、体の方が、先にまいっていたろう。

電話が《あちら》と繋がった瞬間、奇跡が起こりそうだという予感があった。君は、ぜんまいを巻直された人形のようになった。しかし、事態がどれだけ変わったというのだろう。

《こちら》の世界が完全に夜となり、さらにしばらく経《た》ってから、君は立ち上がり、台所に入った。チーズとクラッカーを食べ、牛乳を飲んだ。ぬるいお風呂《ふろ》にゆっくりとつかり、そこで、ある決心をした。

夜中の電話で、君は、心に決めたことをお母さんに伝えた。《こうやって話すのは、週に一回にしよう》と。

「泉さんのことも考えたら、当然だと思うでしょう？」

伝言役は、それを伝えながら、《ぼくは、いっこうに構わない》といった。君は、追いかけるように、

「でも、そのせいではないの。こういう時だから、わたし、我《わ》が儘《まま》になれるつもり。……申し訳ないけれど、泉さんのためにじゃあないの。わたしのために、なの」

どうして、という問いに、

「お母さんの声が聞こえない。わたしの声も、お母さんに届いていない。それが、とても恐《こわ》いの。これを毎日、続けていたら、かえって、……お母さんとの間が遠くなってしまうような気がする」

え？

「声も響かない。格別、新しい話題もない。これじゃあ、張り合いがないでしょう。こ

んな会話を毎日続けたら、わたしの存在が、次第に《嘘》っぽくなるような気がするの。紙のように、薄くなって行くような。……そうなっても、お母さんは、声のない受話器に耳を当てる。聞こえない声に耳を傾ける。……義務みたいに」

——義務で構わないじゃないの。親という立場は、もう、それだけで義務なんだもの。

その言葉は、君の胸に響く。

——でもね、実際の声が聞こえないから、嘘っぽくなるなんてことはない。第一、今のいい方がとてもお前らしいじゃないか。真剣なんだけれど、考えなくてもいいことまで考える。そういうところが、昔からあったよ。気を回し過ぎるんだ。

「でも、……どうしてもそう思ってしまう、わたしの不安、分かってもらえるかしら。独りぼっちの闇《やみ》は、とっても深いの。だからこそ、よ。だからこそ、お母さんに、わたしとこうやって話すことを、面倒だ、と思われたくないの。ちょっぴりでも」

——面倒じゃないなんていわないよ。赤ちゃんの時から、今まで、ずっとそうだった。子供の世話なんて、これほど面倒なことはないのよ。張り合いがないから、お前が《いない》と思ったりはしないよ。食事の度に、《おいしい》といってくれなくったって、ご飯は作ってあげたろう？

君には、返す言葉もない。

——さんざん世話させておいて、今更、何をいうのよ。

柔らかな波が、快く、体を洗ってくれる。

「そうね、……本当にそうね」

そこで、泉さんが、伝言役から自分に返って、

「ちょっといいですか」

「はい」

「もしね、毎日が同じことの繰り返しで、話すことがなくなる。それを心配しているんだとしたら、——君の方で話すことを作ったらどうだろう」

「というと？」

「何でもいいんだよ。どこへ行ったでも何でもいいんだけれど、——さしあたって、やり取りになるということを考えたら、料理なんかどうだろう」

「料理？」

「お母さんの味付けなんかで、好きなものもあるだろう。時間があるんだ。こういう機会にきちんと教わっておいたら、どうかな」

当たり前のように、いってもらった言葉が、ジグソーパズルの一片が空から降りて来て、心にふわりと嵌《は》まるように、胸におさまる。蜂《はち》の羽のあわただしい動きのように、ぶれていた体を、押さえてもらったように落ち着く。

6

二人になってから、君は、昨日、話しかけていたことを聞いた。

「あの、青山の事務所って、どの辺りでしょう？」

「あ、いつもは外苑前《がいえんまえ》から歩いてます」

道筋を聞く。自分が、言葉の進行と共に、後を追っているような気になった。

「それでしたら、途中に『ロッティマ・アミーカ』というブティックがあるんです。ご存じありませんか」

「『ロッティマ・アミーカ』？　さあ、あったかも知れない。あんまり、高級品には縁がないもので。――よく行くお店ですか」

「昔は覗《のぞ》いたこともありました。で、こうなってからも、買い物に行ったことがあるんです」

しばらく、間が空いた。

相手が、穴の中を覗《のぞ》くように、心配そうに聞いてきた。

「どうしました」

「いえ……」君は、そういってから、首を反らせた。天井を通して、空を見ようとした。

夜空ではない。日盛りの青い空を。「……フウ」

「え」

「フウの並木がありますよね」

「何ですか」

「いけない。私だって、知らなかったんです。通りの並木に《フウ》って名札がついていたんです」

「ああ。木の名前なんだ」

「面白いでしょう」

「そうだね」

「溜息《ためいき》みたい」

「いや。走って一息ついたみたい、ですよ」

「わたしが見たのが、今だから……七月でした。重なり合った、濃い緑の葉が風に揺れていました。夏の光は強いから、見上げると葉と葉の陰がよけい暗くなる。だから、明るいところが浮き上がる。そんな生き生きした立体になって、波のように揺れていました」

相手は、情景を思い浮かべているようだ。やがて、親しい口調になって、

「――冬場にそういう話を聞くと、縦には、とっても昔のことみたいな、横には、遠い

外国のことみたいな気がする」

「《今》は、寒いんですか」

「ええ」

「当たり前ですよね。十二月ですものね」

「押しつまってます。ストーブがついてます」

「石油？」

「そう。上でやかんが、しゅうしゅういっている。湯気が踊ってる」

「そういうことを聞くと……」と君は、先程の相手の言葉を手繰り寄せ、「……縦には、とっても昔のことみたいな、横には、遠い外国のことみたいな気がします」

泉さんがいった。

「あいこだね」

——あいこじゃない、という自分の言葉が、君の耳にこだました。

「《今》はもう、葉も落ちたのでしょうね」

「フウの木？」

「はい」

「どうだろう」泉さんは、申し訳ない、という口調で、「あの通りなら、二、三日前にも歩いたんだ。でも、目に映るということと見るということは違うんだね。木の葉がどうなっていたか、まったく覚えていない」

「多分、細筆で描いたみたいに、枝が空に伸びているんでしょうね」

「そうかも知れない」

電話を寝かせてから、君は思うことにした。……季節が移り変わろうと、一日という流れは一致している。日暮れの遅い早いはあろうと、夜は夜だ。重なるところがあるのは嬉しい、と。

泉さんの部屋の構造は分からない。受話器の置いてある場所から、寝ているところが近いか遠いかも。とにかく生活の私的な部分を覗くまいと、電話には寄らないようにしていた。

けれど、丑三《うしみ》つ時を過ぎた頃だ。君は、廊下から糸のように流れて来る声を聞いた。その時、君は横になろうという気にもなれず、台所の椅子《いす》に腰掛けて、ぼんやりしていた。

深海の底にいるようだった。夜には、昼間、聞こえない音も響く。それは生き物が寝静まり、世界が眠るからだろう。だとしたら、こちらの世界では、真昼も深夜も同じかも知れない。

そうはいっても闇の力は、全《すべ》てを地に沈め、代わりに、静寂の敷物を広げるように思えてしまう。

だが、それにしても受話器は遠い。本当に声が聞こえたのか、それとも《気のせい》が、神秘な偶然となって、君を引き寄せたのか。――分からない。

君は、あわてて立ち上がった。自分は転ばなかったが、椅子の方を倒しそうになった。暗い廊下に出て、電話に近づくと、はっきりと送話口から、君の名を呼ぶ声が聞こえる。あの人だ。

「――森さん」

君は、横になっていた受話器に手を伸ばす。取り落とさないように気をつけながら、耳に運ぶ。その途中で、《はい》と返事をした。

「あ、よかった。起きてましたね」

「はい」

「宵っ張りですね」

声の響きは、明るかった。

「ちょっと、……目がさえて」

「起こすと悪いと思ったんです。でも、ベルは鳴らない。電話機の口から出る声なんか、眠ってたら聞こえないと思いました。だから、ちょっと声をかけてみたんです。――子供みたいだけど、どうしても、すぐに知らせたくなったから」

「……何をですか」

「フウの木のこと」

「え？」

「茂っていましたよ、葉は」

7

何がどうなったのか、よく分からない。だが、次の瞬間、コップに水が注がれたように、《意味》が君の内側に満ちて、溢《あふ》れた。

「おいでになったんですね！」

泉さんは、子供のように、

「うん！」

「速攻ですね」

「話が終わった途端に、もう青山まで行こうと決めました。――いや、話しているうちに決めてたんだな。すぐに体が動いたから」

「電車はあったんですか」

「行くのは問題なかった。まだ地下鉄が動いていましたから」

「どちらですか」

泉さんは、最寄りの駅名をあげた。そして、

「——帰りがちょっときつかった。JRで来られるところまで来て、後はタクシー」

「大変だったんですね」

「全然」と、すぐに答え、「ものごとって結果次第でしょう。ボクシングで、空振りするのが一番疲れるっていいます。エネルギーを受け止めるところがないから大変なんですね。行ってみてむだ足だったら、きっと、がっくり疲れてますよ。自分に向かって《おっちょこちょい》といってる。でも、行ったかいがあったから、現金に胸を張っている。どんなもんだい、という感じです。だから、——調子に乗って、こんな時間なのに、声をかけてしまいました」

「ありがとうございます」

「フウの葉は、十二月、年の終わりにもちゃんと残っていた」

君は、思わずいってしまう。

「まるで、『最後の一葉』みたいですね」

泉さんは、

「ぼくも絵の仕事をしてるから、木の葉ぐらいなら描いてあげられる。だけど、フウは本物があった。筆を使う必要はなかったんですよ」

いや、やはり泉さんは描いてくれたのだと、君は思う。心の中の空に、茂った葉を描

いてくれたのだ。

相手は、さらに付け足す。

「――それにね、《あなた》は病気じゃない」

なるほど、繰り返しの世界にいる君は、入院などしていない。

「……でも、環境というか、立場というか、こういう中に閉じ込められている。これも一つの病気……みたいなものじゃありませんか」

「《独りでいること》は病気じゃないよ」

そういわれるのは、有り難くもあり、口惜《くや》しいようでもある。外から見た、勝手ない方にも思える。

「でも、ワクチンがあったら助かると思います。今のままだと、まいってしまいそうです」

泉さんは、少しの間を置いて、

「怒られるかも知れないけれど、そういってくれて嬉《うれ》しいよ」

「え？」

「だって、ぼくが、あなただったら、どんな精神状態になるか、ちょっと想像できない。おかしくなるかも知れない。不安だろうし、苦しいだろう。――あなたは、ぼくより年下だ。学校にいるとしたら、ぼくの方が上級生だろう。年がどうこういうのは、ピントはずれかも知れないけれど、多少はさ、面倒みてあげなくちゃあという気になる。それなのに苦しい筈《はず》のあなたが、なかなか、そういわないんだもの」

「でも、……下級生が図に乗って甘えたら、迷惑でしょう。上級生は、いろいろ忙しいし」

「《迷惑》っていうのは意識する？」

「勿論《もちろん》」

「お母さんに対して、以上にね」

「はい。……そういったら功利的になりますけれど、うるさがられて切られたら、おしまいでしょう」

泉さんは苦笑いし、

「こっちは圧倒的に強い立場なんだなあ」

「そうですよ。……そうでなくても、会ったばかりの方に、つらいとか苦しいとかは、いえないものでしょう」

「要するに」と、泉さんはまとめる。「《つらい》だの《苦しい》だのという会話は、家の中ですることだよね。立ち話ですますことじゃない。家に上げたり、呼ばれたりする人でなかったら、そこまではいえない」

君は、ちょっと身構えながら、

「はい」

「でもね、ぼくはあなたの、――森さんのメゾチントを、自分の部屋にかけて、毎日、見ていたせいか、――何といったらいいんだろう、友達というのは図々《ずうずう》しいけれど、少なくとも、まったくの初対面という感じはしないんだ」

「わたしも……」と、いいかけてしまったら、もう仕方がない。「ご本を、絵を見させていただきましたから、何だか、一回は会った方のような気がします」

くすぐったくなる。感じた通りのことなのに、口にすると《しまった！》と思ってしまう。

泉さんは、遠くを見やりながらいうような声で、

「そちらは七月で、――お天気なのかな」

「あ。はい」

「だったら、毎日、夕焼けだね。七月の夕焼け。――綺麗《きれい》だろうね」

即答する。

「綺麗です」

「――子供の頃、学校で、紙芝居の絵を班ごとに描かされたことがあってね、その中に日暮れの場面が一枚あったんだ。他の班のは、空が赤かったり、朱色だったりした」

「あ、夕焼けって赤くありませんよね」

「そうそう」

「サーモンピンク、薄紅、ローズピンク、朱鷺色《ときいろ》……」

と、君は宙に、絵の具を選んで並べてみせる。

「ああ、あの時、君が側《そば》にいてくれたらなあ！」

《あなた》が《君》になった。一つ、歯車が回って、カチリと音を立てたような気になった。

「分かる。非難されたんでしょう！」

「クレヨンを重ねたりして、会心の色を出したんだよ。だけど、そんなじゃないっていわれたんだ。正確にいえば、笑われたんだね」

君は、ちょっぴり意地悪く、

「傷つきました？」

「ばっちり」

君は、頷《うなず》きつつ、

「ありますよ。そういうこと」

「――でも、空はいいよね。誰がどう思うだろうとか考えるわけじゃない。そんなこと関係なく、それこそ自然に《空》をやってる」

何かに打たれたような気がした。君は、暗い床に、祈るように膝《ひざ》をついた。

今日まで、どれほどの夕焼けを見て来たことだろう。わたしにもあった、さまざまなことが。

あんなに愛していた仕事で、あれほど傷ついたお父さん、君はお父さんが好きだった。引っ越しから、新しい小学校での出来事が頭の中に浮かんでは消える。それから今日までのさまざまなこと。記憶の箱の底に押し込めて、二度と出すまいと思っていたことが、かえって鮮やかによみがえる。

電話でよかった、顔が見えなくてよかった、と君は思う。

泉さんの声がいう。

「ぼくじゃなくて、誰か、お友達と繋《つな》がったらよかったね。そうしたら、もっといろいろ話せたんだろうね」

君は、正宗さんのことを考える。

「……」

「ぐちが、こぼせたね」

確かにそうだ。

「はい。《まいってる》ぐらいは、いえます。でも、《苦しい》の方は……」

「駄目かい」

「口にするくらいなら、我慢していた方が楽です」

いってしまってから、そういったら、もう負けかしら、と思う。同時に、こんな時に、勝ちとか負けとか考えるなんて、何て嫌な人間だろうとも思う。

《我慢》だってそうだ。強さから出る言葉ではない。むしろ弱さから出る言葉だ。《我慢していた方が楽》だ、なんて何だろう。私は、楽なことを、いいことだ、と思っているのだろうか。

でも不思議だ。こんなことを人に聞かれるのは、とても、うっとうしい筈だった。微笑《ほほえ》みながら、逃げ出したいと思う自分の筈だった。でも、そうはならない。きっと、フウの葉のそよぎのせいだろう。

さっきの《外での立ち話か、部屋での会話》の譬《たと》えでいうなら、今しているのは、《窓越し》ぐらいのところかなと、君は思う。

「……すみません。フウの木のことを教えていただけますか」

「ああ、そうだったね」

冬の月の、硝子《ガラス》のような光に照らされて、街路樹は整列していたという。思いがけないほどに、葉は残っていた。ただ、ところどころに寒々と、枝が骨だけの逆さの箒《ほうき》になり夜を掃いている木もあったらしい。

なぜかと首をひねると、その理由はすぐに分かった。立ち並ぶ都会の建築物は透き間を許さぬように見えて、案外、風の道を作る。はるか彼方《かなた》から続く、その吹き抜けの中に立ち、守るもののない木だった。

8

いけないことをしよう、と君は思った。

「泉さんは、わたしの家を訪ねたのよ。だから、こちらも行ってみる」

探索は、さして難しいことではない。地下鉄の最寄り駅がどこかは聞いていた。朝早く出て、その近くまで行ってみた。コンビニで、早いお昼を食べ、電話帳で、泉さんの名前を引く。住所を調べ、買った地図と突き合わせる。JRの駅からは、離れているがほとんど一本の道だった。地下鉄からは、あみだくじのように、折れて行くことになる。

君は、町名を見て近くで車を停め、日盛りの街路に降り立つ。

「あった」

東京のマンションといっても、いろいろだ。随分、こぢんまりとしている。廊下が、建物の中にあるタイプではない。階段で二階に上る。泉と書かれたプレートが、すぐに見えた。

君はノブに手をかける。カチリと回った。

「……不法侵入」

する気かい？

「だって、昨日の話で、わたしの心の家の中に、ちょっと入られた気がする。だから……」

仕返し？

「というと、聞こえが悪いけど」

どういってもね、聞こえは悪いと思うよ。

「でも、不公平でしょう？」

何が。

「泉さんは、わたしの《現物》を見ているのよ。病院で。でもわたしの方は、写真一枚見ていない」

本を見れば、絵を見れば、会ったような気になるんじゃなかったのかい。

「うーん。とはいうものねえ」

写真を探しに来たのかい？

「それじゃあ、アイドルグループの追っかけみたいだわ」

気がとがめつつも、ゆっくりとドアを引く。外は暑い。流れ出る冷気が、君を快く誘うようだ。

中に入って、狭い玄関口に立つ。

「……こんにちは」

目の前の床にも、美術雑誌が置いてある。左手に靴箱、トイレ、バスと続いている。奥の窓につけて机が二つ置いてある。それを見ると、まるで、性格の違う二人の人が住んでいるようだ。

右の机の上には、雑然とものが載っている。本や封筒、紙が積まれて塔を作っている。ビニール袋の端が、アジアの地図のインドのように塔の途中から垂れ、窓からの光を反射している。その横、机から落ちそうなぎりぎりのところには、コーヒーのカリタが置かれている。

一方、左の机は片付いていて、そこに椅子《いす》が向かっている。

「あっちで仕事をしているんだ」

ここからは見えない。しかし、机の上には、泉さんの作品がある筈だ。

上がらないの。

「そこまでは……」

遠慮する？

「ええ。本当は見たい、何を描いているのか。でも、それには断らなくっちゃ」

じゃあ、何を見に来たんだい。

「あの背中」

君は、再び、椅子を見つめる。そこに見えない人の姿を描く。

――待っていたよ。

ぼくの声が、君の耳に、――君に響く。

君は答える。小さいが、しっかりとした声だ。白いドアを背景に、柔らかな、しかし襟は高く立った、深い葡萄色《ぶどういろ》のシャツを着て立つ君の姿は、ひときわ鮮やかだ。

「……それなら嬉《うれ》しい」

見えないぼくは振り返る。

――随分、待った気がする。もう来ないかと思った。

夏の光が、大きな窓にあふれる。破損防止に網の入った硝子。その小さな菱形《ひしがた》の連続する頂が、きらきらと輝き、躍る。無限の波が寄せるようだ。君は微笑む。

気が付いていた？

「ええ」

と、君は頷く。

「最初に電話を受けた時、どこかで聞いたような声だと思ったの。……だから、泉さんに、いいかけた。でも、いえやしないわ」

いってごらん。

「……私、あなたの声を、ずっと聞いて来たのです。いつからか分からない。ずっと、あなたと話をして来たのです。……ひょっとしたら生まれた時から」

ひょっとしたら、生まれる前から。

第八章

1

ひょっとしたら、生まれる前から……そう思った。

自分の内にそういう人の姿を抱くのは、珍しいことでもないだろう。当たり前かも知れない。しかし、その人が自分と共に成長し、声をかけてくれる……となったら、また話は別だ。

わたしが、いつから、内なる声と会話を始めたのか分からない。

小さい頃は、同じ年頃の女の子が近くにいなかったせいもあり、家で遊ぶことが多かった。幼稚園にも行かなかった。だから、くせというものの多くがそうであるように、自分で気づくことがなかった。父も母も、それを子供らしい人形遊びの延長と考えていたようで、格別、何かいわれたこともなかった。

小学校に入って、しばらくして、図案を描かされたことがあった。わたしが舟と魚をデフォルメした連続模様を描いたら、先生が妙に感心してしまった。わたしの画用紙を持って教壇に立ち、わざわざ、頭の上に持ち上げるようにして見せ、《素晴らしい。こんなのは五年生六年生でも、できない》と、絶賛してくれた。あの時の、体中が熱くなり、ふわりと浮き上がるような幸福感は忘れられない。

小学生は皆なそうか、それとも自分だけなのか分からないが、わたしはその頃はまだ、クラス仲間の顔がろくに覚えられなかった。その日の帰り道、道端に寄り、玩具《おもちゃ》屋のショーウィンドーを覗《のぞ》き込みながら何か話していた男の子たちがいた。わたしが前を通ると、その子たちが《馬鹿《ばか》が来た、馬鹿が来た》とはやし立てた。子供らしい、剝《む》き出しの悪意のこもった声だった。

何のことか分からず、わたしは立ちすくんだ。

中の一人が近づいて来て、わたしの顔を見ながら、憎々しげに、いった。

《お前、勉強し過ぎて、馬鹿になっちゃったんだよな》。

……。

その子の顔は覚えていないのに、そういった薄い唇は今も目に浮かぶ。そこで記憶は途切れる。きっと、つらかったからだろう。後から、考えれば、その子たちは同じクラスだったに違いない。でなければ、《勉強し過ぎ》などといわれるわけがない。わたしが破格の称賛を受けたからだ。そして《馬鹿》の方は、わたしが一人で会話をしていたせいなのだ。幻の子との、その時の話題は、まさにその日のデザインのことだったろう。それに対して《ブッブッ、何いってんだ》といわれた……のだと思う。

ごく自然に、自分のしていること、内なる人との会話が、世間……などという難しい言葉を、まだその頃は知らなかったけれど……世間の目から見たら、随分、異様なのだと、初めて悟った。知らされた。

わたしは、その日から《会話》を表に出すことはなくなった。しかし、内なる声が、わたしを去ったわけではない。《その人》は変わることなく、わたしの一番の友達であり、理解者であり続けた。語りかけてくれ、わたしは答えて来た。

こんなことになり、《くるりん》の世界に迷い込んで、それでも何とか、おかしくならずにすんだ。それは、この《くせ》が身についていたせいかも知れない。

《その人》が男であることを意識したのは、やはり、ある程度の年になってからだ。

男と女は、元々ひとつだったもの。それがこの世に生まれる時、分れたから、失った片方を捜し求めるのだ、と聞いたことがある。

わたしの場合、片方が最初から自らの内にいるとしたら、それは、不幸なことかも知れない。

詩を読む時には、心の中に自分の声を持つ。だから、どれほど上手な朗読を聞いても、

《いい》とは思っても、《自分の詩とは違う》と感じる。

そう。よく聞く例なら、こうなるだろう。漫画の《ふきだし》を読む時には、誰もが心の中に声をイメージする。それがどういう色合いのものと、説明するのは難しい。ただ、確かに、自分の内に《声》を持つのだ。だからこそ、それがアニメとなった時、この人はこんな声ではない、偽物《にせもの》だとがっかりする。内なる声を、否定の形で確認する。

わたしが話した男の人は、数えるほどしかいない。女子高から短大、と進んで、勤めた会社にいたのが皆な既婚者、そこがまた早々に潰れてしまい、後は子供と付き合って生活を送って来た。自然、そうなる。

そのまれな会話の相手と話す機会にも、いつも《違う》という言葉が呪文《じゆもん》のように浮かんで来た。これは、あの人の声ではない、と思った。

そんなわたしなのに、泉さんの言葉を聞いた時から、その声が内なる響きと混線し、心が乱れた。

似ているのだ。

会話を交わす度に、それは輪郭の揺れた二つの画像が、焦点が絞られ結ばれるにつれて、次第に正しく重なるように、一つになった。

あの人のマンションの玄関に立ち、あの人の椅子《いす》を見た時、わたしは震えた。

一瞬の歓喜。だが、それは実に皮肉な喜びではないか。

外に出れば、何かが変わっているような気がした。しかし、夏の日は相変わらず、ものの形をくっきりと鮮やかに浮かび上がらせて輝いている。

わたしは、あの人が歩く筈《はず》の通りに出た。下町の商店街が続いている。昔風の、台がタイルの冷凍ケースのある魚屋さんや、硝子《ガラス》の大きな瓶におせんべいの入ったお菓子屋さんもあった。

わたしは、ふらふらとその街を歩いた。今まで百回以上も浴びた同じ日なのに、今日はわたしを焼き尽くすように思えた。日陰に寝そべり、舌を出してあえぐ犬さえもいない。そんな生命のない、灼熱《しゃくねつ》の街を、わたしは、外ならぬ自分自身が犬であるかのように、ふらふらと歩いた。

2

皮肉……とは何か。

ほぼ三十年、寄り添った声が、あの人のものだったとしても、二人の間には塀がある。それは日ごと高くなって行くのだ。

わたしは、声の相手とは会えない。決して手を繋《つな》げない。それを知るのに、かかったのが、この三十年なのだろうか。

いや、違う……かも知れない。

冷静に考えてみよう。指すら触れられないからこそ、わたしは泉さんを《あの人》と思った……のかも知れない。

微笑《ほほえ》めば、少しは楽になる。

「きっとそうだ」

今のわたしが、ただ一人の会話の相手に、すがりたくなるのは当然ではないか。虚《むな》しい繰り返しの日々の、独りの闇《やみ》の中で、ただ一点の光を、暖かいと思うのも無理はない。

そして、あの人は永遠に、わたしの内に入ることはない。

「実は、あやまらないといけないことがあるんです」

夕方の会話で、わたしは、そう明るく切り出した。

「あやまる？」

「ええ。家宅侵入したんです」

分かったようだ。

「――あ。ひどいな」

「すみません」

「ちらかっていたでしょう？」

「そんなでもありませんでした」といってから、あわてて「……でも、上には上がりませんでしたから」

「そう?」

「ええ。玄関先に立って、ちょっと様子だけ見せていただいたんです」

「助かった」

「プライバシーは守りました。……何て、胸を張る権利はないかも知れませんけど」

　泉さんは、記憶をたぐり、

「どうなっていたかな。七月のここ」

「何か、お仕事なさっているようでした」

「《お仕事》はしてます。仕事場だから」

「そうですね」

　泉さんは、気が付いたというように、

「あの頃の方が、ちょっと広かったんですよ」

「部屋が?」

「そう。コピー機が入ってなかったから」

「あ」

「おかげで今は、もっと窮屈になっている」と、笑って、「――でも、どうして? 本当にイラスト描いてるかどうか、怪しいやつじゃないか、確かめに来たの?」

「そういうわけじゃないんです。ただ、泉さんは、こちらに……わたしの家に、お出《い》でになったんですよね。だから、わたしも、と思って。正直いうと……、声だけのやり取りでしょう、だから……」

「つまり、人間と話してるっていう実感がほしかったのかな」

「そういうと失礼ですけれど……」

「失礼じゃありませんよ。で、実感は得られましたか」

「はい」

「よかった。――何でしたら、今度いらした時、どんな奴《やつ》か顔写真ぐらい見て行って下さい」

　いい当てられた感じだ。

「え。そんな……」

「お茶でもさしあげたいところですけれど、あいにく、そうも行きませんから」

　お茶代わりにはならないでしょうけれど、といって泉さんは、スナップがどこにあるか話してくれた。

「最近はもう、自分の写真の整理なんてほとんどしなくなりました。何かのついでに撮られたやつが、机の引き出しの一番上に入っている。ほら、写真って、いらないものでも何だか捨てにくいじゃないですか」

「そうですね」

自分の姿が、ゴミ袋に入ったりするのは、あまり気持ちのいいものではない。

「だからそういうことになるんです。まあ、その引き出しぐらいなら、見られても別にかまわない」

他は絶対に見ませんから、といおうかと思った。でも、そうすると見に行きますというようで羞《は》ずかしい。まるで、文通相手の顔写真をほしがるようだ。《文通》を越えるつもりがなければ、そんな写真は邪魔になるだけだろう。《余計なこと》だ。

「すみません。随分、図々《ずうずう》しいことをしたという気になりました」

「いや、いわれてみると、いらっしゃるのが自然だと思いますよ。――お母さんも、ここにお呼びしたんですから、あなたにも《来てみて下さい》といえばよかった。でも、そうすると、――こっちの方が馴《な》れ馴《な》れしいってことになるかな」

「遠慮の綱引きみたいですね」

手を離したら引っ繰り返って、倒れてしまう。

「面白いな。そんなこと、いわれると、どんな絵にしようかと思ってしまう。――『遠慮の綱引き』」

銅版のセピアの細密画が浮かぶ。古風なものだ。腰の引けた二人が、綱を持って引き合っている。

「寓話《ぐうわ》か風刺画ですね」

「――絵で見たら、滑稽《こっけい》でしょうね」

「当人は真剣なんですけれど」

「すみません。そりゃあ、勿論《もちろん》そうです。でも、風刺だとしたら、《もっとおおらかになれ》っていうことでしょうね。少なくとも、あなたの方は、あんまり引っ張らなくていいんですよ。大変なんだから」

「……でも、綱の端は、そちらが崖《がけ》の上にいて持っているようなものでしょう。人道上、手が離せない。……こちらには、申し訳ない、重いだろうという引け目があります。だから、少しでも身を軽くしようと思うんです」

出来たら蜻蛉《かげろう》ぐらいに……という部分は、胸の中でいった。しかし、それより前は口にしてしまった。本音なのだ。だから、何度でもいいたくなる。しかし言葉は、外に出すと、途端に逆の意味を持つ。《引け目》なんて、こちらからいってしまえば失礼だし、かえって相手にすがる未練なものになってしまう。

馬鹿な、と自分を罵《ののし》りたくなる。

「そんなこと、考える必要はありませんよ」といってから、泉さんは話題を変えようとした。そういう時の日本人の奥の手は時候の挨拶《あいさつ》である。「暑いんでしょう」

「ええ」

「――虫はどうなんです」

「虫？」

「人はいないという話だったでしょう。蚊なんかは、どうなんです？」

「あ、いません。細菌なんかまでは分かりませんけれど」

「ふーん。――夏というと、あのアメンボなんかは夏でしたっけ？」

いきなり、特定の虫のことになる。

「ええと、春とか夏でしたよね」

「見たことあります？」

「ええ」

「ぼくが育ったのは田舎でしたから、田圃《たんぼ》や、小川なんかでよく見かけましたよ」

「わたしは、小学校の庭の池で見ました。どこからか飛んで来るんです」

「何で、今、思い浮かんだのかというと、やっぱり《絵》ですね。あれが水の上をすーいすーいと行きますよね」

「ええ、ええ」

「そうすると、日差しの明るい時、底にアメンボの影が映るんです。ぼくは、それが面白くてね」

何か重いもので体を押さえ付けられるような気がした。

「……」

「どうしました」

「わたしもです」

「へえ。珍しいな」

「……」

「アメンボの、針みたいに細い足の先が、水面に乗るんですよね。そうすると、そこだけ水の膜がわずかにへこむ。その小さなへこみを、光が映し出す。——水の底を行くアメンボの影は、手足の先に、ポンポンをつけたみたいになる。まるで毛を刈り込んだ——」

わたしは、耐え兼ねていった。

「……プードルみたいに」

3

泉さんは、そうだといった。やはり、わたしはいい当てたのだ。

ひどい、と思った。届かぬ果実の甘みは幻影だと、自分にいい聞かせたのに。これでは蛇の生殺しだ。

泉さんは心配そうに、

「どうしたんです」

「……すみません」

「何か、まずいことをいいましたか」

「いいえ、いいえ。……そんなことはないんです」

「プードルが、いけないんですか」

そうだ。いけないのだ。夕焼けの話は、まだいい。ここまで追い打ちをかけられては、この人が、本当に特別な人に思えてしまう。

子供の頃、一人でよく池を見ていた。アメンボが水面を行くと、影が進む。池の底は細かい砂粒や藻の屑《くず》が積もって、砂漠のように見えた。太陽の輝きの強い時には、風景はくっきりとし、天上から鳥の目で見下ろすように広々と見えた。その荒涼たる地を、アメンボそのものではない、光の作り出す、いってみればあり得ない形のものが、巨大な飛行機の影のように揺れて動いた。

図案のようなその影を見ていたわたしの耳元で、声が囁《ささや》いた。《プードルみたいだね》と。

「……わたしも、そう思いました」

「え。いつ？」

「子供の頃」

こんな調子だと、ファミレスのセットで頼んだアイスミルクの、グラスの白い汗ばんだ面に、中の氷の角が触れると、その一点だけが、ちょこんとオリーブ色に見えたりする……というわたしの意見にも、泉さんは、《そう、そうなんだよね》と賛同するかも知れない。

泉さんは、わずかにとまどい、

「偶然――だけど、気が合うね。でも、それが、どうしていけないんだい？」

「……」

「普通、嬉《うれ》しいだろう？　特許の出願争いしてるわけじゃないんだから」

「……当たり前なら、わたしも嬉しいと思った……と思います」

「今はまずい？」

「ええ。だって、こんな具合だと、わたし、泉さんと、いろいろなお話をしたくなってしまいます」

時候の挨拶でない話を、遠慮の綱を離して。そうなれば、一時、心は解放されるかも知れない。

「いいじゃないか。ぼくも、君と話したい」

でも、綱を失って、しりもちをつくのは恐《こわ》い。話すことがなくなり、言葉が途切れれば、独りの闇《やみ》は、きっと前より深くなる。

……とはいえ、快楽は、快楽であるがゆえに当然、魅力的だ。

わたしは、泉さんと会話を始めた。絵については、なかなか話がつきそうにない。一つの種が葉を茂らせ、花を咲かせるように、話題が発展する。いい絵を見たように、豊かになる気がする。いうまでもなく、こういうことは正宗さんとの間にもあった。だが、その豊かさの色合いが違う。……わたしが女で、泉さんが男であることが、その違いだ。一本の筆が、絵の具をキャンバスに置く時、それを握った手が、男のものか女のものかは、関係ない筈《はず》だ。それなのに、だ。

感性の似通った男の人と話すことは、確かに快楽だ。不思議なものだ。夕方は受話器を置くのが遅れた。

その一方で、母との夜の会話の時、昨日、《なるほど》と思った、料理の学習が妙に気羞ずかしくなった。台所を覗《のぞ》かれるような気になる。泉さんは、事務的な伝言役に徹してくれる。しかし、一日経《た》つと、泉さんの調子は同じなのに、こちらの感じ方が微妙に変わった。

ただ、それは紛れもなく、こちらの世界でも身につけられること、《繰り返し》で元の木阿弥《もくあみ》にならないことだ。せっかくのアイデアではあるし、母と繋《つな》がる糸にもなる。やってみることにした。

4

「時期のものといえば、おせちかね」

何と明日は、大みそからしい。母は、東京の下町で育った。おせちなども一の重から三の重まで作れる。ただし、父の仕事がまずくなって、引っ越して、すべてが簡単になった。それでも、買ったものとは違う、独特のお正月の味は、記憶に残っている。

「黒豆って随分、煮るんだよね。とにかく、二日かかるものは駄目。元に戻っちゃうから、買い物のことも考えたら、半日で出来るものでないと」

「そうねえ」

というのは、泉さんがそのままに伝える。

「あ、そうだ。昔、よく、お汁粉の小豆を別にして、アイスクリーム作ってくれたじゃない。あれ、おいしかった」

母も、教えながら、いくつか作ってみる気になった。こんな非常時だから、スーパーで買ったものですませるつもりだったという。おかげで、どんな年もこれだけは欠かさなかったという自家製の伊達巻《だてまき》の最長不倒記録も伸ばせそうだ。自分が何かの役を果たせたようで嬉しい。

おせちだと一人前というわけにもいかないから、泉さんが、わたしの版画を見に来た時に食べさせるということになった。

母との通話が切れ、二人だけになると、思わずいっていた。

「……流れは自然なんですけれど、妙な気がします」

「え？」

「わたしのうちに、男の人が来て、おせち食べるなんて」

「君が紹介してくれて、それで、お宅までうかがったと考えたら？　いや、事実、そうじゃないかな」

「そう考えても不思議です」

「あの――」

「はい」

泉さんの声は、足踏みした。

「――いや」

「何です」

足は、踏み切られて、

「いいかけてやめたら悪いね。――男の人が君のうちに行ったことがないの？」

こう聞かれたら、悪い気がするものだろうか。そう思ったからこそ、泉さんは逡巡《しゅんじゅん》したのだろう。確かに、わずかの屈辱感を感じたが、これまた不思議なことに、その屈辱は、ほのかに甘いものだった。わたしは、即座にいった。

「ありません」

なぜ、ボールを返すように、すぐさま答えたのだろう。心を読めば、すぐに分かる。開き直りと、そして自分のことだから遠慮なくいえる。一種の媚《こ》びだ。親に会わせるような相手はいなかった、といっているのだ。そして、何とわたしは、その答を、喜んでもらいたいと思っている。

「わたしが、いくつだか、お聞きになりました？」

「お母さんには聞かなかった」

「わたし、こっちでは二十九で止まっています。後、何日かで、もう一つ、年を重ねる筈でした。それから五か月経ったのですから、三十といった方が正しいでしょうね」

そう、いった。別に、決然ということでもないが。

「ぼくも、何年か前に三十になった」

「あ、それは知ってます」

「へえ」

「だって、絵本の作者紹介に生まれ年が書いてありました」

「そうか」

「でも、男の人の三十なんて、別にそれほどの感慨はないんでしょう」

「それほどはね。――しっかりしなくちゃあ、とは思うけど、それは毎度のことだからね」

「おかしいですね、学生の頃は、三十も四十も、全部まとめて、おじさんおばさんと思っていました。自分がそうなるなんて百万年も先のつもりでいたんです」

「百万年も一瞬だ」

「本当に」

「だけど、そうだとしたら、二十も三十も四十も全部まとめて同じかも知れない」

「そういうと乱暴ですけど」

「でも、年なんて、そう思えば、剥《は》がせるラベルみたいなもんだね」

「そうでしょうか」

「だって、お母さんが、君の年をひとつふたつ、さばを読んで教えていたって、全然分からないだろう」

「……十年二十年は無理だと思いますけれど」

泉さんは笑って、

「それはそうだけど、――まあ、年なんて、自分の外にある基準で、中にある基準じゃないってことさ」

「……変わるところはありますね、子供の頃と」

「知恵がつく？」

「そういえばそうですけれど、いわゆる世渡りの知恵とはまた違いますよね。感覚が変わります。わたし、美術教室で子供の面倒をみているんです。そうすると、子供たちの世界が、ちらちら見えます。子供って汚いことや残酷なことを平気でいうし、そういう時って、本当に嬉しそうですよね。羽目がはずれるといじめにもなるんでしょうけれど、たいがいは違う。それって、大人の考えるグロテスクじゃあないんです。何か別のものなんです。あれは、やっぱり子供だけの遊び場にいるんだと思います。そこを出ちゃったら、もう戻れない」

と、いいつつ、考えていたのは、実は男と女のことだ。《遊び場》を出る頃から、はしゃいでスカートめくりをしていたような男の子が、そんなことをしなくなる。関心がなくなったからではない。逆だろう。無心でいられなくなった証拠ではないか。意識をする。

「あの、これは……ちょっと、何ですけど、でも大事なことだから、聞いておかないといけないと思うんです。その、そういう意味ではなくて……」

無心でないわたしは、山手線で東京から新橋に行くのに逆回りするように、回りくどい。

「何だろう？」

「今、お付き合いなさっている女の方はいらっしゃるんですか。……というのは、ですね、そういう方がいたら、わたし、考えなくちゃあいけないと思うんです」

「何を」

「泉さんが、今、なさっていることって、困っている女に対するボランティア活動じゃありませんか。だとすると、筋が通っているから、ケチをつけにくい。度が過ぎると思ってもいい出しにくい。《そんな訳の分からない女と話すのは、止めろ》と簡単にいえない。このストレスって大変なものだと思います」

「——先に人がいるなんて、信じないかも知れないよ。君の声は聞こえないんだから」

「信じなかったら、泉さんを治療しようとなさるでしょう」

「そうか。——あるいは、《おかしくなったようだから別れよう》とか」

「ええ」

「それは安心していいよ」

「はあ」

「毎日、こんな風に話しているんだ。そこから考えたって分かるだろう」

「何となく」

泉さんは、さらりといった。

「ぼくが、今、話したいのは君だけさ」

「……」

驚いたことに、わたしの耳は、それをごく自然に受け入れていた。

「それに、あれこれ話し出す前から、――こんなことをいったら、よくないんだろうけど、まず《助けてあげたい》と思ったんだ。《あげたい》っていうところが、おこがましいだろう。でも、君がよく転ぶ人だって聞いた時から、そう思った。何というか、――ぼくだって、よく転ぶから」

「……そちらは譬《たと》えですね」

とても、つまらないことを聞いた。

「うん」

わたしは両方、実際でも譬えでも転ぶ。夜の手触りが、艶《つや》やかでやさしいものに感じられた。でも……。

「でも、それって同情ですよね。《同情》で響きが悪いとすれば、お父さんみたいな気持ち。親子だったら、それでいいでしょうけれど、そういう気持ちって、ずっと続くものでしょうか。……今のわたしには、島流しの刑期が分からないんです。もしかしたらずっと流されたままかも知れない」

そこなのだ。触りたくない傷口のような、問題点は。

飛び込みの選手が板の端に立ったり、ジャンプの選手が台の上に立った時、とても恐いという。わたしも、恐かった。水や雪が、牙《きば》をむくのではないか。わたしは、泉さんと話すのが楽しい。こんな人は、今まで、わたしの前に現れたことがない。それだけに思う。……この人との間で、話すことがなくなったら。

「確かに、人の心なんて当てにならない。君と、毎日話していたら、時には面倒になるかも知れない」

「おいしいと思ったものでも、三度三度食べ続けたら、あきます」

「でもさ、ご飯てあきないね。ピザ食べても、そば食べても、結局、そこに戻って来る。そういうものもあるよ」

「……」

「だから、あれこれ考えたって仕方がない。あきるかと思って食べないでいたら、死んじゃうよ。ご飯は、遠くから見ているものじゃあない」

「……」

「ぼくはね、別にドラマチックなことが好きな人間じゃあない。だけど、こんな劇的な出会いなんて、ちょっとないだろう。その結果として、《今》がある。この《今》があって、ぼくは幸せだよ。こうなる前より、ずっとね」

「……わたしは、会えた方が幸せだと思います」

泉さんは、いった。

「会ってるじゃないか」

5

健康な朝の光が、大きな窓からさしている。自分がどこにいるのか分からない……ような気がした。

あの後、横になり、眠りにつき、その夢の中でここにいるような、そんな気がした。事実は違う。わたしは眠れなかった。輾転《てんてん》反側した末、夜明け前に身を起こした。何をするのかは分かっていた。自分が他にいて、そうする自分を、どこかから見つめているようだった。わたしは、外出の支度をし、車に乗った。

東京に入る頃、日が上り、湧《わ》き起こる音楽のように、地を明るく染めた。そして、今、わたしは、あの人の机の前にいる。

ここまで、来てしまった。

机の上にあったのは、縦二十センチ、横二十五センチぐらいの絵だった。最初見た時は、版画かと思った。何軒かの異国風な家が描かれ、空には魚が飛んでいる。木々の連なりも平面的に図案化されている。黒が豊かな感じだ。白い線のかすれ具合が美しい。

版画でないことは、机の奥の方にネガとポジのように、白黒を逆転した手描きの絵が置いてあることで分かった。それをコピー機にかけて、この絵を作ったのだ。

いってみれば原画が版、コピー機が印刷機だ。かすれの部分は、原画では黒のパステルを滑らせている。

わたしは、メゾチントを《売っている》というだけで、プロとまではいえない。視野も狭い。コピー機の話は聞いたけれど、頭のどこかに《あれは、書類を複写するもの》という先入観があった。はっきりいえば、表現手段として軽く見ていた。それが、こんなに効果をあげている。内に色の味を感じさせる、この黒が、《あのコピー機》のものなのだ。驚くしかない。

誰がやってもというわけではなかろう。その技法の特質をつかみ、自分のものにしていなければ、これだけの味わいは出せない。

《口惜《くや》しいなあ》と《嬉《うれ》しいなあ》の入り交じった気がした。絵本とはまた行き方が違う。泉さんは、自分を出すのに、こんなに色々な方法を持っている。そう思い、口惜しく、同時に、こういう人と話が出来ることが嬉しい。

今は、コピー機が入って、部屋が狭くなったという。どこに置いたのだろう。この部屋は、今、どう変わってしまったのだろう。それは見られない。

見ることを許されたものは、一番上の引き出しだ。椅子《いす》の位置は変えないように気を付けながら、指を引き出しの下に入れる。そこにへこみのある型だ。ゆるゆる引くと、新聞の切り抜きや、サインペン、封筒などが雑然とある上に、まるで待っていましたというようにスナップ写真が載っていた。あまりにお誂《あつら》え向きなので、どぎまぎしてしまう。いったん手を止め、それからまた引く。

ちょっとピンぼけ気味の顔が、こちらを見ていた。左上から光線が当たっている。そのせいで、明るい側の眉《まゆ》の端が薄く見え、反対に右の眉は少し上がって見える。口は一文字に閉じられているのだが、端のくぼみに微《かす》かな笑みがうかがえる。唇の右下にほくろがある。額の広い、しっかりとした顔だ。

泉さんは、こういう顔をしていたのか、と思った。それは、すっと電話の声に重なった。

「会ってるじゃないか」

そういわれて、一瞬、震えた。泉さんは続けた。

「面と向かったって、会ってない人たちはいくらもいるよ」

6

母は、おせちを泉さんの家で食べることになった。そうすれば、わたしとも話せるからである。

重箱ではなく、幾品かをプラスチックの入れ物に詰めて運ぶそうだ。食べながら、こちらで作ったものの味も確認する。電話を通して、声だけの作業だ。

前の晩、そして朝早くから作ったものを昼食として食べる。こちらは、三時になると、目の前のものが消えてしまうからだ。

それにしても、七月の昼間におせちを食べるというのは、かなり変わった体験だ。

「ちゃんと出来たわ、なるほど、こうすると伊達巻《だてまき》の味だ」

などといいながら、電話の前で味わう。申し訳ないが、暑いだけに、番外の小豆入りアイスクリームの素朴な味わいが、一番、舌に快かった。

「お前は、片付けの心配がないんだね」

「いいことは、それぐらいよ」

長居をしては申し訳ないと思ったのか、わたしが《飛ぶ》ところを見ないように気をつかったのか、あるいは夕方から勤務があるのか、とにかく母は、二時頃に帰って行った。

わたしの版画の収められたクリア・ファイルは、母が持って来ていた。わたしが許可したのだ。こちらでも、《同じファイル》を開いた。聞かれるままに、いつ、どんなつもりで作ったのかを説明した。

まあまあの作を選んで入れてあるつもりだった。しかし、改めて、泉さんに見られるとなると、まずい点ばかりが目立った。さほど大きくないスペースに、丹念に描き込んであっても、力がないと空間が埋まらない。一目見て、学級閉鎖直前の教室のように、透き間ばかりが目立つ。力があれば、大きな画面の百分の一、千分の一を使って、石を一つだけ描いても、それが盤石《ばんじゃく》。空間は、水を浸したように全《すべ》て満ち足りる。そうならない。ことに、若い頃のものほどひどい。《薄い》なりに統一が取れていればまだ見られるのだが、画面の右と左で、作品としての密度が違っていたりする。冷や汗が出た。

　思わず口にしていた。

「ああ、まずい」

「そうかな」

「こうしていると、どんどん下手に見えて来ます」

「魅力があると思うけど」

「本当ですか」

「うん」

「泉さんの絵は、ちゃんと基本が出来ていて、……いってみれば馬の乗り方が分かっていて、走らせたり、歩かせたり、止まらせたりしているようです。でも、わたしのは、いつも同じ道を、おっかなびっくり、硬い姿勢で行ったり来たりしているようです」

「硬いっていうのは、確かにそうだけれど、そこに魅力があるんじゃないかな。これ、商売人が一目見て、《扱う》っていったんだろう」

「まあ……」

「それってたいしたことだよ。しかもね、テクニックが上がって来ても、その良さが消えていない」

「そうでしょうか」

泉さんは、ちょっと考え、

「ねえ、君の先生――」

「山室先生」

「版画の方じゃあ、日本でトップ何人の一人だろう」

「ええ」

「そのお弟子さんに、どうやってなったんだい。美大の版画に、先生が来ていたの」

「そういうんじゃないんです。実は、市の公開講座にいらしたんです」

「あ、そうなの。じゃあ、昔からやっていたわけじゃあないんだ」

「うちの市長さんの方針で、文化活動に力を入れようということになったんです。隣の市が《彫刻の街》というキャッチフレーズで、賞を出したりしていました。そこで、《こちらは版画で行こう》」

いかにも安易に聞こえる。

「ははあ」

「まったく根拠がないわけじゃなかった。市の偉い人が山室先生と知り合いだったんですって。そこで、銅版画の機械を買った、山室先生に直接、講師を頼んだ、というわけなんです」

「そりゃあ凄《すご》い」

「その講座が月二回で、半年ぐらい続いたそうです」

「――《そうです》？」

「実は、わたし、その講座の生徒でもないんです」

「というと？」

「受講生募集のちらしの古いのが、図書館のメモ用紙になっていたんです。ちらしの裏を見て、市役所に電話したら、もう終了しちゃったっていうんです。先生はヨーロッパに行っちゃったそうで……」

「それじゃあ、弟子っていうのは――」

「いえ。経歴詐称《さしょう》じゃあないんです。……市役所の方が親切に教えてくれたんです。市の方も、講座の生徒さんの中で熱心な人が、まだグループ活動してらっしゃったんです。講折角買った印刷機です。無駄にするよりは、地域の役に立てようというわけで……」

「ああ、そのグループに入ったんだ」

「ええ」

「紆余曲折《うよきょくせつ》だねえ」

「その内に、先生があちらから帰っていらっしゃった。グループの方が、お手紙を差し上げたら、親切に何度か顔を出して下さったんです。いろいろと教えていただきました。……ですから、最初に版画を業者さんのところに持って行った時、つい《山室先生に教わった》といっちゃったんです。気がとがめて、家に帰ってから、先生にご報告したら、《その通りだから、いいでしょう》といって下さったんです」

　泉さんは、そこで、

「リストの弟子の話、知ってる？」

「え？」

「ピアニストで作曲家のリスト。彼が、ヨーロッパで凄い人気でさ、リストのコンサートといえば、即、満員になる。そうしたところが、ある時、彼が地方に行ったら、《リストの弟子》という女流ピアニストが、コンサートをやってるんだ」

「美空すずめ、みたいなものですか」

「巨匠がホテルの部屋にいると、青い顔をした女性が訪ねて来た」

「《先生、ごめんなさい》、ですね」

「リストは、やさしくなだめて、ピアノの前に座らせた。少し弾かせて、アドバイスする。そして、いった。《さあ、これで、あなたはリストの弟子です》」

「女は、まいっちゃうでしょうね」

傾倒するという意味の《まいる》である。恋におちるでも、あるだろう。

「これ、相手が女でなかったら、門前払いかも知れないよね」

「そうですね」

「山室先生の場合は違うだろうけど」

「でも、確かに、女だから甘えやすいっていうところはありますね。口惜しいけど」

「で、一方、男からしたら、これって気持ちのいい話でもあるよね」

「《助けてあげたい》ですか」

泉さんは苦笑する。

「そうだね。人に何かしてあげたいっていう気持ち。そうして喜んで貰《もら》えたらうれしい」

わたしは、意地悪く、

「優越感に浸れますものね」

「身も蓋《ふた》も無いいい方をすれば、そういえなくもない」

「普通にいえば、また別のいい方も……」愛に決まっている。「出来ますものね」

「そうだね。で、ね、このリストの話でも、山室先生の件でも、ぼくの《助けてあげたい》でも、肝心なことはね——」

「はい」

「鏡は実体がないと写らないということさ。それだけのものがあるから、それだけのことが返って来る。つまりね、リストだって、まずピアノを弾かせたわけだ。——彼も、相手の指が鍵盤《けんばん》を動いている時には、おそらく、男である前に音楽家だったと思う」

「ええ」

「だとしたら、そのピアノの演奏に納得出来なかったら、彼女がいくら美人でもレッスンしなかったと思う」

「やんわり《これから、そういうことは、お止《や》めなさいね》というんでしょうね」

「当たり前のことだけれどね、——山室先生だって、君の作品の《いいところ》を見ていたから、すんなり、返事をしてくれたんだよ」

わたしは、泉さんの言葉を嚙《か》み締めた。嬉しかった。

「それって……説得力ありますね」

「だって、事実そうだろう」

「わたし、《術中にはまって》しまいそうです」

「え」

「《助けてあげたい》の術中に」

「面白い、いい方だね」

「救助術が、お上手です。現にわたしは、助けてほしいんです」

ああ、こんなことをいうなんて。

「それで何かまずいかい」

「まずいとすれば、……助けられる方は受け身だからです。でも、助けてもらったら、わたしも十、助けてあげたい。それでなかったら、秤《はかり》は釣り合わないじゃないですか」

「それでいいじゃないか」

「……」

「ものを手に入れたら、それだけのお金を払いたい。買い物なら当たり前だよ。でも、プレゼントだったら話は違うだろう。心の問題だったら、なおさらだよ。今、ぼくは君の絵を見て、そこからいろいろなものを貰ってる。君の絵が、そういうことをしてるっていうことは、——君が《してる》っていうことじゃないか」

「そうでしょうか」

「——そうでなかったら、誰が絵を描くんだい」

まったくだ。しかし、わたしの場合、ことは単純ではない。今のわたしが、絵を描いたところで、それは煙のクレヨンを使ったように消えてしまう。

そして、勿論《もちろん》、――これは泉さんにいえはしないが――わたしは新たな月を、そして年を迎えることはない、つまり母となることもまた、あり得ない。

《女》は概念であり、個々人を指すものではない。《女》とは《母》になり得る種類の人間、というのは一つの見方に過ぎない。母にならなかったものもまた、十全であり、豊かであり得ることは、いうまでもなかろう。

こうなる以前から、年にすれば二十七、八の頃から、自分が母とはならないのではないか、という漠然たる予感はあった。自然に逆らうことは出来ないし、それがわたしの自然だと思った。

ただ、男にしろ女にしろ、時の終わりに歩みつつ、その過程で何かを生みたいとは願うものだろう。

7

「それで君のメゾチントなんだけどね、単純に、カラーの縮小コピーなんかで処理するわけには行かないと思う」

わたしの版画を、泉さんの絵の《部屋》にかかっているものとして描く件だ。

当然、与えられる面積は、小さなものになる。モナ・リザほどに、よく知られた絵なら、ある意味では記号といってもいい。《モナ・リザですよ》と分かれば、それで事足りるかも知れない。見る人の知識が見えないところも補う。

しかし、わたしの青いメゾチントの場合は話が違う。細かいニュアンスが消えるぐらいならともかく、わけの分からない模様になる可能性がある。

「——コラージュはしない。君のあの絵を、ぼくの手で描いてみたいんだ」

いうまでもないが、等倍であるなら、納得出来ない。自己を否定され、黒板消しで消されるようなことだろう。しかし、わたしの作品は、《現在の大きさ》で存在を主張するように作ったものだ。サイズが変わり、泉さんのタッチの画面の中に置かれるなら、模写という手段を使うのも分かる。コピーを切り貼《は》りするコラージュは、かえって、絵を殺すだろう。表現者として理解出来る。

「——木の枝や鳥は、数を減らして、画面のバランス上、少し大きくする。しかし、全体にこめられたものは忠実に写す」

自分の作品が、縮小されて模写される。わたしを描くつもりで、筆を取ってくれるのだろうか。……ああ、そうか、そのためもあって、ファイルを見たのだ。わたしをもっと知ろうと。

泉さんの筆は、わたしをどう捉《とら》え、描いてくれるのだろう。例えば、泉さんの絵の中に、わたしそのものを置くわけにはいかない。だから、わたしの肖像画を描いて飾る。

……そういうことなのだ。

それで、あの絵がなくなるわけではない。わたしの、藍色の版画は厳然として存在する。しかし、泉さんの中にも、《わたしの絵》は、いることになるのだ。

「どうなるか見たいですね」

「そっちにファックスはついてないいんだよね」

「あいにくです。買っておけばよかった。……でも、通話の途中でファックスにして、また戻せるんでしょうか」

「どうだろう。メカに強い方じゃないからなあ」

「そういうことが出来るとするならば、ですよ。そちらは、通話を切らないままにしておく。それで、こっちがファックス用の電話を買って来て付け替えたら、……使えませんか」

「どうだろう。聞いてみるよ。分かるまで、線をはずしちゃあ駄目だよ」

泉さんは携帯でどこかに電話した。デザイン関係の知り合いらしい。しばらくやり取りがあった。実際、相手が線を抜いてみたりして実験しているようだ。漏れ聞こえて来る声で、大体のところは分かった。

「無理なんですね」

「コードを抜いた時点で、通話が切れた。入れ直しても元には戻らない」

「あぶないところでした。でも、本当に残念です。泉さんの絵が見られないのは勿論ですけれど、ファックスがあれば、……こちらからも送れるわけですよね」

「うん」

「そうなれば、わたしの書くものがそちらに残ります。一日経っても、消えたりしない」

「――ああ、そうか」

「それって大事なことなんです。わたし、今、日記も書けませんから。……同じ日が繰り返すだけだと、一日の意味も消えて行きます。海の中の一滴の水しぶきみたいになって行くんです」

「ぼくが日記を書こう」

「え」

「だから、もし書き残したい言葉があったら、いってくれればいい。自分が書くように自由には使えないだろうけれど、ないよりはましだろう」

「ありがとうございます」

より所にはなる。ただ、自分の手が記すものとは違う。

8

十日間経《た》った。

様々な話をした。

こうなる前に行ったカミーユ・クローデル展のことも話題になった。泉さんによれば、カミーユは病院に入ってから、精神治療のために粘土を与えられたそうだ。彫刻家なら、何かを作るかと思われたのだ。しかし、カミーユの手は動かなかったという。恐ろしい話だ。

泉さんとの話のために、毎日があるような生活になった。あちらも仕事がある。そのために通話時間を決めてある。

それ以外の時間は、次に何を話そうという《予習》のためのものとなったり、話題になったことを調べたりする《復習》のためのものとなった。それのない時は、穴が空いたようにぽかんとしてしまう。

たまらなく、みじめな気持ちになることもある。いらだちを押さえ切れなくなる時もある。

その思いは、こういう形でいうしかない。わたしは、泉さんにとって、時の籠《かご》に入れられた珍しい鳥ではないのか。

泉さんは親切にしてくれる。それは、ペットの鳥に対するようなものではないのか。面と向かえば、さまざまな煩《わずら》わしさも出て来るだろう。そういうことを切り捨てて、ただ、やさしさを見せられるのが、あの人にとっては——《好都合》なのではないか。わたしは、その《やさしさ》を餌《えさ》代わりにしているのではないか。

そんな思いに責められながらも、泉さんの言葉を聞いていると、穏やかな気持ちになれる。

泉さんの机の上に置かれていた仕事は、小説の挿絵だという。その物語を話してくれる。自分だったら、どういう絵を付けるだろうと考えたりする。

ベン・ニコルスンという画家がいる。《くるりん》の時間がずれて、展覧会に行けなかった。彼の絵に出て来る、茶系のいろが好きだというと、印刷と実物の感じはかなり違うと教えてくれたりする。印刷だと面が《色》として見えるが、作品を見るとそこに使われた素材が立って来るという。

七月の展示などを、古い雑誌を見て調べてくれる。見逃していた小さな個展などで、面白いものを教えてくれたりもした。

車で東京に出て、その展示を見た。イラストレーターの五人展だ。さすがはプロという技術に舌を巻いた。場所は上野だった。

お昼を過ぎていたので、どこかで何か食べようと思う。

三食で、一番困るのが、昼の食事だ。外食になることが多い。しかし、お店に出ているものは、一日前のものだ。おいしいわけがないし、何より、季節は夏である。たいがいのお店は冷房が効いているが、生まれ物には二の足を踏みたくなる。仮にあたったとしても、すぐに元に返るわけだが、やはり自分のお腹《なか》だから可愛《かわい》い。

一番、簡単なのがパンだ。通りに面して、洒落《しゃれ》た感じのパン屋さんがあったから、そこに入ってみた。

入ってすぐのところに、プラスチックのトレーが重ねられ、横棒にトングが、《人》の字を並べたようにかかっている。トングの色が、玩具《おもちゃ》のような金だ。《別に、普通の色でいいのになあ》と思ってしまう。女の子を意識しているのだろうか。

一組、手に取り、まずクロワッサンを選ぶ。乾いたパンは下の段の籠に入れられている。籠には幼稚園のテーブルにでもかけられそうな可憐《かれん》なチェックの布が敷かれている。小さな三日月を挟み、トレーの左に、片仮名のノの字に置き、すぐ上を見る。菓子パン系は、木製の盆に、紙を敷いた上に並べてある。シートに、油分が、パンの影のように染《し》みている。名物らしいチーズパンというのを取った。

そこで、トングを持ったまま、ふと外を見た。

お店の名前を知らずに入った。大きな窓に、それが、これまた金の飾り字で書かれている。内側から見るのだから、逆になっている。どちらにしても同じ《H》という文字が正面にあった。

その《H》の向こう、人気《ひとけ》のない、影だけが濃い真昼の通りを、——黄色い車が、嘘《うそ》のような速さで駆け抜けて行った。

第九章

1

いきなり、見えない何かで殴られたようだった。

わたしは、全身が痺《しび》れ、立ちすくんだ。ややあって眼で、次いで首まで動かし、道路を、そして店の中を見回した。時間が普通に動き出したのかと思った。皆なが戻って来たのか。だが、店の中には誰もいない。

チーズパンが危ない……と思った。床に落としたらいけない。それを牛乳色のトレーにのせ、取り敢《あ》えずカウンターに置いた。それから、外に走り出した。

白く輝く、河のような通りが、目の前にある。一人になってから、道は前よりずっと大きく見える。わたしは、その河に足を踏み入れた。アスファルトの面から、熱気が立ちのぼっている。

黄色い車の去った方に目をやりながら、わたしは通りの中央に進んで行った。ビルが峰のように、両側にずっと続いている。その連なりが地平線に向かって集まって行く先を、視力検査表の小さな字を指されたように、じっと見つめた。

車の後ろ姿は見えない。逃げ水が、水銀を溜《た》めたように、遠くでゆらゆら光っている。幻……だったのか。いや、駆け抜けた黄色は鮮やかに目に残っている。蒲公英《たんぽぽ》の花の色を皿に溶き、一滴、赤を加えた向日葵《ひまわり》の色。

……そうだ。わたしはどれぐらいの間、呆然《ぼうぜん》としていたのだろう。もしかしたら、自分で感じたよりもずっと長く、立ちつくしていたのかも知れない。あの車は、恐《こわ》いくらいに飛ばしていた。その間に目の届かぬところまで行ってしまったのだ。いや、道は一つではない。交差点はいくつもある。曲がってしまえば、もう見えはしない。

その時、わたしは手に光るものを持っていることに気づいた。トングだ。握ったまま、来てしまった。無意識にこめていた力を抜くと、トングは、鳥が嘴《くちばし》を開くように、くわっと広がった。

わたしは、うつむき加減のまま、金色のそれを返しに戻った。考えて、というより、他にどうしたらいいか分からなかったから。

トングをトレーにことりと置き、値札を見て、パン二つ分のお金を払おうとした。そこで、また店を飛び出し、今度は車に乗った。

最初の交差点の中央に止め、降りて左右を見た。それを繰り返した。何も見えなかった。

途中からは、ほとんど惰性で、乗っては降りした。五回目のところで、先に進むのを断念した。

フライパンの中に立ち、上から降り注ぐ光の雨を浴びるようだった。頭の芯《しん》まで熱くなった。手を、河童《かっぱ》がお皿の具合でも見るように頭に当てた。そうしながら、《一体、自分は何をしているのだろう、何を求めているのだろう》と思った。

2

「で、パン屋さんに戻り、パンを買い、コンビニを探して牛乳を買い、お昼をすませました」

昼間のことを泉さんに話した。波風立たないこちらで起こった《事件》を伝えるのは、初めてのことだ。

「――車だけで走れる筈《はず》がない」

「運転していた誰かがいるわけです」

「中は見えなかったんだね」

「そんな余裕はありませんでした」一拍、置いて「怒っているような、運転の仕方でした」

泉さんは、ううん、と唸《うな》り、

「どう思う?」

「わたしと同じ……としか、考えられませんよね?」

「島流しにされてる人だね」

「ええ。だから、いらいらしている。我慢の限界に来ている」

「――その気持ちは、よく分かるんだね」

泉さんは、ちょっと歯切れが悪い。

「はい。……でも、車を見た瞬間には、そんなまとまったことなんか、頭に浮かびませんでした。《人だ!》。それだけです。ロビンソン・クルーソーが、船を見かけたようなものです。ただもう、足の上に何か落ちると、《痛い》と叫ぶみたいに、自然の反応として、追いかけてしまいました。でも、車は行ってしまった。そこで立ち止まって、気持ちの波が静まって来ると、今度は恐くなって来たんです」

「恐く?」

「ええ。……わたし、子供の頃、蛇が泳いでるのを見たことがあるんです」

突然の方向転換だ。泉さんは、とまどうだろうか。

「……見たことあります？」

「いや」

「小学校高学年の頃です。東京から、こっちに来て、しばらくした時です。蛇といっても、普通は、ほとんど見られません。関東平野の真っ只中《ただ》で、山があるわけじゃありませんから」

「うん」

「こちらには大きな川があります。わたし、夕暮れ時に、独りぼっちで水際《みずぎわ》を歩いていたんです。駅からも離れていましたから、まだ、そこまでは護岸工事をしてなかったんです。草の薄いところを選んで足を出しながら、進んで行った。風がなくて、ぼんやり眺めると、とろんとしたような水面なんですけれど、見る気になると平らなままで、ぐんぐんと流れています。自分の方が、後ろに行くような気になる。……突然、その平らな水が破れて、ぽちゃん、と音がした。思いがけないくらい大きな音です。魚がはねたんです。音がしてから、そちらを向いたから、波紋しか見えなかった。そうなると残念でしょう？　同心円を描いて、広がって行く波に眼をこらしました。もう一回、はねないか。水の中に隠れたのは、どんな魚なんだろう？……そうしたら、輪の向こうに、すっと棒みたいなものが立ったんです。まるで、寝ていた木切れが、水流の関係で起き上がったようでした。……《あれっ？》と思った。すると、それが、ちょうど首を立てた感じのまま、水を切って進み出したんです。立てる波紋は八の字です。魔物みたいに速い。……わたしは、川の中にいるのだから、《魚》という頭しかありませんでした。鰻《うなぎ》のような細身の魚だと思いました。岸に寄って来る。姿を見ようと思って、そちらに向かって走りました。……すると、その首は、動きを止めないまま、水辺の草むらの中に吸い込まれて行ったんです。ざわっという葉擦れの音が聞こえるようでした。……わたしはぞっとしました。一瞬前まで、まったく選択肢に入れていなかった答にランプが点《つ》いたんです」

「蛇だ」

「すくんでしまいました。裂けるほどに開いた口が、眼に浮かんだんです。……上野の動物園の爬虫類館《はちゅうるいかん》で寝ている、動くことを忘れた丸太みたいなのは見たことがあります。でも、わたし、その日まで、自分と同じ日常の中で、生きて動いている蛇とは、出会ったことがなかったんです。……まして、あんな風に水の中を、凄《すご》い勢いで泳ぐなんて知りませんでした。だから余計、蛇が、自分の想像なんかをはるかに超えた、恐ろしいものに思えたんです。それが、地の繋《つな》がった草むらにいる。そう思うと、足元が寒くなりました。もう日暮れでしたけれど、すうっと、辺りの暗さが増すようでした」

話が、《恐い》に繋がる。

「――それを、思い出したの？」

「ええ。理屈も何もなしに、わたし、体を動かしていました。人恋しくて、たまらなかったんです。でも、無人島で見かける船が海賊船だってこともありますよね」

「それはそうだ」

「助けてもらえるかと思っても、それどころか捕まって殺されてしまうこともある。……わたし、あの車を見た時には、ただもう短絡的に考えてしまったんです。誰かと会えるのが、元の世界に戻る階段を上る一歩だって。でも、考えてみたら、それで事態が変わるわけじゃありませんよね。もう一人、同じ立場の人が、この《一日》の中にいるというだけですから」

「確かに」

「……で、それだけのことならいい。いえ、一人より二人は強い。助け合えれば、生きやすくなる。当たり前なら、状況はよくなる筈です。でも、檻《おり》の中に閉じ込められる時、一人より二人で入れられる方が、より悪い事態ってことも、ありますよね。……つまり、相手が、どんな人間かは、大変な問題だと思うんです。……《島》の海岸で、うかつに飛び出して行くのは、考えものだって」

泉さんは、意を決したように、

「ぼくも、それを考えたんだ」

そして、続ける。

「——だけど、押さえた。——君は、しばらく人間を見ないで来た。飛び立つような気持ちになるのは、無理がない。水をさすようなことをいうのは、こっちの身勝手だと思ったんだ。——やましいところがあったから」

「やましい？」

「そうさ。だって、理屈より何より、一番、最初にあったのは焼き餅《もち》だったから」

あっ、と思った。

「車に乗っているのは男だろう、と思った。君の顔がそちらを向いた。それがつらい。——今更、いうまでもないだろうけれど、ぼくは君が好きだ」

3

「……そういわれて、どう反応したらいいか、よく分からないんですけれど……」

「分からないというなら、こっちだってそうさ。——思っているのは自由だ。でも、口に出していいのかどうか」

まるで怒っているような口調だった。

「いい加減なんですか」

「とんでもない。だったら、迷ったり、考えたり、するわけがないだろう。——いいかい、ぼくは、そっちに行けないんだ。そんな人間が《好きだ》なんていうのは無責任じゃないか」

いいんです、もっといって下さい。

「《会っている》とおっしゃったのは、泉さんです」

「――そうだ。ぼくは、君と《会った》。だから、魅《ひ》かれたんだ。――話していると、隣り合った氷が、いったん溶けて、また固まるみたいに、君と一つになれる気がする。そんな君が、ぼくの手の届かないところで、別な男と助け合うのかと思ったら、落ち着いてはいられなくなった」

「……嬉《うれ》しいです」

わたしも好きなんです、という代わりに、心をこめて、そういった。

「その一方で、自分の気持ちを見つめてみると、そちらに《行けない》というのは、言い訳にも思えるんだ。もし、《行ける》としたら、どうだろう。それは、すべてを捨てることだ。うちの父親とも、友達とも、知り合いとも、もう会えない。今の仕事も、続けられない。それでも、そちらに《行ける》だろうか」

「わたし、そんなことは望みません」

いってから、《どうしてなのだろう》と、思った。《愛しているなら、世界に二人だけになっても、生きられる筈》ではないのか。

「……わたしも、同じ立場で、もし自分が決断しさえすれば、時を越えられるのなら……迷うと思います。でも、……行かない方が《正しい》と思います」

ああ、強い言葉だ、《正しい》というのは。

泉さんは、まぶしそうに、

「ぼくのために、そういうんじゃないんだね」

「はい。……勿論《もちろん》、一日でもいい、あなたにこちらに来てもらえるなら、と思います」

その時、わたしは、泉さんという、性の違う人間に抱き締められたいという、焼けつくような欲求を感じた。太陽のもとでもいい。それは、実に自然な欲望だった。

「でも、あなたが、ずっと、こちらに来てしまうことが、本当の幸せだとは思えません。だって、それで、お互いに高め合うことが出来るでしょうか」

いっている内に、何かが少しずつ見えて来る気がした。そうなのだ。何を賭《か》けても、守るべきところは、そこなのだ。

「わたしは、この半年ですっかり涸《か》れた植物みたいになっていました。でも、そのせいだけでなく、もともと、痩《や》せていたところがいくらもあります。あなたとお話ししていると、そういうところが少しずつ豊かになって来るような気がするんです。……泉さんも、わたしと話すと何かが得られるといって下さいました。それを信じたいのです。そして、そういうわたしたちの今を大事にしたいのです。……もし、あなたがこちらにいらっしゃれるとしたら、そして帰れなくなるとしたら、それは、あまりにも多くのものを捨てることですよね。……親を見てると分かりますけれど、愛情というのは、自分が《第一》ではなくなることだと思います。嬉しく楽しく、自分を捨てられる魔法だとは思います。……でも、雪は白いけど、……白ければ白いほど雪だとは限りませんよね。ゴミ出しの競争じゃないんだから、どれだけ大きなものを捨てられるかが愛の証《あか》しだとは限らない」

「うん」

「だって、愛してる人の自己犠牲を目の前にしたら、見せられる方は……綺麗《きれい》にいえば胸が痛む、もっといえば、感動するより負担になるんじゃありませんか。男にしたって女にしたって、愛してる片方が、夢をあきらめて、その代わり自分べったりになってくれたとしたら、そんなの我慢出来ない筈ですよね。ちょっと待てよ、といいたくなりますよね。……だって、自分だけを愛してくれるから、その人に魅かれるわけじゃないでしょう。……その人が、自分以外の何を、どのように愛するのか、……それを知るからこそ、相手を愛せるのでしょう？」

「――まったく、そうだね」

「……ただ、それが自分以外のものじゃなくて、自分以外の《女の人》になっちゃったら、つらいけど」

「ぼくは、王子様なんかじゃないから、君を人魚姫にはしないよ」

「あ。……実は、そのことも考えました」

「人魚姫のこと？」

「ええ。こっちが海で、そっちが陸かも知れないって。でも、あのお話と違うところはある。……お姫様は、彼をひと目見ただけで恋に落ちました。今いったことと矛盾しますけど、そういう恋だってある」

「どうしようもない相手だけど、何だか魅かれるってことだってあるだろうね。この世には」

「ええ。要するに、人の数だけ……というより愛の数だけ、そのかたちがあるんでしょうね。でも、わたしの場合は《見た》んじゃなくて、《知った》ところから……」

小さな声になってしまう。愛が、とは羞《は》ずかしくて、いえないが、そこから、《始まった》のだ。

「……そのことによって色々なものを得た。だから、あなたに《いらっしゃらなくてもいい》というのは、やせ我慢ではない。……わたしの方の自己犠牲でもない。……あなたが、大きなものを捨てたら、わたしが失うものだってきっとある。けれど今でも、わたしは、あなたを知る前に比べたら、十二分に大事なものを手に入れている。それは消えない。……仮にあなたが、可愛《かわい》い方と巡り合って、電話口で《見ておくれ、ぼくは、この人と結婚するんだ》っていったって、それは、なくならない。だから、わたしは、人魚姫みたいに海の泡になる必要はないんです。……あなたと会えて、あなたと話せたことは、何が起ころうと、絶対に……絶対に、不幸の種なんかじゃない。それ自体が独立した、掛け替えのない幸福なんです。わたし、それだけで、生きていける筈《はず》です」

「――森さん」

あの人の、しんとした声がした。大丈夫かい、というようだった。

……泣いているとでも思ったのかしら。わたしは冷静、声の調子も変えていないのに。

「はいっ」

子供のように返事をしながら、左手を自分の頬に滑らせ、初めて、濡《ぬ》れていることに気づいた。

4

二つ、三つと息をして、それから続けた。

「今、恐《こわ》いのはたった一つです。こちらの繰り返しが永遠だとしたら、どんな長生きの人だって《永遠》には勝てないでしょう。わたしが残っているのに、あなたが消えるなんて理不尽があったら……」

泉さんは、むしろ明るくいった。

「そんなのは、ごく普通のことじゃないか」

「え？」

「平均寿命っていうのは、口惜《くや》しいけど、女の方が長いだろう。だからさ、そんなの、こっちにいたって、そっちにいたって当たり前のことさ。ほら——ぼくがいなくたって、生きられるんだろう」

首を振る。

「それは違います。あなたがいて、でも離れているのと、いなくなってしまうのとでは」

「じゃあ、とにかく、そんな鬼が大笑いするような先の話は止めて、少しでも早く、会うようにしよう」

「はい？」

「お母さんがね、朝、病院でいわれたそうだよ。電話してくれた。君の、——というか、君の体の方に、少し変化が出て来たそうなんだ」

「えっ」

泉さんは、申し訳なさそうに、

「本当はこれを、いの一番にいうところだったんだ。でも、いきなり、車の話になったから、びっくりしてしまった。それで遅れたんだ」

泉さんは、一語一語、ゆっくりと、

「――いいかい。君の体がね、わずかだけれど、光や音に反応し始めたらしいんだよ」

わたしの体。こうして話していると、時に、そのことを忘れてしまう。

「……どういうことでしょう」

「君の気持ちが変わったせいじゃないかな。きっと、体が、飛行機を待つ空港みたいに、着陸準備を始めたんだよ。だからさ、帰りたい、帰りたいと、もっと強く思ってごらん。そうしたら、戻って来られる。ね、早く、電話を使わないで話せるようになろう」

そう考えていいのだろうか。別の世界にいる《自分》というのは、どうも、うさん臭い。実感がないだけに、他人のように思える。……あちらのわたしが目覚めて、それでも、わたしがここにいたら、どうなるのだろう。

泉さんが《向こうのわたし》と手をつなぐ。……、それは、誰か他の女の人が現れるのよりも、ずっと救いのないことではないか。《自分》に恋人を奪われたら、心の整理はどうつけたらいいのだろう。

しかし今は、そんな、《もしも》を考えても仕方がない。泉さんの言葉通り、体はわたしの《空港》だと思うことにしよう。

「分かりました。近々帰れると信じることにします」

「うん」

帰れるとしたら……、そう考えた時、気になることが出て来た。あの車のことだ。運転しているのは、もしかしたら、わたしと同じような女性かも知れない。いや、性別は問題ではない。

「そうなると、……心残りになるようなことは嫌です」

「何のことだい」

「車を運転していた人のことです。……わたしが帰るということは、《島》に、その人を置き去りにすることですよね」

「それは――」

「もし、わたしが帰れたら、一生、気になると思うんです。知らないならともかく、気が付いたというのに、言葉一つかけずに行くことが許されるのか。……あの車を運転していたのは、どんな人だろう。苦しかったんじゃないか、さみしかったんじゃないか。わたしは、その人に何をしてあげられたんだろう。それなのに、何をしなかったのだろう。……と」

泉さんは、黙って聞いている。

「……《島流し》のつらさが、よく分かっているわたしなのに、同じ目にあってる人のために、ベストを尽くしてあげなかったとしたら、どうでしょう。わたしは卑怯《ひきょう》者ですよね」

泉さんは、自分が責められたように、

「そういわれたら、一言もないね」

「泉さんは、わたしがその人と会うのが嫌だと正直にいってくれました。そういわれて、恐いのはわたしの方なんです。……泉さんに嫌がられるのは恐いんです、とても」

正直な気持ちだった。

「……でも、もし、わたしが帰れるのだとしたら、車の人を探すのは、好奇心じゃなくて義務になりますよね」

泉さんは、困った子供にいうように、

「そうじゃない、とは、いいにくいじゃないか」

「すみません」

「しかし、こういうと焼き餅で邪魔するように聞こえるかも知れないけれど、――日本は広いよ。その中の二つの点だ。尋ね人の広告を出すわけにも行かない。同じ人にまた会える確率なんて、かなり低いんじゃないかな」

わたしは、一所懸命、考えた。

「……ロビンソン・クルーソーだったら、狼煙《のろし》を上げるんじゃないでしょうか」

「え？」

「の、ろ、し」

泉さんは、七分の心配と三分の好奇心をこめて聞いて来た。

「いったい、――何をする気なんだい？」

5

隣町の田圃《たんぼ》の中に、廃車が山と積まれているところがある。その辺りはまだ住宅が進出して来ていない。通り道として、少し離れたところを行き過ぎるだけだったが、この春、気まぐれにハンドルを切って、横を抜けてみた。

無造作に、壊れた玩具《おもちゃ》でも置くように、自動車が何台も積み重ねられていた。異世界を見るような眺めだった。いつか、テレビで見た処理工場のように、完全に平らにつぶされているわけではない。形を保ったまま置かれていた。工場に送られる中継地点なのかも知れない。

翌日は朝からそこに出掛けた。

遠くから、普通の位置よりも高いところに並ぶ車の群れが見えた。緑の稲の波の上にあるだけに、奇妙な眺めだった。

左折して前まで行くと、車は道沿いに三台ずつ積まれている。それが高さの限界なのだろう。タイヤのない車が、他の車の上に重なっているのは、お腹《なか》をそのまま乗せた動物めいて見えた。

犬や猫を下にもぐりこませないためか、はずしたドアが、周囲に立て掛けられている。大きなカードが寄せかけられているようだ。

エンジンだけまとめられているところもあり、そこは、まるで生き物の心臓が並べられているようだった。前衛彫刻の野外展示といった様子である。その前で、車を降りた。

入り口には門がない。中へ進む道は、じっとりと黒く、油の臭《にお》いがしている。右手にプレハブの事務所が建っている。

目当ては古タイヤだ。燃えて、確実に煙の出そうなものである。重いだろうけれど、真ん中のホイールがはずされていて、しかも軽自動車のものだったら、わたしにでも何とか運べるだろう。

事務所で聞くというわけにはいかないから、そのまま中に入って行く。簡単に分かった。大きさ別に積まれている。軽自動車のものらしいタイヤは、ドアのないワゴンの中にまとめてほうり込まれていた。濡れて困るというわけではないだろう。スペースを無駄にしないためかもしれない。

作業用に、汚れてもいいコットンパンツとスニーカー、上はシャツで来ている。目よりも高いところにある一つをつかみ、体重をかけると、滑って黒い地面に落ちた。こうして見ると、かなり大きい。同じ要領で、七つ取った。ラッキー・セブンと思ったのだが、もう一つおまけで、末広がりの八個。

出口に近いところに転がったやつから立てて、ボウリングでもやるように転がす。あちらこちら、悪戯《いたずら》っ子のように曲がるのを追いかけながら、外に出た。子供の頃、鵞鳥《がちょう》をこんな風に追い回している絵を、何かの本で見たような気がする。

トランクを開ける。高級乗用車と違って、いたって簡単な作りだから、床面がそのまま現れる。タイヤの上を、そこにあてがう。ホイールの取れた内側の下の方に指をもぐりこませる。ゴムが温まっている。お相撲さんが四股《しこ》を踏むような格好から、よいしょと持ち上げる。明日辺り、腰に来るかも知れないけれど、この場合に限っては有り難いことに、明日はない。半分入ると、後は立てて転がし、横に寄せる。

作業をしている内に、どんどんと日が高くなって行く。八個積んだ時には、汗びっしょりになっていた。

古タイヤの相場は分からない。取り敢《あ》えず事務所の机に、一万円置いて、家に帰った。

物置を開けると、ひと夏越してはいけないといわれながらも、ついつい残してしまった灯油の赤いポリタンクを取り出す。三分の二ぐらい入っているのが、重さと側面に出た波打つ影で分かる。

しまわれた、というよりは雑然と押し込んであった木切れと、ほうきも取る。後は、台所に戻って手ぬぐいを何本かと鋏《はさみ》。そうそう、肝心なのはマッチ。

6

八個のタイヤを、空間の出来るように積み、間に木切れを押し込んだ。

場所は、上野の大通りの真ん中。真昼である。普段、こんなことをやっていたら（出来もしないけれど）、たちまち、お巡《まわ》りさんに捕まるだろう。実に怪しい奴《やつ》である。

ほうきの柄に手ぬぐいを巻いた。一本の手ぬぐいを細く切り、紐《ひも》にして縛った。

布切れの固まりの部分をタイヤに寄せかけ、灯油のタンクを手にした。注ぎ口から出る、油というにはさらりとした液体を、まず布にかけよく染《し》み込ませ、それから、タイヤ全体に浴びせた。

準備完了である。

「爆発でもしたら、洒落《しゃれ》にならないわよね」

これだけの手を尽くして、燃えなくても、同様だ。馬鹿馬鹿《ばかばか》しくなり、疲れた腰が抜け、この場に座り込んでしまうかも知れない。もっとも、そんなことをしたら、アスファルトに焼かれて、飛び上がることになるだろうが。

「ああ。……また、汗まみれだ」

出掛けにシャワーを浴びて、多少ましなパンツとすっきりした横縞《よこじま》のシャツに着替えて来た。それも、また濡れてしまった。

文句をいいながら、ほうきを持ち、柄を、黒い塔から離す。乾いたアスファルトに、点々と、滴《しずく》がしたたる。大体、いいかなというところで、マッチを擦り、竹輪のような布切れに近づけた。ぼっといって、燃え上がる。

思わず、腰が引けてしまう。

「さあ、肝心なのはこれからよ」

何とも奇妙な格好だ。東京の大通りの真ん中で、ほうきを逆さに持ち、先を突き出して進むのは。

小さな山に、火を押し入れた。燃えないかというのは、無駄な心配だった。ホイールもはずれ、乾燥していた。燃焼の条件がすべて整っていたのかも知れない。木切れをはさむ必要もなかったようだ。ふわっと、薄い炎がタイヤの表面を覆《おお》うと、すぐにゴムそれ自体が凄《すご》い煙を上げて燃え始めた。

わたしは、自分でやったことの、あまりに見事な結果に、呆然《ぼうぜん》としてしまった。

ビルの谷間には、今、ほとんど風がなかった。煙は直立し、ビルの階数にして三階辺りから、やや斜めに折れ出し広がる。煙は、燃えているタイヤの薄い部分では白い湯気のようにもなり、小さな渦を巻いている。しかし、立ちのぼる全体としては、プールに墨汁の巨大な瓶を落としたような、濃密な黒だ。その間から、炎の舌がちろちろと覗《のぞ》く。そして、黒い柱は天空に向かって、猛々《たけだけ》しくそそり立つ。自分が、蟻《あり》になったかと思えるほどだ。

わたしは、竜巻を仰ぐように、煙を見上げた。

……確かに、この広い日本で、二人の人間が再会することは難しい。

しかし、謎《なぞ》の人物のターンの折り返し点はどこだろう。それが、お昼頃だとなれば、X氏の行動の起点は、即《すなわ》ち、この辺りということになる。十二時過ぎには、必ず、上野近辺にいる筈《はず》だ。……わたしが三時過ぎに、必ず、家にいるように。

もし近くにいて、見かけない煙に気づけば、やって来ずにはいられない筈だ。火のないところに煙は立たない。その火は、どうして燃えたのか。――気になるに違いない。

やってみる価値はある。

わたしは、歩道の日陰に行き、自動販売機で冷たいお茶を買った。昼食はコンビニの鮭弁当ですましてあった。

プルトップを引き、冷たい缶を唇に当てる。罠《わな》を仕掛けた狩人《かりうど》の気分である。後は、結果を待つだけだ。

四十分は長い時間だろうか、短い時間だろうか。とにかく、お茶の空き缶は、とっくの昔に《ここに入れて下さい》というケースの中に落ちていた。それだけ経《た》った時、秋葉原の方角から、車の走行音が聞こえて来た。

原因を作ったら、結果が出てしまった。そうなるかと思ったことが、そうなったのだから、あわてる方がおかしい……筈だ。しかし心臓が兎《うさぎ》のように、はねた。

わたしは、自分の胸にシャツの上から手を当て、いい聞かせた。

ただ考えなしに進めたわけではない。それなりの計算はある。今は二時だ。仮に妙な相手が現れたとしても、三時過ぎまで持たせればいい。わたしの折り返し点が来れば、否応《いやおう》無しに《さよなら》出来るのだ。

音の方を見つめると、動くものが現れた。わたしは、販売機に身を寄せるようにした。違う車だ。ペンキ塗り立てのポストを、より鮮やかにしたような色だ。音と共に大きくなって来る車体が、夏の空気の中で、揺らいで見える。

わたしは、自動車や煙草《たばこ》の名前が覚えられない。前者はただ走ればいいもので、後者は人が喫《す》っているのを見るだけのものだ。だから自動車、煙草で十分なのだ。画家の名前とは違う。

というわけで、車種がどうこうとはいえない。ただ昨日のものより緩やかな曲線を持つ車が、ねっとりとした空気を強引に引き裂きながらやって来て、狼煙の手前で音を立てて止まった。路面を掃きそうなくらい、車高が低い。

反対側のドアが開いた。しかし、降りたのは若い男だと、すぐに分かった。しなやかな身のこなしが、それを暗示した。

進み出ると全身が見えた。白いパンツに長い足を包んでいる。上の半袖《はんそで》Tシャツは、黒白のストライプ。偶然だが、まるでわたしとペアのようだ。

長い髪を後ろで束ねている。暑いせいもあるだろう。鼻筋の通った、端正な顔立ちをしていた。ルネサンスの絵の中に置いたら似合いそうだと思った。そのせいか、髪をまとめない方がいいような気がした。

男は、火炎に包まれたタイヤの前に立ち、右手を腰に取り、左手をだらりと垂らしていた。それから、ゆっくりと辺りを見渡した。

目は、なんなくわたしを見つけた。怒ったように眉《まゆ》が寄った。ぐらりと、煙の柱が揺れた。風が変わったのだろうか。

男は、手を上げ、《やあ》といった。

7

足元を見て、《男の靴は大きいな》と思った。頭一つ高い背よりも、そちらの方を感じた。そろそろ半年にもなろうかという《島》の暮らしで、初めて会った男は白い靴をはいていた。

近くの喫茶店のドアを押し、中に入った。男は手に、わたしと同じ販売機で買った缶コーヒーを持っている。

相手は、わたし以上に情報に飢えている筈だ。窓際《まどぎわ》の椅子《いす》に座ると、コーヒーを開けながら、

「何が、どうなってんだか――」

と、独り言のようにつぶやいた。素直な気持ちだろう。

「わたしは森といいます」

男は、《俺――》といいかけ、

「ぼくは、柿崎《かきざき》」

「昨日も、ここ通った？」

「うん」

「黄色い車？」

「そう。――あ、それ見たのか」

「ええ。びっくりした。すぐに通りに出たんだけれど、もう見えなかった」

「ビーエムダブリューのエムサン」

すらりと出た。車の名前らしい。わたしも、自分の軽が消えていたら、空いているのを借りただろう。しかし、柿崎君は、実用のためではなく、うさばらしにやっているよ

うだ。まあ、そんなことでもしなければやっていけない気持ちは分かる。

単刀直入に、

「あなたの毎日も繰り返してるの？」

同じ仲間なら、これだけで分かる筈だ。柿崎君は、じっとこっちを見た。唇の、下と、左右の上、ちょうど逆三角の位置に、伸び出した髭《ひげ》の端が見える。生きているんだと思う。

「うん」

やっぱりだ。

「何時から元に戻るの？」

「もうじきだよ。三時半頃かな」

「同じね。より正確にというなら、わたしの方は十五分頃」

「へえ。じゃあ俺は、二十分てとこかな」

一人称があっさり《俺》に戻った。彼のターンの起点はお昼頃ではなかった。となれば、こうして会えたのは、かなりの僥倖《ぎょうこう》だろう。しかし、そう聞いて、見えて来るものがあった。

「これが始まったのは七月じゃない？」

相手は頷《うなず》く。さらに確認する。思った通り、彼も、わたしと同年同月同日に《島》に入って来たのだ。

「……それでか」

柿崎君は、けげんそうだ。

「何だい」

「あなたが、わたしと同じ《くるりん》の中にいるわけ」

「《くるりん》？」

術語から説明する。

「この一日の繰り返し。時間なんて一本の糸が、ずっと続いているようなものでしょう。その糸の流れが、ショックで、一か所、くるんと輪を描いたの。……で、二人の《くるりん》の根元が、触れそうなぐらいに近いのよ」

時間に関しては、正確に同じ瞬間ということはありえない。点は面積を持たない。小数点をどこまでも下にたどれば、違う瞬間になってしまう。しかし、近いということはある。わたしが《ターン》した五分ほど後に、柿崎君も《ターン》をした。時間の糸が擦り合う範囲が、その五分だったのだろう。

「二人の時間の輪が、近いせいで重なった。多少のぶれは、修正しつつね」

わたしは、そういいながら、テーブルの上の紙ナプキンを取り、直線を引いた。そして、隣接する起点から立ち上がった二つのα型を描いた。それを、ちょうど金魚すくいの針金の輪を重ねるように、重ねて見せた。

「これが、俺たちの時間？」

柿崎君は、医者と自分の病気のことを話すような真剣な表情になっていた。

「ある時刻から一日、一回転が、繰り返す。つまり、レコードの溝の繰り返しみたいなものだと思う」

この譬《たと》えは、彼には理解出来ないようだ。わたしだってCD世代だけれど、イメージとしては浮かぶ。

「……わたしは、車が引っ繰り返っちゃって、それからこうなったの。割り込みされてね、ハンドル切ったら、ダンプの前に出ちゃって」

ことの次第を話した。柿崎君は、コーヒーを飲み干し、缶をカタンと置くと、早口に、

「——俺もそうなんだ。車、飛ばしてたらさ、いきなり女の子が道に出て来たんだ」

「……」

「五つぐらいの子でさ。——猫かなんか、追いかけてたみたいなんだ。あわててハンドル切ったら電柱が目の前に見えてさ。で、すっと暗くなって、それからこうさ」

「わたしと、……殆《ほとん》ど同じ頃に、そうなったんだ」

「ああ」

「それで、あなたもわたしも、気を失っている間に、時間において行かれた」

彼は、うなるようにいった。

「そういうこと？」

「……あ。……同乗者はいなかったの？」

ひょっとしたら三人になるかも知れないと思って、口にしてしまった。そして、後悔した。

もし、その人が一緒に来ていなかったとしたら、軽症なのかも知れない。しかし、逆に絶望的な場合も考えられるからだ。

柿崎君は、形のいい眉をくっと上げ、

「俺、一人だった」

「そう」

彼は、背もたれに背をあずけ、

「がっかりだな」

「何が」

「俺さ、あんた見た時、村か何かあるのかと思ったんだ。あんたの後について行けば、そういうところに行けるのかなって」

なるほど、気持ちはよく分かる。人跡未踏の地で人影を見たわけだから。

「……あの煙、見えた？」

「ああ。場所もよかったしね。銀座でめし食って、その後、ビルの屋上に出たんだ」

「それじゃあ、よく見えるわけだ」

「何だろうと思ったよ。——でも、タイヤ、運ぶの大変だったろう」

「ちょっとね」

「その辺の家に火を点《つ》けたって、同じじゃない」

凄いことをいう。

「……」

「そっちの方が、火が大きくなるぜ」

「出来ないわよ。そんなこと」

柿崎君は、けげんそうに、

「だって、明日になったら元に戻るんだぜ。同じだろう？」

わたしは、言葉を返しかけて、止めた。人間には出来ることと出来ないことがある。だが、柿崎君はわたし以上に若い。そういう問題ではないと思うのだけれど、ただのおばさんの説教と聞かれそうだった。それは口惜《くや》しい。話題を変えた。

「大体、東京にいるの？」

「近頃はね。あっちこっちで、車、乗り換えて飛ばしてるんだ。昨日の最後に、麻布であのベルリネッタ見つけてさ。——だから、今日も来てみたわけ」

「どこから？……わたしは、時間になると家にいるの。前の日いた部屋に戻ってる。あなたは？」

「俺は三時二十分になると、車、運転してるんだ。ハンドル握ってるのさ」

「えっ」

「大磯って知ってる？　神奈川。あっちの方の海岸、走ってるんだ」

「危ないじゃない」

「そうだよ、びっくりしちまってさ。また事故るところだった。街ん中で車ぶつけて、次の瞬間には、海岸、走ってたんだぜ。——夢見たのかと思ったよ」

「夢……みたいなものかも知れない」

「何だよ、それ？」

「あのね。わたしたちの実体というか、……事故にあった方の体は今、病院にいるのよ」

8

柿崎君は、もう一回、《何だよ、それ》といった。わたしの説明を聞くと、

「ショックで、分裂しちゃったってこと？——じゃあ、《怪我《けが》をした方の俺》は寝てる

わけ？」

「そう。どこかの病院にいると思う」

柿崎君は、テーブルの上に肘《ひじ》をつき、口の端にこぶしを当てた。小指に、金属の指輪をしている。

「――どうしたら、元に戻れるんだい」

「分からないわ。分かれば、わたしだって、とっくに帰っている」

「そら、そうだ」

「ただ、想像するだけだけれどね。向こうの自分が目覚めたら、実体というか、本家というか、その体に吸い込まれるみたいにして、戻れるんじゃないかしら」

「――」

「想像というより希望かな。そうならない限り、永遠に、こんな毎日が続くのかも知れない」

「冗談じゃないぜ」

わたしに兄弟はいないが、弟がすねるのを見るのは、こんな感じだろう。年の差と、状況についてこちらの方が通じていることから来る余裕が、そう思わせるのだろう。

職場の先輩が、労働条件の劣悪さを後輩に伝える時、多少、意地悪な快感を覚えるものだろう。それに似ているかも知れない。

「だけどさ――」と、柿崎君は当然の疑問を口にする。「どうして、あっちに体があるって分かるのさ？」

「それは……」

いいたくない気持ちはあったけれど、それをいわないと説明出来ない。

「……向こうの世界と、電話が一本通じてるの」

そこまで口にしたら、後ははっきりさせておいた方がいいと思った。

「わたしの、親しい人と。……それだけが、あちらとこちらの接点なのよ。砂時計の細くなったところみたいに」

「待てよ。電話なら、俺だってかけてみたけど、どこにも繫《つな》がらなかったぜ」

「わたしもそう。だけど、その一本だけは個人的に通じてるの」

柿崎君は、唇の片方の端を奇妙に上げて、笑った。

「男か」

さわやかな顔立ちなのに、笑みから嫌なものが、染《し》みのように広がった。

「まあ、そうね」

残念ながら、あまり話していたくない子だなと思った。

「美人だもんな」

ここで、どうしてそんな言葉が出て来るのだろう。

「そんなことないわ」

「そうだっていう奴《やつ》はいないよ」

「……」

「どうして、電話が繫がったんだい」

「細かいことを話している時間はないわ」

途端に、別の顔が現れたように、人なつっこい表情になって、

「時間はいっぱいあるよ。また会ってくれるよね」

「まだ、聞きたいことあるかしら？」

「——逃げるの？」

思いがけない問いだった。

「そんなことないけど」

彼は、抗議するように、

「聞きたいことなら、いっぱいあるさ」

「……そうね。あなたが、どこの病院に入ってどうなってるか、それは知りたいわよね」

自宅の電話番号を尋ねた。泉さんにかけてもらえばいい。家族が出る筈《はず》だ。だが、意外にも、柿崎君は即答しなかった。

「そんなの何だか、気持ち悪いぜ。俺がベッドでうなってるかどうか聞くなんて」

照れだろうか。

「だけど――」

「そんなことよりさ、とにかく、人と話したいんだよ。分かるだろう。おかしくなりそうだったんだ、俺」

無理はないと思う。腕時計を見た。残り時間はわずかだった。明日、二時にこの喫茶店に来ると約束をした。《きっとだぜ》と、柿崎君の声がすがった瞬間、わたしは、いつもの通り畳の上に寝ている自分を発見した。

9

泉さんに、柿崎君のことを話した。わたしが一瞬感じた、嫌な印象については触れなかった。悪口になるといけなかったし、相手が《さわやかな青年》でないと、明日、また会いに行くと、いい出しにくい。

「複雑だなあ」

冗談めかしたいい方だったけれど、若い男性だったことが、やはりひっかかるようだ。何しろ、こちらの世界に二人だけなのだ。自分がもし逆の立場だったらと思う。

「……すみません」

謝られても仕方がないだろう。《余計なことをしたのかなあ》とも思う。しかし、もう一回やり直しても、きっと同じことをやると思う。

「カキザキだね。その子のことは、新聞でも調べてみるよ。日時が分かっているんだから簡単だ。事故現場は神奈川なのかな？」

「あ。神奈川にターンの起点があるというのは聞きましたけれど、事故の場所についてはうっかりしました」

「こっちの図書館だと、地方版は東京になるからね」

「そうですね」

「聞いた限りじゃあ全国紙に出るような事故じゃないよね」

その通りだ。一方、泉さんからは、《わたし》の近況報告があった。

「《病室に行くな》ということだったよね」

「はい」

「最初に、《ごめん》といっておくけど、約束を破ったんだ」

「まあ」

「君は、こっちへの帰り支度を始めているんだよ。そう思ったら、たまらなくてね。

——それに、男がいるなんて聞いたら、なおさらだよ。ライバル出現だ。ぼくに出来ることをしたくなったんだ。だから、《君》に会いに行った」

「……そんな」

「手足を動かす訓練や、ベッドで体を起こす訓練は前からやっていたんだって。やらないと体が硬くなる。もっとも君の場合は、常識では考えられないくらい、手足の衰えが少ないそうだ」

「それは、……前にもうかがいました」

「そうだった。《そちらで動いているせいじゃないか》っていったんだよね」

「はい」

「で、色々と反応が出て来たから、今度は車椅子《くるまいす》に乗せてみようということになっていた」

「リハビリですね」

「そこまではいかないんだけど、とにかく、座らせてみるというんだ。ちょうど、そういう時に行ったもんだから、御家族の男手があると助かるといわれてね」

「御家族？」

「つい、兄だっていっちゃったんだよ」

「まあ」

「成り行きでね、断れなくて。——看護婦さんと一緒に、君を車椅子に乗せたんだ」

泉さんの手が、わたしの体に触れたのだ。

「……」

「怒った？」

「……だらしない格好していたんだろうと思うと、つらくなります」

「そんなことといわないでくれよ」泉さんは、一所懸命にいってくれる。「——暮れからの回復ぶりが顕著なんだって。この通話が始まった頃だろう。うぬぼれかも知れないけれど、ぼくが手を貸してあげるのが、いいことに繋がると信じたいんだ」

わたしも信じたい。

「それで、どうなったんですか」

「今日は、ベッドの脇《わき》に置いて、様子だけみたんだ。先生が来てね。《いいようだから、明日からは、少し動かしてみて下さい》っていうんだ」

わたしの車椅子の背を、泉さんが押してくれるのだ。

10

店の前に、柿崎君が待っていた。わたしの軽自動車が近づくのを、じっと見つめている。停めると、側《そば》に寄って来る。

「やっぱり、これなんだ」

「え」

「いや。昨日はさ、あんたの消えるとこ見たろう」

「……消える」

そうだ。わたしはターンをした。その時間が柿崎君より五分早い。ということは柿崎君の目の前から、魔法のように消え去ったのだ。

「それだけじゃないよ。通りに出たら、あの煙も、タイヤもなくなってるんだ」

「そうね」

「他にも何かなくなってるような気がしてさ。確か、車が一台、近くに停まってたと思ったんだ。白い軽がさ」

「ああ。それで……」

「うん。《あれが、あんたのだろう》って気が付いたんだ」

わたしの移動時間が、先に来る。その五分後に、柿崎君と真っ赤な《ベル何とか》が消失したのだ。

彼がわたしの出現地点、うちの六畳にいれば、奇術のように出て来るわたしも見られるわけだ。そして、その少し後に彼の移動時間が来て消える。

ややこしい。

今日の柿崎君の車は、また新しいものになっている。群青色《ぐんじょういろ》。前面が蛙《かえる》の顔のようなタイプだ。どうやって持って来たのだろう。窓を壊した様子はない。鍵《かぎ》のかかっていないのを探すのだろうか。あるいは、人の家の駐車場まで入るのかも知れない。それにしても、次々とよく見つけて来るものだ。まるで昆虫採集だ。

今日は、少し先のコンビニまで歩いた。牛乳のパックを棚から取り、レジにお金を置くと、柿崎君がとがめるような声を出した。

「何でそんなことするの」

「だって、ものを貰《もら》ったんだから、当たり前じゃない。あなただって、自動販売機にお金入れてたでしょう」

「あれは、入れなきゃ出ないよ」

「そりゃそうね」

「そのパックだって、また元に戻るんだぜ。そんなことしなくったっていいだろう」

「……お金だって戻るんだし、つまらない気休めかも知れない。でもね、肝心なのは、こうしないと、わたしが嫌だってことなの。……だけどね、半年近く続けてると、自分でもふっと、払うのを忘れそうになったりもするわ。……こうなったのは運命だ。《運命》の奴が悪いんだから、こんなになった《今》の中で、わたしが何をしたっていいんじゃないかと思ったりもする。……そういうのって、ぼんやりしていて、あやふやな

《気分》なのよ。……それだけに、実は、とっても強い誘惑だと思うの」

柿崎君は、変な顔をしてわたしを見る。後は、ほとんど自分のためにしゃべった。

「いい子ぶってるわけでも、格好つけてるわけでもない。こういうことするのって、自分がだらしない人間だと思うからなのよ。だから、やってるわけ」

通じたかどうか分からない。柿崎君は、眉《まゆ》を上げ、

「そうすっと、検問なんかなくっても、免許証、ちゃんと持って、車に乗るわけだ」

「あ、免許証なら車に置いてあるの。これは不精だからね」

喫茶店には入らず、花屋さんの店先に出してあったベンチに座った。

柿崎君は、電話のことをしきりに聞いた。これは、かかって来たのが繋がったというしかない。こちらからどうこう出来ることではない。

わたしからは、事故の場所のことを聞いた。今、《彼》がどうなっているのか、調べるために必要だからだ。だが、昨日と同じように、煮え切らない返事しか返って来ない。

それどころか、明日は車でどこかに行こうといい出す。

「ナンパ？」

「そういうと軽いけどさ。――分かるだろう。コンビニ入って、ここ座って、ちょっと話してる内に、もう、時間経《た》っちゃったんだぜ。あんた、すぐに消えちゃうんだ。こういうんじゃなくてさ。生きてる人間と、もう少し長く一緒にいたいんだよ」

「生きてることは生きてるけど、別にドライブに行く必要なんかないでしょう。若い子、誘うみたいなこと、おばあちゃんにいったって仕方ないわよ」

「おばちゃんだよ」

「それ、褒めたつもり？」

「まあね」

「わたしもね、二十の頃には、三十の人間も、四十、五十も皆なまとめて、おじさんおばさんに見え……」

いいかけて、ふと考えた。

「どうしたの？」

「……わたし、結婚していないの。子供がいない。身近にもいない。傍《そば》で見ていないから、小さい子の年って実感がないの」

「何だよ、それ」

「小学校の何年生、なんていうとイメージとして浮かぶ。だけど、その下の年齢だと案外、ぴんと来ないわ。赤ちゃんが立つのがどれぐらいで、歩くのがいつ頃か。三歳と五歳と七歳の感じがどう違うのか、はっきりしない」

「うん」

「男の人の、まして、若い子だったら、なおさらだと思わない？」

「――」

「あなた、迷わずいったわね。《車の前に五歳ぐらいの子が飛び出した》って」

柿崎君の目が、きゅっと細くなった。

思ったことを、何げなくいい出したつもりだった。だがその目を見ると、自分の言葉に意味があるように思えて来た。

「……事故のことを知られたくないわけがあるの」

相手は、すっと立ちあがった。覆《おお》うような威圧感があった。わたしは、牛乳のパックを脇に置くことしかできなかった。怒ったのだろうか。どうなるのだろう。

だが、次に柿崎君のとった行動は、実に思いがけないものだった。

第十章

1

「――どうして、そんなことをしたのかな」

泉さんの、首をひねっている顔が、見えるようだった。

「わたしの帰り道をふさごうとしたんじゃないですか」

柿崎君は、その時、いきなり、わたしの白い軽自動車に向かって走り出したのだ。

「だって、君は車で逃げるわけじゃあない。時間がくれば、自動的に消えてしまうわけだろう」

「そうなんです。だから、とっさに、その判断がつかなくなったんじゃないでしょうか」

「それも変だな」

「ええ。変だとは思います」

「――で、君はどうしたの？」

「わたしは、とにかく恐《こわ》かったんです。柿崎君が離れたんで、これ幸いと逆の方向に逃げました。戻る時が迫っていましたから、何とか時だけ稼げればよかったんです。路地に入って、別の通りに抜けました。ものの五分と経《た》たないうちに、こっちに帰れました」

「うーん」

「新聞には何か出ていましたか」

「それがね、《君》のことの方が心配になって、また病院に行ってしまったんだよ」

これは母との会話でも出た。親の公認である。ちなみに柿崎君の件は、母に伝えていない。心配をかけるといけないからだ。

「――午前中がそれで、午後からは仕事が詰まっていたんでね」

「あ。勿論《もちろん》、お仕事の方を優先させて下さい」

「うん。穴はあけないように、やりくりしているから大丈夫だよ」

「すみません」

「とにかく、気になるから、明日は必ず、図書館を覗《のぞ》いてみるよ」

はい、と受けてから、おそるおそる、

「……で、《わたし》はどうでした」

「管をはずしたり、つけたり出来るようになったんで、押して動かしてみたんだ。《廊下を先まで行って、戻って来て下さい》といわれてね」

「ターンですね」

「そうだね。――病院なんでうるさくはできないけれど、《耳元で少し話しかけながら、やってみてくれ》っていうんだ。窓が開いていたんで、ちょうど、国道をこっちに向かって来る救急車の音が聞こえてね。その時、気のせいじゃなく、顔をしかめたんだ」

「まあ」

「順調だと思うよ」

わたしは、素直に喜んだ。

図書館での調査の結果は、昼の一時に受話器を取って聞くことにした。

夜中には母との話もある。これ以上の長電話は遠慮した。

わたしは受話器から出来るだけ離れるために、二階に行った。六時少し前。夏だから、明るい。窓は開けてある。風も入っては来るが、まだまだ蒸し暑い。屋根や壁からの熱気が、体を押し包んで来る。

そこに座り、自分にいい聞かせた。

《わたし》が、回復しつつあるのは事実らしい。肉体が目覚めた時、わたしがその中に帰れるなら、それでいい。

問題は、そうならなかった時だ。あちらの《わたし》が目覚めても、それがこゝにいるわたしと、何の関係もなかった時だ。

……意識が戻っても、《彼女》は泉さんを知らない。とまどうだろう。想像すれば初々《ういうい》しく、微笑《ほほえ》みすら浮かんで来る。最初はぎこちなくとも、《彼女》は、わたしと同じ好み、同じ性格を持つ人間なのだ。あの人と、気が合わない筈《はず》がない。きっとうまくやって行くことだろう。

その時、わたしはどうしたらいいのか。

決まっている。やるべきことは一つだ。口をつぐみ、電話線を切るのだ。そうすれば、母も泉さんも、意識回復によって、このわたしが消えたと、……窓硝子《ガラス》の曇りのキャンバスに、指で描いた似顔絵を拭《ぬぐ》い去るように、消えたと思うだろう。

それしかない。

「だって、……そうしなかったら、お母さんも、泉さんも救われないじゃあない」

果てしない孤独の底に落ちるのが、つらくない筈はない。しかし、落とされるのではなく、自分で選ぶ道なら、耐えられない筈がない。仮に、永劫《えいごう》のものであろうと。

それが覚悟というものだろう。

額から汗が流れた。

泉さんが、《わたし》をベッドから車椅子《くるまいす》に移したと聞いた時、わたしは肩と膝《ひざ》の内側に、あの人の手を感じることが出来た。だとすれば、わたしは、その記憶を通していつでも、あの人と《会う》ことが出来る。

「ただ、ただね、窓硝子に指で描いた絵は、一度消しても、思いがけない時に、光の加減で、うっすら跡が見えたりする。そんな風に、《意識のなかった時、この子は、あんなことをいってた、考えてた》と、何かの拍子に、思い出してもらえたら、……わたしとしては、嬉《うれ》しいなあ」

2

その時、風に乗って、微《かす》かな、聞き覚えのある音が聞こえて来た。国道を行く、車の響きだ。こうなる前は、毎日聞いていた。

わたしには、一瞬、その意味が分からなかった。

次いで、柿崎君のような人が、他にもいたのかと思った。そして、ほとんど同時に、あっと息を呑《の》んだ。彼の繰り返しの起点は、大磯だという。道は空《す》いている。地図を手にし、道を調べながら来れば、ちょうど着く頃ではないか。しかし、わたしの住所が分かる筈がない。

……免許証！

わたしは、座ったまま、いっていた。

「そうか」

柿崎君は、わたしの車に走った。その直前に、わたしに向かって、《免許証を持っているか》と聞いた。わたしは答えた。《車の中に置いてある》と。

何という馬鹿《ばか》だろう。

「……住所を調べたかったんだわ」

直接、尋ねたところで、明かす筈がないと読んでいたのだ。住所を知らない限り、それこそ、日本の中の二つの点だ。わたしが避けて、……いや、柿崎君流にいえば逃げてしまえば、もう再び会うことも難しいだろう。

あの、ターン五分前という状況では、わたしを脅したところで、それをいわせることは難しい。殴られても五分ぐらいなら我慢出来る。いや、もっと簡単なことがある。嘘《うそ》をつけばいいのだ。

あの時の、最も巧《うま》い方法が、自動車に向かって走ることだったのだ！

もし窓が閉まっていても、その辺のものを使って壊せばいい。……いや、すぐに出発するという当てこそなかったが、夏の昼間だ。窓は開けてあった。そして免許証は、ガソリンスタンドのカードなどと一緒に、一番目に付くところに置いてあった。それを見て記憶する。移動したら忘れないうちに、どこかにメモすればいい。

「落ち着いて、考えて……」

自分に、そういい聞かせた。

単なる現住所なら、あわてることはない。逃げればいいだけのことだ。しかし、我が家には、泉さんと繋《つな》がる電話機がある。その上、ここは、わたしの繰り返しの起点になっている。どこに行ったところで、結局のところ、わたしは、《ここに帰って来てしまう》のだ。

それを、柿崎君に知られていたろうか。

記憶を巻き戻してみる。残念ながら、しゃべっていた。《自分は、家に戻るのだ》と。だとしたら、この家を知られるのはまずい。

「まずいといっても、もう知られてしまった。……いや、待って」

こちらにだって、最善の手はある筈だ。柿崎君は、どんな地図を持っているのだろう。神奈川か東京で手に入れた、埼玉のドライブ・マップだろう。だとすれば、丁目地番が、大体分かるという程度だ。

わたしは、急いで下に降りた。横目で電話を見た。泉さんは仕事をしているだろう。それに今は、事態を告げて、泣き言をいっている時ではない。動けるのは、このわたしなのだ。まず行動しなくては。

わたしは外に出て、表札をはずした。祖父祖母がいなくなってからは、勿論《もちろん》、《森》となっている。木製なので、ねじ上げると釘《くぎ》からはずれ、割合簡単に取ることが出来た。柿崎君が来たとしても、車で一軒一軒、探すわけがない。自動車を近くに停め、この辺りを歩いて回る筈だ。

わたしは、お隣の入り口を見る。数年前に建てたばかりで、表札は石。それが、コンクリートでブロック塀に留められている。ブロックは、比較的、柔らかい素材だ。塀の高さも、わたしの胸ほどである。

家にとって返した。父の道具は物置に入れず、納戸《なんど》の棚の上にしまってある。全部というわけではない。整理した時、大工道具になりそうなものを選んで残してある。しかし、実際に、出して使うのは初めてだ。大きな鑿《のみ》を取った。やや太めの握りに安心感がある。

下駄箱の下から、金づちも取り出し、お隣に向かう。

「ごめんなさい。お詫《わ》びしますから、許して下さい」

表札の上部に、鑿の刃先を当て、金づちで打つ。石工になったようだ。

腕は、網でも投げるように、かなり上に振りかぶる形になる。力を入れにくい。それなのに、一打ちで、鮮やかにコンクリートの端が弾《はじ》け飛んだ。

「……お父さん」

埋め込んだ形になっている表札と塀の合わせ目があらわになった。わたしは亀裂《きれつ》に刃先の線を合わせた。はっしと、打つ。表札は浮き、鑿は乾いた木を割るように、中に突き入った。

塀の上に、金づちを置き、抜けそうな歯のようにぐらつき出した表札を、鑿をてこにして外す。手の中に入った、それを《お預かりします》と受け取る。こうなると分かっていれば、万能接着剤を用意しておいたのだが、今は一刻を争う。

果たして、どうなることか分からないが、ぽっかり空いた四角い穴に、お風呂《ふろ》の目地を埋めるのに買っておいた充塡剤《じゅうてん》を粗く塗り、そこに木工用の接着剤を重ね、うちの表札を押し付けた。

ブロック塀に木の表札はおかしいが、そんなことをいってはいられない。

お隣の表札を、入れ違いにうちに付けられれば、ことは簡単だ。しかし、同じタイプの木製のものでないと、こちらの門柱にはかからない。

近くを回ってみようと駆け出しかけて、ふと気が付いた。お隣に入り、二階と道路沿いの部屋の明かりを点《つ》けた。我が家にも走り込み、こちらの明かりは消した。

辺りは薄暗くなって来た。それだけに、明るい家が目立つ。

玄関から外に出ようとした時、低く響く走行音が、近づくのを聞いた。

「やっぱり……」

試行錯誤しつつ、こちらに向かっているようだ。

3

別の表札を探しに行くのはあきらめた。向かいの家に隠れることも考えたが、間取りを知り抜いているという有利さがある。我が家に入った。いや、そんな計算をしてというより、実は自分の巣穴から出られない兎《うさぎ》のようなものだ。

二階の窓の道路側は、一応、目隠しにレースのカーテンもつけてある。目の前に街路灯があり、外が明るく、こちらが暗い。中は見えない筈だ。そこから様子をうかがうことにした。

首を突き出してみるわけにはいかないが、車はかなり遠くで停まったようだ。わざとだろう。やはり、音を気にしているのだ。

しかし、普通の街の感覚でいるとしたら甘い。微かにでも車の響きがしたら分かる。誰もそんな音をたてる人はいないのだから。

顔をカーテンに押し付けるようにして、出来るだけ遠くまで見ようとする。そのうかがっていた視界の逆、顔ではなく頭の方から人影が現れたので、ぎょっとした。

なるほど、車の音の消えた方から来るとは限らない。丁目、地番を頼りにぐるっと一回りしながら来るなら、こういうこともある。上から見下ろす形になったが、やはりすらりとした体型、後ろでまとめた髪形は柿崎君だ。

譬《たと》えは悪いが、明かりに引かれる虫のように、お隣に向かって行く。うちは素通りだ。三時過ぎの時点で、照明の点いていた家だけが、明るくなっている。普通より街は暗い。

柿崎君は、街路灯の柱の《何丁目何番》という文字を読んだ。それから、《お隣の表札》を見ている。思わず、手を握り締めてしまった。

「……入れ。早く、入れっ」

念じてしまう。

長身の影は、門に手をかけた。ほっとした。そこから先は、視界をはずれる。力が抜けると同時に、見えないだけに、何倍にも膨れ上がった恐怖が、わたしを包んだ。

彼がどういう人か、よく分からない。しかし、こうやって、住所を調べ上げ、やって来て、チャイムも鳴らさずに門を開ける男であることだけは、確かだ。

どうしたらいいのだろう。

午後三時十五分。わたしがここに戻る瞬間、柿崎君には、お隣にいてほしい。《家に戻るといったのに、来ないじゃないか》と途方に暮れてほしい。そして、あきらめてほしい。

しかし、それまでの間、わたしはどうしたらいいだろう。ここを抜け出し、明日まで、遠く離れたところにいるのがベストだろうか。しかし、電話はどうしよう。わたしが出なかったら、泉さんは、母は、どう思うだろう。

それに、うっかり外に出て、柿崎君と鉢合わせしたら、目も当てられない。ここは、少なくとも勝手知ったる我が家なのだ。逃げ道を常に確保しつつ、潜んでいた方が賢明ではないか。

おびえていると、作戦は消極的なものになってしまう。

わたしは、一階に降り、門に一番近い台所の上がり口に座った。ここなら、入ろうとする気配があればすぐに分かる。そうなったら、裏から逃げればいい。

それから夜の電話までの時間は、実に長かった。足を忍ばせて受話器に向かい、声を殺して、いった。

「……すみません。今は、お話出来ません」

泉さんも、声をひそめた。

「まずいの、どうしたの？」

「……後で」

「分かった。明日の一時は？」

「……成り行き次第なんです。……母にも、うまくいって下さい」

夜は、長いというよりは、もう永遠という感じだった。柿崎君の方は、多分、気楽に寝ているのだと思うと、腹立たしくなって来る。

　こんな時でも、お腹《なか》は空くわけで、翌朝は冷蔵庫をそっと開け、ありあわせのものを食べた。自動車の音に驚いたのは十一時頃だった。

　二階に上がってカーテン越しに、お隣の前を覗《のぞ》くと、赤い車の屋根が見えた。上から見ると、楕円形に見える。夏の日を浴びて、てらてらと光っている。

　柿崎君が車を持って来たのだ。人気《ひとけ》がないと分かって、隠密《おんみつ》行動を取るのを止めたのだろうか。彼は、車と家の間を行き来している。三十分ほどして、バタンとドアを閉め、去って行った。時間が時間だから、早いお昼を食べに行ったのかも知れない。安心は出来ない。しかし、一応はほっとする。

4

お昼を過ぎても、柿崎君の戻って来る気配はなかった。

一時に、受話器を取り上げ、泉さんに事情を説明した。

「それはうまくやった」

「このまま、無事にすむといいのですけれど」

泉さんはいう。

「——本当だ」

実感がこもっている。不安になる。

「何か……」

「あまり、嬉《うれ》しくないことなんだけれどね、図書館で、新聞に当たったんだ。そうしたら、柿崎という名前があった。二十歳。全国版の下の方だ」

「全国版ですか。かなりの事故だったんですね」

「いや、事故というより犯罪だね」

「……犯罪」

「地方面にあったのと併せて、まとめてみるとこんなことになる。前々日に夕立があった。駅の近くで、女の子二人を拾った。その内一人は途中で降ろした。もう一人を、二晩帰さず、当日も連れ回していたんだ。その子が、パニックになっていたんだろうね。走っている車から、飛び降りて逃げようとしたらしい。路肩に倒れた。それを、柿崎の車が轢《ひ》いた」

「……うっかり？」

「ちょうど、通りかかった車が見たんだ。バックしてわざと轢いたらしい。女の子は、一命は取り留めたようだ。その車が来なかったら、どうなっていたか分からない」

「……」

「警察に訴えられないようにするためか、ただ、腹を立てたのかは分からない。目撃者の証言から、すぐ非常線が張られた」

「それで、追われて、どこかにぶつかったんですね」

「うん。派手な追っかけをやったから、話題になったらしい。こちらは、《そういえば、そんなことがあったかな》と思うぐらいだけれどね」

「……だから、ごまかそうとしたんですね」

「そうだね。少なくとも、君の住所が分かるまでは猫を被《かぶ》っていようと思ったんだろう」

そういう事件が、柿崎君を、自暴自棄にし、より無謀な行動を取らせないとも限らない。

「わたし、馬鹿《ばか》なことをしたんですね」

「そんなことはないよ。絶対にない」

「これからどうしたらいいでしょう」

「寝泊まりは、離れた家でした方がいいよ」

「でも、この電話……」

「それも、しばらく考えものだね」

「だったら、話すのは四時にしましょう」

どっちみち、《くるりん》と同時に、跳び起きて電話に向かわなければならない。それはもう条件反射になっている。受話器を上げておかないと、切れてしまうからだ。危険なのは、それから五分だけだ。

三時二十分になれば柿崎君が消える。大磯に行ってしまう。しばらくは安全な筈《はず》だ。

「なるほど」

「その頃、少し、お話しするのならいいでしょう」

「そうだね」

電話を終える。恐る恐る、外に出てみた。見渡す限り、平和な田舎町が広がっている。

そうだ、と思った。

「安全時間になったら、やることがある」

表札の掛け替えだ。その時間には、門も塀も、また元通りになっている。昨日と同じことをしなければいけない。もう一度、柿崎君が来た時に備えて、である。

昨日よりは手際《てぎわ》よく出来るだろう。毎日、使ったところで、鑿の切れ味もまた元に戻る、これは有り難い。

そう、考えながら、お隣の前まで進んで、わたしの足は止まった。

表札は、はずれて、かまぼこ板を落としたように下に転がっていた。

5

いつ落ちたのだろう。

柿崎君が出る時、派手に音を立てていたが、あの時だろうか。

拾って、元の位置に当ててみる。最初から不自然とは思っていたが、明るい日の下で見ると、なおさらだ。

気が付いたろうか。

それなら、なぜ、帰ったのか。

《そこまで嫌がられているなら、もういい》と腹を立てたのか。いや、……ひょっとしたら。

考えて、思わず後ずさった瞬間、どん、と腰を叩《たた》かれ、わたしは悲鳴を上げた。振り返る。

何のことはない、街路灯の柱にぶつかっただけだった。

しかし、あり得ることだ。《帰ったふりをした》というのは。そういえば、ことさらに大きな音をたてていたようにも思える。ここまで、車を持って来る必要もない。帰るなら、自動車に乗って、そのまま行けばいい。

何のために。

油断させるためというより、笑うためだろう。つまらない細工など意味はない。ひっかかったのは、お前だといいたいのだ。

どうしたらいいのか。

とにかく、ここから離れよう。家から出て来るところを見られたかも知れない。それは分からない。今、出来ることをしよう。少なくとも、家に入るところを見られてはいけない。そこが、わたしの家と知られたくない。

わたしは、路地に入り、しばらく行ったところで左右を見回した。誰にも見られてはいない。

門の開いていた家に忍び入る。どう転ぶかは分からないが、後、一時間はここにひそんでいよう。

戻った瞬間にはどうしたらいいか。柿崎君とわたしの、ターンの時刻は、わずかにずれている。わたしが後なら、問題はない。だが、逆である。わたしが移動しても、柿崎君が大磯の車の中に帰るまで、まだ五分ある。

彼が、まだこの辺りにいるとすれば、わずか五分でも危険な時間だ。

……すばやく、どこかに隠れよう。

そして、三時が過ぎた。わたしはいつもの通り、跳ね起きて、数歩先の廊下に飛び出し、受話器を取り上げた。これさえ、はずし終えたら、後はどこに逃げてもいい。だが、その《後》はなかった。夏だというのに、わたしは受話器を持ったまま、凍りついた。

左手の階段の上から、声がかかった。

「――やあ」

6

柿崎君は、階段の途中に腰を下ろしていた。きりぎりすのように長い足が、余計、長く見えた。

「その部屋に帰って来るんだ」

「……」

「どこに出て来るのかと思って、取り敢《あ》えず、家の真ん中で待っていたんだよ。明日っからは、そっちの部屋に行けばいいんだな」

「明日も来る気？」

「ああ。いっくら逃げても、この時間に、ここにいるのは確実だからな」

わたしは、ようやく、わずかに身を動かしつつ、

「どうせ五分で、今度はあなたが消えることになる」

「そりゃそうだ。でも五分て、案外長いぜ」

「楽しいことをしてると短いわ」

柿崎君は、眉《まゆ》を上げ、

「長いだろうなあ。歯医者で歯を五分削られ続けたら」

汗が、わたしの頰を伝った。

「表札が違うと、すぐに気が付いたの」

「すぐというわけじゃあない。家の中、入ってさ、机の上とか、引き出しとか見たら、違う名前宛《あ》ての手紙とか、ノートとかがあったからね。おかしいなと思ったんだ。それで朝見たら、表札が落っこってる。《やられたな》と思ったよ。そうなりゃ、すぐに、表札の合う隣の家が本物だと分かったさ。――何より、あんたの車があったからな」

「――！」うかつだった。何て馬鹿なわたし。「どうして、その時、うちに来なかったの？」

「こんなことするんだから、逃げてるか、そうでなきゃ警戒してるに決まってるだろう。あわてなくったって時間はある。昼飯を食って来た。それから後は、向かいの家に裏から入って、二階で、様子を見てたんだ」

「……わたしが、家から出て来るところも見ていたわけ」

「ああ。面白かったぜ」

「あのね、毎日、戻る時間に合わせて来なくったって、いくらでも会うわよ。あなたが嘘《うそ》をついたり、そんな恐《こわ》い顔をしなければ」

「無理に会ってもらう必要はないよ。こっちは、帰って来るところを押さえればいいだけだからな。あんたが会ってくれるんじゃない。俺があんたを捕まえるんだ」

「……どうして、そんな」

　柿崎君は、それには答えず、

「そいつが、あんたのいってた電話か」

　思いがけない言葉だった。

「……ええ」

「何も聞こえなかったぞ」

「それは……そうなのよ。向こうで、わたしの母が出ても聞こえないの。わたしたち二人、お互いにしか聞こえないの」

「ロマンチックだな」

「……」

「《他の奴《やつ》に聞こえない》んじゃないんだよ。そんな電話、最初から通じてねえんだよ」

　わたしは目を見開いた。

「そんなこと……ない」

柿崎君は、女の子をいじめる小学生のようにかさにかかって、

「聞こえたらいいと思うんだろ？」

「……」

「どうなんだよっ」

「あの人は……泉さんは、本当にいる。実在するのよ。本も出してる。わたし、あの人の仕事場にも行ったわ」

「そいつがいるってことと、あんたがそいつと話してるってことは別問題だろう」

そういう考え方もあるのか。

「妄想だっていうの」

「今、ここにいる俺とどっちの方が現実だよ」

柿崎君は、すっと立ち上がった。天井に頭がつかえそうだった。わたしは、必死で叫んだ。

「あの人から聞いたわ。あなた、女の子を轢いたんでしょうっ」

彼は、唇を歪《ゆが》めた。

「ほう？」

「女の子を誘拐して玩具《おもちゃ》にして、逃げようとしたところを轢いたのよっ。電話が通じていなかったら、そんなこと、分かるわけがないでしょう」

柿崎君は、面白そうに笑った。

「そうかな？」

一段、二段と下りながら、

「――俺が、車を乗り回してることを知ってるだろう。年はともかく、女の子を轢いたってのは、俺がいったことだ。――そう聞いて、あんたみたいな女が考えそうなことだと思わないか？　《玩具にして》――か」

屈辱を刷毛《はけ》につけて、顔に塗られたようだった。

「違うっていうの！」

「あんたが嫌らしいことを考えてるのと、それが本当かどうかは別問題さ。――そこまでいうんだったら、その事件はどこで起こったんだ？」

「それは……」

「どうした」

「聞いてないわ」

「一番最初に話しそうだけどな」

「その時は、話に出なかったの」

「相手の女はどんな女だ」

「女の子……」

柿崎君は、声を上げて笑い、笑いながら消えた。

7

わたしは、お守りのように握っていた受話器を、すぐに耳に当てた。約束の四時には、まだ三十分以上ある。だが、待ってはいられない。

泉さんの声が、小さく聞こえた。ほっとする。《あなたなんかいない、とからかわれたのよ》と訴えたかった。切りのいい数字で四時といってしまった。四は不吉だ。どうして、三時半といわなかったのだろう。

お客さんが来ているようだ。相手の声は聴こえないが、あの人の言葉だけでも様子は分かる。デザイン事務所の人が来ているらしい。泉さんが、何か飲み物を買いに出るところのようだ。

……下のコンビニです。すぐ帰って来ますから。

そういって、行きかけた声が、また戻って来た。

……そこの受話器、話し中ですから切らないで下さい。

あっと、思った。いけない。いわなければ気にもしないのに。

「行かないでっ」

だが、泉さんは、あわてて飛び出したようだ。お客さんが、受話器に手を伸ばすのが見えるようだった。耳に当てる。そして思う。――何が話し中だ、何も聞こえないぞ。

「お願いです。切らないで下さいっ」

不幸な予感というのは、よく当たるものだ。電話が、折れるようにぷつりといった。虫の唸《うな》りのような音が続き、やがてそれがかん高い警告音に変わった。ピー、ピーという機械の音の繰り返し。

……この受話器は、はずれています。

……この受話器は、はずれています。

……この受話器は、はずれています。


夜明けまで、電話の前にいた。明るくなって、家を飛び出した。それからの三時までを、どう過ごしたか、よく覚えていない。

肩にかかる手を感じた。目を開くと、のしかかるような柿崎君の顔が見えた。

わたしは、畳に頬を擦るようにして横を向き、

「……ご苦労様」

「いやあ」

「大変でしょう、ここまで来るの」

「他に面白いこともないからな」

「……口惜《くや》しいわ」

「何が」

「電話が切れたの」

「男の電話か」

「そう」

「その前に聞いたか、俺が、どこで事故ったか？」

「だから、口惜しいといったのよ」

「うまいことといいやがる」

「本当よ」

「男が切ったのか」

向き直り、はじけるように答えた。

「違う。お客に来てた人が、間違えて切ってしまったの」

「だったら、その男が、またかけて来る筈《はず》だろう」

「どういう条件が重なればいいのかは分からない。でも、あっちとこっちで電話が通じたっていうのは奇跡なのよ。奇跡っていうのはね、二度起こらないから奇跡なのよ。あの人は何度もかけてると思う。でも、《向こうの世界のこの家》にかかるだけなのよ」

柿崎君は、わたしの目を覗《のぞ》き込んだ。

「自分で、信じられるか」

わたしは、息を呑《の》み、

「おかしなことをいってると思うの」

「俺に、ああいわれた。その後、すぐに電話が切れた。変だと思わないか。――答えようがないから、お前が、切れたことにしたんだ。そんな電話なんか、最初っからなかったんだよ」

「違うっ！」

柿崎君は、したり顔で、

「あんた、今、自分でもそう思い始めている」

「そんなことない」

「だんだん、だんだん、電話があったなんて、信じられなくなっている」

首を振った。

「信じてるわ」

「だったら、どうして、そう答えないんだ。――すぐに」

いじめ上手の人間というのはいるものだ。

「いうまでもないからよ。事実だからよ。質問する方がおかしいの」

「そうかな」

嘲《あざけ》りの鞭《むち》を受けながら、わたしは、柿崎君をにらみ返した。

「あなたと話すには、よっぽど強い心を持ってないといけないみたいね」

柿崎君は、わたしを珍しい動物でも観察するように、しげしげと見下ろした。

「変わった女だよな」

「そうかしら」

「牛乳取って、金払ってた」

「当たり前でしょう」

「――馬鹿《ばか》だよ」

柿崎君の手は、わたしの肩から順に滑り降り、手首をつかんだ。膝立《ひざだ》ちのまま、わたしを跨《また》ぐと、昆虫採集の蜻蛉《かげろう》の羽でも広げるように、わたしの手を真横に伸ばし、畳にぐっと押さえ付けた。

「――さ。いってみろよ。《わたしは馬鹿です》」

そんな手に乗るものか。

「勿論《もちろん》よ」

「何？」

「わたしは馬鹿よ。……でも、あなたのいってる意味とは違う」

《嫌だ》といわなかったのが、気に食わないらしい。手首を握る力が増した。

「どうする気？」

「お前がいったようにするんだよ」

「え」

「玩具にするんだ。そうしたくなる女だよ、お前」

「……」

「教えてくれよ。玩具にするってどうするんだ」

思った以上に、卑劣な奴だ。

「こうするのかな」

わたしの手を、体操でもさせるように、真横から九十度、今度は頭の上に滑らせた。

わたしの体は一本の棒になる。子供が、それこそ玩具をいじるように、上げ下げする。

「何のつもりっ」

「普通だったら、こんな悠長なことしないよな」

「……」

「今までずっと、何をやっても元に戻った。だけど、お前の記憶は残るんだ。俺と同じだ。いいか、明日は今日の続きなんだ」

その時、ふっと、ウエストが軽くなった。馬乗りになっていた柿崎君の姿が、みえなくなった。

わたしは頭上の手を引き、両肘《ひじ》を交差させ顔を覆《おお》った。

……あの子も、繰り返しの中にいることを苦しんでいたんだ。そうだ。頭の中が白くなるような思いでいたんだ。

しかし、時間の継続をこんな形で果たされてたまるものか。

わたしは腕を降ろし、天井を見つめる。そうはいっても、どうすることも出来ないのだ。

どこに逃げ、どんな武器を用意したところで、三時過ぎになれば、わたしはここに素手で寝ている。わたしの顔の前には柿崎君の顔があり、肩は捕らえられている。

恐ろしいことは、まだある。泉さんとの電話も切れた今、そんなことが、仮に、この先百日続いたとしたら、わたしはあきらめずにいられるだろうか。もういい、死んだも同然のわたしだと、思わずにいられるだろうか。

どうにかする方法はないのか。……神様、今の最善の道とは何でしょう。

8

「いいか。こうならなかったら、俺だって、お前なんかに声もかけない。お前だって、俺と擦れ違うこともないだろう。だけど、今は、この世にお前と俺だけなんだ。だったら、くっつくしかないだろう」

「そんな理屈ってないわ。それじゃあ、動物園の檻《おり》の中で会った、牡《おす》と牝《めす》じゃない」

「皆な、そうだよ」

「そんなことない」

「そうなんだよ」

柿崎君は、わたしの腕を《気をつけ》のように体につけさせ、膝で押さえ、そして、右手で首をつかんだ。締められるのかと思った。しかし、玩具《おもちゃ》を簡単に壊したりはしない。喉元《のどもと》を猫をじゃらすようにくすぐり、その指をTシャツの胸元に進めた。

やめて、といったら思う壺《つぼ》だろう。だが、手が下にかかると、思わず、その言葉を口走っていた。

彼は、にやりとして動きを止める。思いやりから、ではないのは勿論だ。

続きは明日なのだ。

一人になって、わたしはふらふらと立ち上がった。台所でコップに一杯の水を飲んだ。この気持ちを、二十四時間、引きずらなければならないのか。そして、また明日も。その明日も。

……死のうか、と思った。

前に、《死んでも、また戻るだろう》と考えた。そうならないかも知れない。恐《こわ》くて出来なかったことが、今なら出来るかも知れない。しかし、わたしが消えたら、どうなるのだろう。泉さんの世界のわたし、向こうのわたしは、二度と目覚められないのだろうか。

流しの縁に手をついた。

……あちらのわたしが気付けば、この地獄から抜け出せるかも知れない。

希望がないわけではない。今、死ぬことがさしてつらいとは思わなかった。だが、まだ一日は耐えられるかも知れない。その間に、そう、奇跡が起こるのを期待しよう。

翌日、柿崎君はいきなり、律義《りちぎ》なほど同じ位置に指をもぐり込ませた。わたしは、わずかに身をくねらせた。もう少し、右手が伸ばせれば読みかけて寝た本、『鉱物の不思議』に届くかも知れない。つかめれば、角で彼の頭を打てるかも知れない。本には申し訳ないけれど。

しかし、柿崎君の膝は、強くわたしを挟んでいる。腕を自由にはさせない。機会があるとすれば、彼の気が緩んだ瞬間しかない。

柿崎君の指が、Tシャツの下で、わたしの胸をあらわにした。わたしは、絶望したように全身の力を抜いた。わずかに、膝の力が緩む。そこを狙《ねら》って、わたしは跳ね上げるように、右手を抜いた。

「——うっ」

途端に、柿崎君は、奇妙な、半分こもったような叫び声を上げた。そして、わたしの上に体を崩して来た。空気人形の空気が、一度に抜けたようだった。その重みも急速になくなって行く。

わたしが、何かしたわけではない。事態がつかめずにいるわたしの上で、柿崎君は、画像が薄れるように消えて行った。

「……何、これ?」

彼の戻る時間には早すぎる。

それに、今までと消え方が違う。瞬間に移動したという、鮮やかなものではなかった。

わたしは、下着を直そうと、機械的に胸に手を入れ掛け、ある可能性に気がついた。

そして、震えた。

9

間違いない。

向こうの柿崎君も、重体で入院していたことだろう。その彼が、たった今、生を終えたのだ。本体が消えて、影がなくなるように、柿崎君は消えたのだ。

風が、わたしの前髪をくすぐる。

この半年あまり、わたしは嫌悪《けんお》していた。……無限に続く、同じ色合いの日々を。だが、その繰り返しにも限りはあったのだ。

戦慄《せんりつ》が走った。人間は、知恵を手に入れ、その代償として死を知らされた。自分が有限のものであると知ってしまった。その最も古い恐怖が、わたしを襲った。

同時に、今、目の前を過ぎ行く一瞬一瞬がたまらなく愛《いと》しいものとなった。

「……こんなに大事なものを、わたしはどう扱って来たのだろう」

手をついて何かにあやまりたくなった。

わたしの前にあるのは、砂漠を行くような日々だと思っていた。緑はないと。誰も見てくれず、誰も言葉をかけてくれないのなら、……そして何よりも、どうせはかなく消えてしまうのなら、何も生み出すことは出来ないと思って来た。

そうだろうか。

わたしには何があるのだ。自己流だろうと、下手だろうと、版画だ。それなのにどうして、輝くプレートを削るのを止《や》めてしまったのだろう。半年のうち一日でも、メゾチントに正面から向かいあったことがあったろうか。

農家のおじさんがこうなったら、いずれかの一日、畑で汗を流したのではないか。マラソンランナーだったら、一日ぐらいは根限りに走ってみたのではないか。花火師なら、見る者のない空に会心の花を咲かせたのではないか。本が好きなら一心に読み、花が好きなら見つめたろう。消えないものは、そこにしかない。

消えてしまうというなら、こうなる前でも、わたしのメゾチントが、五年残る、十年残る、という保証がどこにあったのか。ありはしない。それなのに、わたしはスクレーパーを握り、プレートに向かって来た筈《はず》だ。そのひと削りごとに喜びを感じ、印刷機をくぐった紙に、逆転された絵が浮かぶ度に、新鮮な驚きを感じた筈だ。

この地球さえ、いつかは形を失う。永遠であるというなら、一瞬さえ永遠だ。こんな当たり前のことを、わたしはどうして忘れていたのか。顔青ざめて、毎日が不毛な繰り返しだといっていたわたし。不毛なのは《毎日》ではなく《わたし》だった。そういう人間が、どうして生きている世界に戻れよう。

身内に湧《わ》き上がる力を感じた。

わたしは花瓶を持ち、庭に出た。そして、この日のために、毎日、花を咲かせて待っていた若い百合を摘んだ。

二階に上がり、机の上に置く。

一輪は後ろを向かせた。背後から見る百合には、寡黙《かもく》な美しさがあった。茎から六つに分かれる花弁の軸は、うす緑で、蠟《ろう》を塗ったように艶《つや》やかだ。白い花びらの中心を走り支えるそれは、まるで潔《いさぎよ》い少女の鎖骨のように見えた。

もう一輪は、右手にやや低く、正面を向ける。六本の雄蘂《おしべ》は、中央の雌蘂《めしべ》を囲み、踊っている。だが、まだオレンジの花粉は固く引き締まり、散ってはいない。花弁の表は、白い布めいて、実際、タオル地のように短い糸を何本も立たせている。

間に、形よく葉を配置した。

そして、引き出しから、手のひらに乗るほどのメゾチントのプレートを取り出した。下地作りからは、なかなか出来ない。普通は、画材屋さんで買った処理済みのプレートを使う。今、取り出したのは、先生が使った版の端切れを、特別にいただいたものだ。ただの銅の板に黒インクをつけて刷れば、べったりと黒くなる。それだけだ。ほとんど汚れである。

メゾチント用のプレートなら細かい線が無数に入っている。そのへこみが微妙にインクを捕らえる。余分な絵の具を拭《ぬぐ》い取って刷ると、柔らかな黒になる。それが下地。比べる方が失礼だが、先生のものは、市販の商品とは、深みがまったく違う。出る色に奥行きがある。

今日は、特別に、このプレートを使おう。助けてもらおう。

絵は、頭の中にもう出来ていた。下描きをする必要はない。色も決まっていた。

天河石の持つ、渓流の水色だ。その心地よい色の中に、白が豊かに浮かぶだろう。

昔なじみのスクレーパーを手に取ると、まるで、今の今まで握っていたかのように思えた。わたしは、その感触を楽しみつつ、銅のプレートに先端を、カリリと食い入らせた。

夕方から仕事を始めて、気が付いた時には十二時を回っていた。

部屋の脇《わき》に置いてある、北海名産、カニの入っていた発泡スチロールの白い平たい容器を取り、版画用紙と一緒に持って、下に降りた。容器に水を満たし、中に紙を浸す。少なくとも二時間以上は浸《つ》けておかないと、刷った時の色の乗りが悪い。

料理をする時間も惜しかった。お湯を沸かす間に牛乳を飲み、クッキーをつまんだ。沸くと、残りご飯をお茶漬けにして、丼《どんぶり》を持ったまま、二階に上がった。

銅に紗幕《しゃまく》をかけたような、メゾチントのプレートの表に、少しずつ絵は見えて来る。まったく眠くならなかった。

満ち足りた夜が明け、最後に縁《ふち》を落とすところまで仕上げた時には、部屋に快い朝の光が溢《あふ》れていた。

プレス機は重いので、下の納戸《なんど》にある。そこが、わたしの印刷所だ。

硝子《ガラス》板の上で絵の具を調合する。トルコブルーに、微妙に白を混ぜる。カチカチと硝子が音を立て、心はずむ瞬間だ。出来た色を、小さなローラーでプレートに塗り込んで行く。

まるで、《仕事》という何かがそこにいて、わたしという道具を使っているかのように、迷うことなく、自然に手が動いた。

余分なインクを落とし、プレス台に版を置く。

用紙は水から出し、吸い取り紙に挟み、ビニールに包んであった。それを取り出し、版に、霧が降りかかるようにそっと被《かぶ》せる。

そしてわたしは、印刷機の丸いハンドルを握り、回す。艦橋に立ち、船を操るように。台が横に動いて、紙と版が、ローラーをくぐる。

カバーのラシャをめくる。

紙の中央が、下の版の形に四角く、薄く盛り上がっている。紙を、ゆっくりと版から浮かし、めくる。

思った通りの出来上がりだ。

水色という色調から、画面が弱くなりそうなので、インクをふき取る時、ハイライトの部分を強調して落とした。純白の部分は、あくまで白く、柔らかく、百合は確かに、自己を主張して立っていた。そして、地色の深みが、花をしっかりと包み、支えてくれている。

わたしは、湿り気のある紙を、乾燥用のベニヤ板に張り、専用の紙テープで止めた。

気持ちのいい汗をかいた。

10

シャワーを浴び、髪を洗い、さっぱりしたシャツに着替えた。

紅茶を飲み、果物を食べ、洗濯をして干し、ざっと家の中に掃除機までかけた。

それから、わたしは外に出た。どこへ、と思うまでもない。風が背中を押してくれた。

国道に出ると、貸しビデオ屋さんの前に一列に並んだ旗が、一度に、華やかにはためいて、わたしの道を指し示した。

耳元で、あの人の声が囁《ささや》いた。

——百合を、見たよ。

「いつ？」

今朝の、夢の中で。

「よかったわ。出来たのが朝で」

どうして。

「夜の夢だと、忘れることがあるでしょう」

——あ。そうかも知れない。

「でも、あなたは覚えていてくれた」

うん、忘れないよ。ずっと。

「……嬉《うれ》しいなあ。《誰に見られなくてもいい》とは思ったの。でも、見てもらえたのなら、本当に嬉しい」

後ろが綺麗《きれい》な水色だった。

「あれはね、石の色なのよ。天河石の」

テンガセキ？

「《天の河の石》と書くの」

雨が降ると水嵩《みずかさ》の増すところだ。

「でも、こっちは半年の日照りだもの。心の河だって干上がっちゃう。雨でいけないのは、七夕の空。乾いた地には潤《うるお》いが必要よ」

そして、芽が出る。

「ええ。……実はね、あなたが最初に電話してくれた時、わたし、庭で、自主的に雨降らせてたのよ」

自主的？

「映画の撮影みたいに、空に向けて水を撒《ま》いていたの」

――ふうん。いろいろなことがあったんだね。

「話すことなら、いっぱいあるわ」

半年分？

「いいえ、……三十年と半年分。覚悟しててね」

その最初には、まず何ていうんだろう？

「決まっているわ、決まっています」

病院に着いた。

左右に開くドアをくぐり、わたしは目の前の回り階段を一気に最上階まで上った。エレベーターを使う気にはなれなかった。この足で上りたかった。各階は色で塗り分けられ、上ったところは緑の階だった。

――こっちだよ。

あの人の声は、わたしを病室ではなく、ロビーの方に誘導した。洗面の蛇口が五つ、それぞれの上に丸い鏡が列を作って、リズムよく並んでいる。待ち合わせのソファーの向こうに、町の見える大きな窓がある。

わたしは、そちらに進んだ。

その歩みに連れて、広い窓は次第に、夏の明度を落として行く。嫌な暗さではない。落ち着いた、はるか昔に見たような、懐《なつ》かしい色。包み込んでくれるような空だった。

「ああ……」

静かに、雨が降っていた。

そして窓の前に、水の像のように透明な、あなたとわたしが見え始めた。わたしは車《くるま》椅子《いす》に乗っている。あなたは、わたしの目を見ながら、話しかけている。

開いてごらん。

「羞《は》ずかしい。寝ていた目は、見られたくないわ」

お母さんが、顔をきちんとしてから、動かす許可をくれたんだよ。

「母も来ているの」

ああ、病室で待っている。

わたしは、声に呼ばれるように進んだ。車椅子に近付くと腰が座る形に自然に折れ、濃さを増す水のようなわたしに、自分が溶け込んで行くのを感じた。

あなたの声は、今、確かに、わたしの耳元でした。

「——きっと、綺麗な目をしていると思うよ」

うわあ。

どうして、そんな、開けにくくなるようなことをいうの。わたしが、意識がないと思うから？

だから、そんなカスタードクリームみたいなことが、いえるのかしら。

でも、しびれるほどに羞ずかしくても、目を開かないわけには行かないわ。

まぶたをそっと動かす。うっすらと開いた目に、広い窓が映った。それは、十二分に明るく見えた。

雨のしずくは視界に散らばり、それぞれが、小さくとも立体であることを誇示するように微《かす》かな光を内に含み、幼子のようにあどけなく、ふるふると震えていた。

あなたが、息を呑《の》むのが分かった。

わずかに瞳《ひとみ》を動かすと、あなたは、顔を目の前に持って来てくれた。

わたしは、いった。霧雨のように、そっと。

「……ただいま」

付記

この物語の中では、あり得ないような出来事が起こります。作品中の言葉を使うなら、時間の《くるりん》です。ただ、作者の心積もりとしては、——『スキップ』がそうであったように——ごく普通の人に、ごく一般的に起こることを書いたつもりです。

会社に勤めていて、毎朝同じ時間に目覚めて、同じ電車に乗り、同じ仕事をして帰る。家庭の主婦の方が、洗濯をし、育児をし、買い物をし、食事を作る。そういう中で、ふと、疲労と虚《むな》しさを感じてしまったら、それは時の《魔》に捕まったようなものです。わたしの頭にあったのは、そういうことです。

作者が自作について語るのは、作品にとって決していいことではありません。『ターン』の場合も、読者の方がそれぞれに読んで下さればいいのです。しかし、ここでこんなことを書き始めたのにはわけがあるのです。つまり、作中で起こる様々なことには、当然ながら、作者の意図があるのです。

終盤に柿崎という人物が登場します。その行動と結果も、わたしにとっては動かせないことなのです。ただ、《くるりん》は現実にはない。そこで、一つの齟《そ》齬《ご》が生じています。これは《くるりん》の図を描いていて気づいたことです。設定は、書きたいことを書くための、いわば《道具》ではあります。しかし、だからこそ《絵空事だからいいや》ではすまない。おかしな部分には、説明がつかなければ前に進めません。わたしは、自分なりに《こう考えれば解決出来る》という結論を出しました。

ただ、作中でそれに触れると、頭が四角くなりそうな説明をしなければなりません。小説の中で、そんなことをしたら、《世界》が壊れてしまいます。ほとんど気にはならない箇所だろうとも思えました。担当の編集者の方とも話し、結局、この問題は触れなくともよかろう、という結論になりました。

ところが、『ターン』が出た後、ある読者の方から、まさにその点について御指摘をいただいたのです。わたしは、《その件については考えるところがあるので、次の機会に説明を添えたい》と御返事しました。一人の御指摘があったからには、何人かの方が疑問を持たれたことでしょう。ですから、以下は、わたしにとって書かねばならない問題点なのです。大変、こみいった説明になります。飛ばしていただいても、差し支えありません。

さて、問題点というのは、こういうことです。

主人公と柿崎の《くるりん》が、ちょうど隣り合った糸のまるまりが重なるように重なった――という設定になっています。説明上、主人公の《くるりん》開始時刻を三時十五分、柿崎のそれを三時二十分とします。終了時刻をそれぞれ一秒前とします。また、それの始まるのを《昨日》、終わるのを《今日》とします。

主人公は、三時十四分五十九秒になると、どこで何をしていても消え、十五分になった途端、自分の家で寝ていることになります。二十分にならないと消えない柿崎は、主人公の家に来て、彼女が現れるのを待っている。――こういう設定です。

しかし、厳密にいうなら、主人公が戻るのは《昨日の三時十五分》なのです。今日の世界にいる柿崎が待ち伏せしていても、彼が今いるのは《今日の三時十五分》です。そこには彼女は、いつも、いつも、たどり着けない。だからこそのターンです。

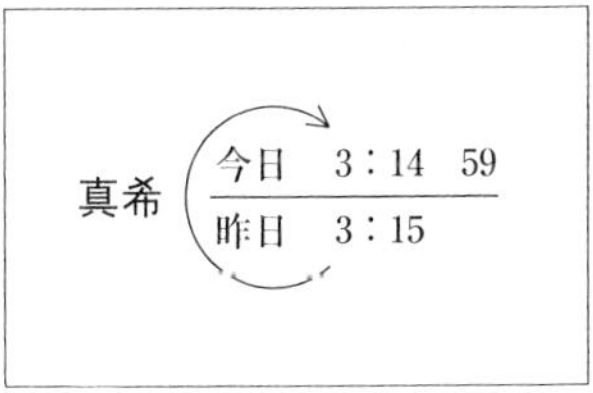

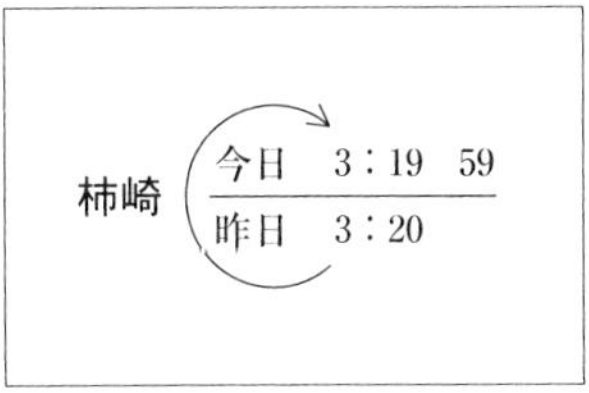

彼女の家で、柿崎が主人公と相対している場面を想定すれば、この問題は、より分かりやすくなります。三時十四分五十九秒までは、二人は向かい合っている。しかし、十五分になった途端に、彼女は（また現れるのではなく）消える筈《はず》です。場所は同じでも、《今日》から《昨日》に行ってしまうのですから。

柿崎が《昨日》の二十分になっても彼女の家にいられるものならば、《昨日》の彼女に会えます。だが、三時十九分五十九秒になった途端に今度は彼の方が神奈川に行ってしまいます。この五分間は、二人にとって共有出来ない、ずれた時間なのです。

これが論理というものです。

図にしてみましょう。重なる、時の糸のまるまりとは、Iのようなイメージでしょう。下を真っすぐに走るのが通常の時間。しかし、一日分がくるりとまるくなり、主人公達はその輪の中から出られず、円運動をする。しかし、起点の時刻が二人とも三時十五分ぴったりならともかく、違

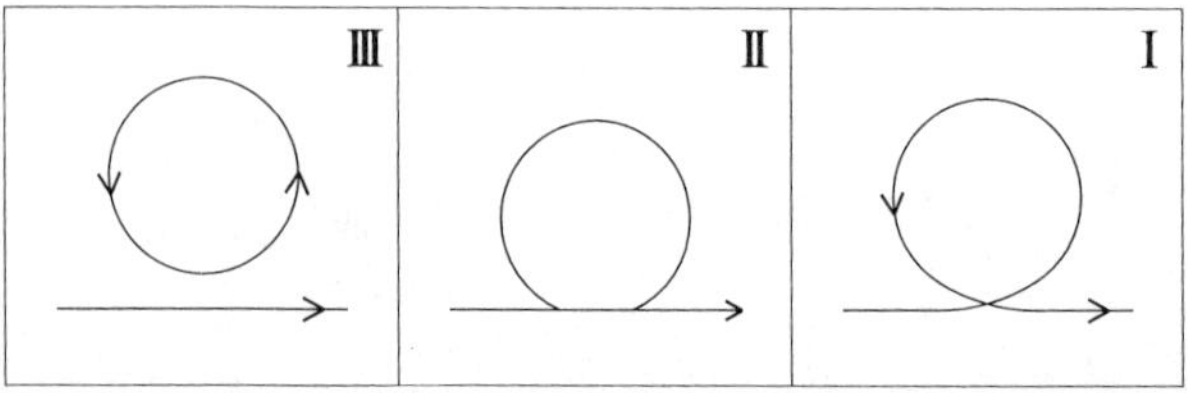

うなら必ず、根元に重ならない部分が出て来ます。

ところが、わたしの頭の中には、柿崎の行動とその結果は厳然と存在しました。だから、どう解釈したらいいのだろうと、考えたわけです。

二十四時間の中の五分は、一パーセントにも満たないのです。隣り合った糸がまるまって寄り添った時、根元のずれがその程度のものなら、そこは平たく潰れて重なり合ってしまうのではないでしょうか。これを、極端な形で図にするとⅡになります。さらに、そう考えた時、石鹸《せっけん》液の面から、シャボン玉が浮くように、二人の時間がⅢのように重なる姿が見えて来ました。時が近づくことによって、本来なら別のものである、昨日と今日の五分がそこでは混在してしまった。

——こういうことではないでしょうか。わたしは自分の内で、そう解釈することにより、問題を解決しました。本文中で細かく説明するわけにはいきませんでしたが、三五三、三五四ページあたりは、そのつもりで書かれています。

ここでは《時間》は各自（木や草、山や海、湖といった自然も含めて）の持つ個人的なものとして捕らえられています。その糸の集合が、世界の《時》です。主人公と柿崎の時は、五分の間、そのような形で溶け合ったとして、世界はその時、どうなっていたか。二重の像になり、震えていたようにも思えます。

そして、わたしには、こんな不鮮明な形にしろ、主人公の《時》が時間の閉じ口である《三時十五分》から《先》に、わずかに溶け出るようなことがあったのも、彼女の脱出の糸口になったのではないかと思えてしまいます——もとより、彼女が時間の《魔》の手から逃れられたのは、時の意味を見出《みいだ》したからではありますが。

（二〇〇〇年五月）

◆銅版画については、謡口早苗さんに、イラストレーターの仕事などについては、秦好史郎・由子さんご夫妻に、ご教示いただきました。ここに記して、感謝いたします。

「ターン」という人格

川上弘美

北村薫さんの小説を読んでいるあいだじゅう、いつも思うことがある。

まず思うのは、このひとは急がないひとだな、ということだ。たんねんに、このひとは道をたどる。遠くへ行く道だ。きれいに舗装されているが、よく見てみればリアルなでこぼこもある道。石ころもころがっていれば、水たまりもあらわれる。その道を、急がず、しかし遅すぎもせずに、気持ちのいい速度で、歩いてゆく。

次に思うのは、このひとは周到なひとだな、ということである。たとえば本の頁《ページ》をめくるという動作があるとする。このひとでないひとならば、むんずと本をつかみ、指を唾《つば》で湿してから、その指で頁をぱらぱらとめくっていくかもしれない。片手で本の表紙を持ち、もう片手で乱暴に頁を送るかもしれない。しかしこのひとは、肩の力を抜き、心地いい椅子《いす》に腰かけ、大きな片てのひらで軽く本を持ち、もう片方の手の指で、ていねいに頁をめくっていくにちがいない。頁をとばすこともなく、折り曲げることもなく、一定の速さを保って。

急がない周到なひと。作品全体から、たしかにそういう印象がゆらゆらとたちのぼってくる。しかしそれでは、ここで私が思っている「ひと」とは誰なのか。

作者の北村薫さん自身だろうか。むろんそれはあろう。けれども、作者と重なる部分があったとしても、この「ひと」は、作者そのものではない。それでは作品に登場する「ひと」だろうか。それもある。しかしやはりそれだけではない。

「ひと」とは、たぶん、作品ぜんたいのことなのだ。たとえば本書ならば、「ターン」という名を持ったひとだろう。「ターン」という、ほんの少し翳《かげ》りをおびた、まったきひと。ていねいで、あかるくて、あたたかくて、でも芯《しん》に怖いところも持つ、そういう「ひと」。

そう、北村薫さんの書く作品には、それぞれに、人格があるように思えるのだ。ていねいで、周到で、かつおのおのの作品の特質をそなえた、さまざまな人格。

「ターン」というひとは、物語をこんなふうに語り起こす。


君は、スケッチブックを開いて、八角時計をいくつも描いていた。

二人称で、このひとは語りはじめる。

二人称という語りの方法が、いつもの北村作品にも増して、用意周到な印象をまず与えるだろう。距離感があるのだ。その距離感が、遠くから、そろそろと近づく感じを与える。足音を大きくたてないようにして、静かに対象に近づこうとする動作をひきよせる。

「君は……」という文章の次には、その声に答えるように呼びかけられた「君」の動作や心理が描かれる。

　作品になりそうかな？
「うん、これはいける」

　いっけん二人の人間の会話のように見えるやりとり。しかしこれはどうやらふつうの二人の人間のやりとりではないらしい。作品になりそうかな？　と優しく呼びかけるのは、いったい誰なのか。その呼びかけに対して「うん、これはいける」と親密に答えるのは、いったい誰なのか。

　作品を読みはじめた読者は、まず思うにちがいない。すでにそこで、読者は物語の中にひきこまれている。知らず知らずのうちに。思いもかけず、深いところまで。

しばらく読み進めていくうちに、どうやら「君……」と呼びかけられているのは、主人公の森真希という女性であるらしいことがわかってくる。

森真希。版画家。二十九歳。週二回、子供相手の美術教室を手伝っている。版画は、なかなか売れないらしい。しかし彼女はこつこつと、ときには鬱屈《うっくつ》して、ときにはよろこばしく、版画をつくりつづけている。

なかなかに魅力的な女性である。派手な行動をとることは好まないらしい。しかし芯は強い。強すぎはしない。みずみずしい好奇心を持っている。人前で好奇心を発露したりはしないが、一人になってから、好奇心を持った対象についてずっと考えつづけているようなところがある。呼びかける声と真希のやりとりの中から、そのような様子が自然に浮かびあがってくる。

やりとりからわかるのは、真希の性格だけではない。もっと驚くべきこと、すなわちこの物語のかなめである「ターン」という現象についてが、次第次第にあきらかになる。

驚くべき現象だ。真希は、この現象を「くるりん」と言いあらわしている。

ある日真希は運転している最中に、事故にあう。事故にあった瞬間、真希は「とばされて」しまうのだ。そのとばされた先こそ「ターン」、真希によれば「くるりん」の世界だった。

事故の、ちょうど一日前から、その世界の時間は始まる。一日前の、ごく普通の日常。

いつもと同じ家。いつもと同じ天気。いつもと同じ真希。しかしその世界には、真希以外の人間は、一人もいないのである。人間だけではない。猫も。犬も。動きまわる生物はなにもかも。

そしてまた、その世界は繰り返される。ある時間まで行くと、なんと世界は巻き戻されるテープのように、事故の一日前に戻ってしまうのだ。何ごともとどめぬまま。真希の中の記憶だけを残して。くるりん、と。

真希は不思議なその世界の中をさまよう。無生物ではない、あたたかな血の通った存在を求めて。しかし何も、誰も、真希の前にはあらわれない。

「孤独の権化《ごんげ》」？　真希は「声」に向かって問う。疑問。絶望。そして哀《かな》しみ。それらの感情を、真希は語る。誰に向かって？「声」に向かって。いつも真希に「君……」と呼びかける、この奇妙な世界で唯一《ゆいいつ》あたたかに血の通う存在であるかのように見える「声」に向かって。

しかしそれでは、「声」とは何なのだろう。

「ターン」の世界での孤独を埋めるための、それは「もう一人の真希」なのだろうか。それとも、それはどこかに存在するほんものの人間の声なのだろうか。それともまた。

まずは一回、通読してみてほしい。

最初はたぶんターンという現象が、真希を、そして読者であるあなたを、どこに連れていくのかを、息をもつがずに追うことになるだろう。

次にもう一度読んでみてほしい。

読者であるあなたは、そのとき何を感受するだろうか。ターンという現象をかたちづくる細部のリアリティーかもしれない。真希という人間を通じて描かれる、女性の意識の妙かもしれない（作者は男性なのに、どうしてこんなふうに「社会的先入観のない女性性」をたくみに描くことができるのだろう！）。真希が版画をつくりあげてゆくときの手ごたえ（それはなんと作者によって活《い》き活《い》きと描きだされることだろう）かもしれない。

最初に読んだときよりも、物語はさらに精彩を帯びて展開するにちがいない。一回めには筋立てを追うのに必死なあまり読み落としたさまざまを、きっとすくいとることができるだろう。

そして、さらにもう一度。

そのとき、読者は「君……」と真希に呼びかける「声」の奥深くに存在する綾《あや》を、ようやく理解するのではないだろうか？

一度読めば、むろん「声」の正体は、わかる。私も「なるほどこういうわけだったか」と思った。しかし、二回め、三回め、と読みなおすにしたがって、不可思議な感覚にとらえられるようになった。

「声」は、もしかすると、ただ一人の主から発されている「声」でないのではないか。それはある一人の者の声であり、また同時に一人の「者」を越えた存在からの、声なのではないか。

なんとも不可思議なその感覚。

では、特定の「者」を越えた存在とはいったい何か。それが、私にはわからない。そしてまた矛盾する言い方をするならば、わかりたくない。

なぜならば、そのような存在を感じるためにこそ、私たちは物語というものを読むのだから。そして、最良の物語には、とらえどころのない、しかし私たちにとってひどく切実な、「者」を越えた存在が、かならず感じられるのであるから。

「ターン」とは、そういう人格を持った、驚くべき物語である。

（二〇〇〇年五月、作家）

この作品は平成九年八月新潮社より刊行された。

北村　薫著

スキップ

目覚めた時、17歳の一ノ瀬真理子は、25年を飛んで、42歳の桜木真理子になっていた。人生の時間の謎に果敢に挑む、強く輝く心を描く。

北村　薫著

リセット

昭和二十年、神戸。ひかれあう16歳の真澄と修一は、再会翌日無情な運命に引き裂かれる。巡り合う二つの《時》。想いは時を超えるのか。

北村　薫著
おーなり由子絵

月の砂漠をさばさばと

9歳のさきちゃんと作家のお母さんのすごす、宝物のような日常の時々。やさしく美しい文章とイラストで贈る、12のいとしい物語。

北村　薫著

飲めば都

本に酔い、酒に酔う文芸編集者「都」の恋の行方は？　本好き、酒好き女子必読、酔っぱらい体験もリアルな、ワーキングガール小説。

K・グリムウッド
杉山高之訳

リプレイ

世界幻想文学大賞受賞

ジェフは43歳で死んだ。気がつくと彼は18歳――人生をもう一度やり直せたら、という窮極の夢を実現した男の、意外な、意外な人生。

L・キャロル
矢川澄子訳
金子國義絵

不思議の国のアリス

チョッキを着たウサギ、チェシャネコ、ハートの女王などが登場する永遠のファンタジーをカラー挿画でお届けするオリジナル版。

新潮文庫最新刊

畠中恵著
いちねんかん
両親が湯治に行く一年間、長崎屋は若だんなに託されることになった。次々と降りかかる困難に、妖たちと立ち向かうシリーズ第19弾。

早見和真著
ザ・ロイヤルファミリー
山本周五郎賞・JRA賞馬事文化賞受賞
絶対に俺を裏切るな――。馬主として勝利を渇望するワンマン社長一家の20年を秘書の視点から描く圧巻のエンターテインメント長編。

奥田英朗著
罪の轍
昭和38年、浅草で男児誘拐事件が発生。人々は震撼した。捜査一課の落合は日本を駆ける。ミステリ史にその名を刻む犯罪×捜査小説。

藤原緋沙子著
冬の霧
―へんろ宿 巻二―
心に傷を持つ旅人を包み込む回向院前へんろ宿。放蕩若旦那、所払いの罪人、上方の女義太夫母娘。感涙必至、人情時代小説傑作四編。

遠田潤子著
月桃夜
日本ファンタジーノベル大賞受賞
薩摩支配下の奄美。無慈悲な神に裁かれる、血のつながらない兄妹の禁断の絆。魔術的な魅力に満ちあふれた、許されざる愛の物語。

高丘哲次著
約束の果て
―黒と紫の国―
日本ファンタジーノベル大賞受賞
風が吹き、紫の花が空へと舞い上がる。少年と少女の約束が、五千年の時を越え、果たされる。空前絶後のボーイ・ミーツ・ガール。

新潮文庫最新刊

三川みり著
龍ノ国幻想4
炎《も》ゆ花の楔《くさび》
皇尊《すめらみこと》となった日織に世継ぎを望む声が高まる。伴侶との間を引き裂く思惑のなか、最愛ゆえに妻が下した決断は。男女逆転宮廷絵巻。

堀川アサコ著
悪い麗人
―帝都マユズミ探偵研究所―
殺人を記録した活動写真の噂、華族の子息と美少年の男色スキャンダル……伯爵探偵と成金助手が挑む、デカダンス薫る帝都の事件簿。

百田尚樹著
地上最強の男
―世界ヘビー級チャンピオン列伝―
モハメド・アリ、ジョー・ルイスらヘビー級チャンピオンの熱きドラマと、彼らの生きた時代を活写するスポーツ・ノンフィクション。

乃南アサ著
美麗島プリズム紀行
―きらめく台湾―
ガイドブックじゃ物足りないあなたへ――。いつだって気になるあの「麗しの島」の歴史と人に寄り添った人気紀行エッセイ第2集。

関裕二著
継体天皇
―分断された王朝―
今に続く天皇家の祖でありながら、その出自をもみ消されてしまった継体天皇。古代史最大の謎を解き明かす、刺激的書下ろし論考。

山本文緒著
自転しながら公転する
中央公論文芸賞・島清恋愛文学賞受賞
恋愛、仕事、家族のこと。全部がんばるなんて私には無理！ ぐるぐる思い悩む都がたどり着いた答えは――。共感度100％の傑作長編。

新潮文庫最新刊

田中兆子著
私のことなら ほっといて
「家に、夫の左脚があるんです」急死した夫の脚だけが私の目の前に現れて……。日常と異常の狭間に迷い込んだ女性を描く短編集。

河野裕著
さよならの言い方なんて知らない。7
冬間美咲に追い詰められた香屋歩は起死回生の策を実行に移す。それは「七月の架見崎」に関わるもので……。償いの青春劇、第7弾。

紺野天龍著
幽世《かくりよ》の薬剤師2
薬師・空洞淵霧瑚は「神の子が宿る」伝承がある村から助けを求められ……。現役薬剤師が描く異世界×医療ミステリー、第2弾。

河端ジュン一著
六畳間ミステリーアパート
そのアパートで暮らせばどんなお悩みも解決する!? 奇妙な住人たちが繰り広げる、不思議でハートウォーミングな新感覚ミステリー。

阿川佐和子著
アガワ家の危ない食卓
「一回たりとも不味いものは食いたくない」が口癖の父。何が入っているか定かではないカレー味のものを作る娘。爆笑の食エッセイ。

三浦瑠麗著
孤独の意味も、女であることの味わいも
いじめ、性暴力、死産……。それでも人生には、必ず意味がある。気鋭の国際政治学者が丹念に綴った共感必至の等身大メモワール。

タ ー ン

新潮文庫　き－17－2

平成十二年七月一日発行
令和四年十二月二十日二十刷

著者　北《きた》村《むら》薫《かおる》

発行者　佐藤隆信

発行所　株式会社新潮社
郵便番号　一六二―八七一一
東京都新宿区矢来町七一
電話　編集部(〇三)三二六六―五四四〇
読者係(〇三)三二六六―五一一一
https://www.shinchosha.co.jp

価格はカバーに表示してあります。

乱丁・落丁本は、ご面倒ですが小社読者係宛ご送付ください。送料小社負担にてお取替えいたします。

印刷・大日本印刷株式会社　製本・加藤製本株式会社
© Kaoru Kitamura 1997 Printed in Japan

ISBN978-4-10-137322-5 C0193